EL FESTÍN DE LA MUERTE

JESÚS DÍEZ DE PALMA

Premio Gran Angular 2012

sm

www.literaturasm.com

Primera edición: marzo de 2012
Segunda edición: diciembre de 2013

Dirección editorial: Elsa Aguiar
Coordinación editorial: Paloma Jover
Edición gráfica: María Pía Hidalgo
Diseño y coordinación gráfica: Felipe Samper y Lara Peces
Diseño de cubierta: Lara Peces
Ilustraciones: Eduardo Ortiz

Impresores, 2
Urbanización Prado del Espino
28660 Boadilla del Monte (Madrid)
www.grupo-sm.com

ATENCIÓN AL CLIENTE
Tel.: 902 121 323
Fax: 902 241 222
e-mail: clientes@grupo-sm.com

ISBN: 978-84-675-5335-2
Depósito legal: M-5149-2012
Impreso en la UE / *Printed in EU*

CRÉDITOS FOTOGRÁFICOS. *Guardas 1939*: Archivo SM; PHOTODISC; 123RF; Jeremy Horne/DREAMSTIME; GETTY IMAGES; ALBUM; CONTACTO *Página 44:* Toscani Archive/Alinari Archive Management, Florencia; THINKSTOCK *Página 55:* Bettmann/CORBIS-CORDON PRESS *Página 61:* ITSTOCKPHOTO/THINKSTOCK *Página 96:* Lambert Archive Photos/GETTY IMAGES *Página 132:* Archiv Heinrich Hoffmann/PHOTO SCALA (Florencia) - BPK (Bildagentur für Kunst, Kultur und Geschichte, Berlin) *Página 141:* PHOTODISC/THINKSTOCK *Página 153:* ISTOCKPHOTO/THINKSTOCK *Página 163:* Paul Almasy/AKG IMAGES-ALBUM *Página 179:* Archivo Alfredo Calvo/EFE *Página 187:* AP PHOTO/G TRES ON LINE *Página 219:* LAPI - Roger Viollet/GETTY IMAGES *Página 236:* Hulton Deutsch Collection/CORBIS-CORDON PRESS *Página 243:* Bernhardt Walter - Ernst Hoffmann/PHOTO SCALA (Florencia) - BPK (Bildagentur für Kunst, Kultur und Geschichte, Berlin) *Página 266:* Robert Capa (ICP)/MAGNUM PHOTOS - CONTACTO *Página 273:* AKG IMAGES/ALBUM *Página 295:* ISTOCKPHOTO/THINKSTOCK *Página 305:* AKG IMAGES/ALBUM *Página 327:* Archiv Heinrich Hoffmann/PHOTO SCALA (Florencia) - BPK (Bildagentur für Kunst, Kultur und Geschichte, Berlin) *Página 344:* W. Eugene Smith/MAGNUM PHOTOS - CONTACTO *Página 350:* Hemera/THINKSTOCK *Página 360:* Robert Capa (ICP)/MAGNUM PHOTOS - CONTACTO *Página 387:* POPPERFOTO/GETTY IMAGES *Página 396:* Hulton Archive/GETTY IMAGES *Guardas 1945:* 123RF; THINKSTOCK; Archivo SM; CONTACTO

A todos los niños y jóvenes
que han sufrido la guerra.

A Nieves, Fernando y Carlos,
con el más hondo deseo
de que jamás la conozcan.

De pronto, el aire
se abatió, encendido,
cayó como una espada
sobre la tierra. ¡Oh, sí,
recuerdo los clamores!

Entre el humo y la sangre,
miré los muros
de la patria mía,
como ciego miré
por todas partes,
buscando un pecho,
una palabra, algo,
donde esconder el llanto.

Y encontré solo muerte, ruina y muerte
bajo el cielo vacío.

José Agustín Goytisolo

Europa, verano de 1939

Por razones de latitud y longitud, el sol no aparecía en el mismo momento sobre toda Europa, pero sí era el mismo astro el que alumbraba todo el continente. Una estrella brillante y luminosa que venía alumbrando al planeta durante miles de millones de años y que era indiferente al devenir de los diminutos seres que parecían señorear la Tierra.

Bajo la luz de aquella estrella se había desarrollado una civilización milenaria que se tenía en aquel tiempo por la más culta y avanzada del orbe, y que, a su pesar, estaba a punto de demostrar ser la más incivilizada y salvaje de cuantas habían madurado bajo el sol.

•

La noche apenas duraba cuatro horas en el verano boreal, sobre las márgenes del río Volchov. Por eso Pavel se acostaba con sol y se despertaba también bajo un cielo luminoso. En esos días, una vivificante satisfacción acompañaba siempre a sus despertares. El aroma de la leche hervida en el fogón se colaba por las rendijas de la puerta y, al mezclarse con las fragancias de la madera de las paredes y las sábanas limpias, conformaba el olor del hogar.

Las voces de sus padres le llegaron en un susurro desde el otro lado de la puerta. Pavel se levantó de un salto. Sabía que si se daba prisa los sorprendería abrazados.

Apenas hubo desayunado, Pavel salió al campo. La hierba fresca acariciaba sus pies desnudos, mientras caminaba empuñando el tirachinas que le había fabricado su padre.

De pronto, un mirlo llamó su atención. Posado sobre el suelo, se movía a saltitos entre unas matas de frambuesa, mientras giraba su vivaracha cabeza en todas direcciones. Un blanco móvil resultaba una tentación insalvable. El chico apuntó su arma, tensó la goma y guiñó el ojo izquierdo. En el preciso instante en que sus dedos dejaron de ejercer presión sobre la goma y la china salía despedida hacia su víctima, Pavel sintió en el pecho una fría punzada de lástima y remordimiento. La piedra golpeó varias hojas y se estrelló finalmente contra el suelo. El mirlo salió volando y una sincera sonrisa iluminó el rostro del frustrado cazador.

•

Sería más o menos la misma hora cuando, mucho más al sur, en Kiev, Anastasia oía a través de la ventana abierta a los otros niños jugando en la calle, mientras ella sacrificaba su tiempo en las aburridas clases de alemán que le impartía la anciana señora Rudenka. ¿Por qué tenía ella que pasarse las mañanas del verano estudiando? ¿Para qué tenía que aprender alemán ella?

–Todo lo que puedas aprender te hará bien –le decía su padre–. Si tuviéramos un vecino chino o árabe, aprenderías también sus idiomas.

Ya podían haber sido árabes los tatarabuelos de la señora Rudienka. Así le contaría historias de lámparas maravillosas y alfombras voladoras, y no los aburridos cuentos de los hermanos Grimm, que en poco o en nada se diferenciaban de los ucranianos y rusos que ya había oído en su niñez. Con doce años no estaba para duendes ni hadas, y menos aún para la conjugación del verbo *sein*.

–*Ich bin, du bist, er ist...*

Mientras Anastasia recitaba el verbo, pensaba que nunca hablaría ese idioma, que nunca en su vida necesitaría hablar con un alemán.

•

Más de diez grados al oeste, en un céntrico edificio de viviendas de Cracovia, Jaroslaw cerró la puerta de su casa de un portazo y descendió las escaleras saltando los escalones de dos en dos.

Con riesgo de ser atropellado por un tranvía, cruzó la calle corriendo, y no se detuvo hasta llegar ante la tienda de la señora Kalinowska, donde permaneció un instante tratando de recuperar el aliento. Luego empujó la puerta de cristal y saludó cordialmente.

–Buenos días, señora Kalinowska, Hanna...

Ambas estaban ocupadas con clientes, por lo que tuvo que aguardar unos minutos. La primera en quedarse libre fue la señora Kalinowska, la madre de Hanna.

–Buenos días, Jaroslaw. Supongo que no vienes a visitarme a mí.

Jaroslaw insinuó una sonrisa mientras buscaba las palabras acertadas, pero no le hicieron falta.

–Hanna –dijo la señora Kalinowska–, acompaña a Jaroslaw a la panadería y no olvidéis tomaros un helado.

Hanna abandonó el mostrador y recogió su bolso. Con el rostro resplandeciente se acercó a Jaroslaw, quien la esperaba con la puerta abierta.

Ya en la calle, cuando hubieron dejado atrás el escaparate, se besaron y echaron a andar hacia la panadería. Hanna percibió el nerviosismo de su novio.

–¿Qué te pasa?

Jaroslaw no pudo esperar más y le tendió a Hanna la carta que guardaba en el bolsillo.

–El uno de septiembre tienes una entrevista en Varsovia con el señor Vercovitz, de Vercovitz e Hijos.

Hanna se quedó boquiabierta, sin palabras.

–Espero que me permitas acompañarte en el viaje –dijo Jaroslaw–, y espero también que no me olvides cuando tus diseños sean famosos.

•

Cuando el sol llegó a su cénit sobre el centro de Europa, Hans y Minna Müller disfrutaban de una cerveza bien fría y de las cálidas caricias del sol en la terraza de su hotel, en un pintoresco pueblecito de los Alpes bávaros.

Hacían planes. Planes concretos para los próximos días, los que les quedaban de luna de miel, y planes a largo plazo, para un futuro no muy lejano. Tendrían niños. Minna se conformaba con una pareja.

–Once por lo menos –bromeaba Hans–, es lo mínimo para formar un equipo de fútbol.

Su conversación quedó interrumpida cuando una escuadra de las Juventudes Hitlerianas hizo su entrada en la placita en que se hallaba la terraza. Una fila de muchachos uniformados y cargados con mochilas atravesó la plaza, cantando una canción que hablaba de banderas y muerte.

Un grupo de hombres que bebían en una mesa contigua a la de los recién casados se pusieron en pie y extendieron los brazos para gritar:

–Heil Hitler!

Inmediatamente, toda la gente que había en la plaza, incluso los que se asomaban a las ventanas, gritaron el saludo oficial de la nueva Alemania. Hans y Minna también lo hicieron, no porque se sintieran obligados, sino porque esa era la costumbre que habían aprendido, mientras crecían, en los últimos seis años. Con los brazos en alto, contemplaban el paso de la joven escuadra, escuchaban sus voces sin atender al significado de la desafortunada letra y sonreían satisfechos por una juventud que parecía alegre y virtuosa, como parecía lógico en una Alemania que se hacía día a día más fuerte y les proporcionaba a todos trabajo, seguridad y protección.

Heinrich Burkhard, el joven líder que encabezaba el desfile, devolvió el saludo gritando a pleno pulmón «Sieg heil!», mientras percibía un prolongado escalofrío de euforia y orgullo y concebía el ferviente deseo de que Alemania descargase muy pronto toda esa fuerza sobre el resto de Europa.

•

Mucho más al oeste, en una playa de Normandía, la señora Legrand sostenía en sus manos la última carta de su esposo. La brisa marina movía las hojas como si tratara de arrebatárselas. No lo iba a permitir. Las extendió con cuidado sobre sus piernas y volvió a leer el último verso del poema que le había enviado: «en paz junto a ti». Lo repitió quedamente y guardó las hojas en su sobre y el sobre en el bolso. Luego miró a sus hijos, que, un tanto apartados, construían un castillo de arena.

–Mañana llega papá –les gritó.

–¡Bien, bien! –vociferaron ellos a su vez–. ¡Papá, papá!

Como si no pudieran contener la alegría, Jean Pierre y Jacques corrieron por la arena y hasta se mojaron los pies en las frías aguas del mar, salpicándose entre risas y gritos. Regresaron enseguida hasta su castillo para enzarzarse en una incongruente discusión.

–Mamá –dijo Jean Pierre, el mayor–. ¿A que papá no viene en barco?

–Claro que no –respondió ella–. Vendrá en tren y luego en autocar, como lo hicimos nosotros.

–¿Lo ves? –le dijo Jean Pierre a su hermano–. ¿Cómo va a venir en barco, si no hay mar en Beauvais?

–¿Y qué? –respondió Jacques–. Pero aquí sí.

Jean Pierre, desde sus nueve años, pensó que a los cuatro no hacía razonamientos tan estúpidos como Jacques.

•

No había mejor lugar para pasar una tarde lluviosa de vacaciones que el cine, especialmente lejos de Londres. Así lo pensaban los tres hermanos Clement-Moore. Ni la apacible campiña de Lincolnshire ni el cercano pueblo ofrecían muchas distracciones, aunque sí una clara ventaja sobre la capital a la hora de elegir la película. El hecho de que solo hubiera una sala en la localidad, evitaba discusiones. Aquella tarde se proyectaba *La fiera de mi niña*, una comedia de Howard Hawks interpretada por Katharine Hepburn y Cary Grant.

A la salida del cine, los tres hermanos se encontraron con un grupo de amigos. Jóvenes de la edad de Edna y Neville, de diecinueve y dieciocho años respectivamente. Hablaron de ir a casa de uno de ellos y Blake, que acababa de cumplir los catorce, intuyó que se desharían de él.

–Te llevaré a casa en la moto –le propuso Neville.

El ofrecimiento rebasó las expectativas de Blake, pero aún se atrevió a imponer una condición.

–Solo si la semana que viene me traes a ver *Un día en las carreras*.

–Trato hecho –dijo Neville mientras estrechaba enérgicamente la mano de su hermano menor.

Neville se había presentado aquel verano con una flamante motocicleta, cuyo disfrute durante las vacaciones le había ganado a un compañero de Oxford en el transcurso de una absurda apuesta.

Aunque había dejado de llover, los dos hermanos se ajustaron los impermeables, pues las oscuras nubes que cubrían el cielo amenazaban con descargar de nuevo.

La moto avanzaba a velocidad moderada por la carretera, mientras Neville canturreaba una pegadiza cancioncilla aprendida en la película y Blake le incitaba a acelerar. Llegados a un tramo recto de la carretera, Neville puso a prueba el motor de la máquina y los nervios de Blake.

–Yuuhuu –gritaron ambos.

Ya en la entrada de la heredad, Neville detuvo la moto.

–Te gusta la velocidad, ¿eh? –le preguntó Blake mientras desmontaba con los cabellos revueltos.

–Me apasiona –reconoció Neville –. Algún día me verás pilotando un avión.

•

A esa misma hora, en Madrid, las sombras empezaban a adueñarse de la iglesia en la que Juan, junto a su madre, permanecía arrodillado. Las velas que habían ofrendado al Cristo milagroso casi se habían consumido. Llevaban horas en aquella incómoda postura, tratando de demostrar no solo a la divinidad, sino a quien pudiera verlos, que ellos eran una familia cristiana y honrada.

A Juan le dolían las rodillas y todos los huesos, por lo que se movía constantemente, tratando así de aliviar sus molestias físicas. De igual modo, sus pensamientos no lograban permanecer en la oración y el recogimiento, y lo mismo se detenían en las llagas del crucificado, que en la combinación que se dejaba ver bajo las faldas de una vieja beata, que en el olor a rancio que inundaba el templo o en la bicicleta que nunca había llegado a tener.

Cuando se sorprendía a sí mismo entregado a esos pensamientos, su conciencia le roía con furia las entrañas y volvía a rezar, a implorar a Dios que le perdonase y que perdonase a su padre. Bueno, a su padre no lo tenía que perdonar. No había hecho nada malo. Tenía que ayudarlo. Tenía que hacer que lo perdonasen los militares que iban a juzgarlo al día siguiente.

Hacía cuatro meses que había acabado la guerra en España y más de dos desde que se habían llevado a su padre a la cárcel sin darle ninguna explicación. A la mañana siguiente se celebraría el juicio, y Juan suplicaba a Dios, a Jesús, a la Virgen y a todos los santos que le devolviesen a su padre, que les permitiesen volver a ser una familia, a vivir en paz.

•

El sol siguió su camino hacia el poniente, sumiendo en la oscuridad a toda Europa. Muy pocos podían presagiar que pronto otro tipo de tinieblas cubrirían el mundo para arrebatar muchas vidas, para robar la infancia y la juventud a quienes lograran conservar la suya.

Ferrocarril de Cracovia a Varsovia (Polonia)

1 DE SEPTIEMBRE DE 1939

Hanna se dejaba arrullar por el traqueteo del tren, pero sentía frío incluso bajo la suave manta de viaje que su madre le había regalado. Se arrebujó como pudo y contrajo su cuerpo cuanto fue capaz para evitar que se escapara el calor. Era inútil, el frío lo sentía sobre todo en las pantorrillas, que llevaba cubiertas con elegantes y finas medias de seda. Otro regalo de su madre. Trató de recostarse sobre el hombro de Jaroslaw, inclinándose un poco hacia su derecha y luego todavía un poco más, sin llegar a encontrar el anhelado y cálido cuerpo. Dejó que su espalda basculara sobre el respaldo del asiento y, cuando sintió que ya le fallaba el equilibrio, no le quedó más opción que rendirse y abrir los ojos.

Una luz débil y fría se filtraba por la ventanilla y envolvía el departamento, difuminando las formas de los pasajeros que dormían con mayor o menor placidez. Jaroslaw no estaba en su asiento.

Venciendo la pereza, Hanna sacó la mano de entre los pliegues de la manta y descorrió la cortinilla lo suficiente para vislumbrar el pasillo a través de una estrecha rendija. Allí estaba Jaroslaw, de espaldas a ella, atisbando el paisaje azulado del amanecer que discurría al otro lado de la ventanilla mientras fumaba un cigarrillo.

Hanna sonrió y trató de desperezarse para salir a su encuentro.

Habían partido de Cracovia la tarde anterior. Era el primer viaje que realizaban juntos, el primer desplazamiento que Hanna hacía sin su madre. No tenía muy buenos recuerdos de los viajes a Varsovia, todos en su infancia y para visitar a un médico especialista en poliomielitis, al que su madre parecía profundamente agradecida, pero que no había logrado evitar la cojera de Hanna.

Desde los cinco años, Hanna había estado arrastrando una pierna y un sentimiento de inferioridad al que solo Jaroslaw parecía haber puesto remedio. Su incapacidad física y, sobre todo, el trauma psicológico que se había derivado en Hanna la habían convertido en una muchachita introvertida y retraída. Al rehuir los juegos con las otras niñas en el parque y en el patio del colegio, halló en la lectura, el dibujo y la costura unos excelentes compañeros; pero, a diferencia de lo que esperaba su madre, Hanna nunca se consideró como una buena estudiante, y mucho menos como una futura pintora. Los cuadros del Museo Nacional, que había visitado en sus viajes a Varsovia, no le decían nada, y tampoco le atrajo nunca la perspectiva de convertirse en médica o farmacéutica, como deseaba su madre. Sin embargo le encantaba dibujar figurines de moda y, sobre todo, le fascinaba la tienda de su madre y los objetos que se vendían ella: cintas, borlas, encajes, cordones...

Al cumplir los catorce años, tras patéticos enfrentamientos contra la gramática y la geometría y sus consiguientes derrotas, Hanna consiguió que su madre aceptara que nunca sería la primera universitaria de la familia y le permitiera quedarse en la tienda. La señora Kalinowska nunca se arrepentiría de aquella decisión.

Fuera del ambiente del colegio, Hanna pareció encontrar su lugar en el mundo. Poco a poco, la joven imprimió al modesto establecimiento un aire moderno y elegante que su madre nunca había pretendido cuando lo heredó de sus padres. Tenía verdaderos motivos para sentirse orgullosa de su hija, quien constituía para ella su único tesoro y, con toda certeza, el verdadero motivo para amar la vida.

Agnieszka Kalinowska ya había perdido a sus padres cuando un absurdo accidente doméstico le costó la vida a su marido, hacía ya casi dieciséis años, cuando la pequeña Hanna aún no había empezado a gatear. Sola en el mundo, se dedicó en cuerpo y alma al único ser que la hacía sentir viva. No había sido fácil. Si no había traspasado el negocio paterno, como fue su primera intención, y había logrado sacarlo adelante, lo había hecho exclusivamente para mantener a su hija y darle una educación y un porvenir acomodado. Si cuidaba su propia salud o su atuendo, era para no dar a su hija motivos de preocupación o de vergüenza. Si era amiga de todo el mundo, era para que lo fuesen de su hija. Si creía en Dios era para que velase por Hanna, su ángel.

No había para ella ninguna muchacha más guapa en la ciudad, en el mundo. Los cabellos de su niña eran finos, casi rubios y ligeramente ondulados, los ojos verdes y la tez blanca, como de marfil. Tenía unas manos delicadas, con largos dedos, que habrían sido la envidia del más virtuoso de los pianistas. La señora Kalinowska la admiraba en silencio cuando la veía sostener el lápiz al hacer esos preciosos dibujos. Pero la niña no quiso ser pintora. A los doce años tomó lecciones con un viejo maestro cracoviano, pero se aburría. Aun sin esforzarse, siempre traía un sobresaliente en sus notas de Dibujo, aunque aquella era la única asignatura en que destacaba. Le costaba tremendos sudores aprenderse las lecciones de Geografía o Historia. Agnieszka Kalinowska recordaba a su niña en aquellas tardes de invierno, sentada junto a la estufa de la trastienda, repasando en voz alta los ríos y montes de Europa.

Poco a poco fue asumiendo que nunca sería la médica o farmacéutica que ella deseaba, lo mismo que había abandonado aquellos remotos deseos de verla convertida en bailarina, cuando en sus primeros años de vida la veía desarrollar una figura esbelta y una admirable agilidad.

No, desde luego que eso no había podido ser.

Daba gusto verla correr y saltar cuando tenía cuatro años, pero luego contrajo una parálisis infantil que la mantuvo en la cama durante mucho tiempo y que a punto estuvo de costarle la vida. A consecuencia de aquella enfermedad, las piernas de Hanna no se desarrollaron por igual.

Poco a poco, la señora Kalinowska comprendió que su querida hija no tenía que llegar a ser nada. Que ya lo era. Era lo más importante que se puede esperar de alguien: una niña buena, una buena persona.

Lo que la señora Kalinowska no supo es que Hanna sufrió el desprecio mudo de muchas de sus compañeras y, sobre todo, las burlas sonoras de las más crueles, que la llamaban coja e imitaban sus andares entre dolorosas risotadas.

Cuando los juegos impetuosos cedieron paso a los coqueteos y primeros amores, Hanna decidió que también el mundo de los chicos le estaba vetado. ¿Quién iba a fijarse en una coja?

A finales de agosto y principios de septiembre no es infrecuente que alguna tormenta violenta quiebre el tranquilo devenir del verano, anunciando su fin y hasta hiriéndolo de muerte. Para los escolares no suponía solo el presagio del otoño, sino, más que nada, el anuncio de la llegada de un nuevo curso, y cuando todos los niños parecían lanzarse a exprimir los días que se acortaban, Hanna se sumía en una intencionada melancolía que le atenazaba el corazón y la empujaba a encerrarse en la soledad de su habitación. Los primeros recreos de cada curso parecían más alegres y bulliciosos que los del resto del año, y en esos momentos, rodeada de muchachas alborotadoras, Hanna dejaba de sentirse una niña para verse como una coja.

Afortunadamente hacía ya tres años que había abandonado el colegio, del que solo guardaba una buena amiga y unos cuantos malos recuerdos, y como cuando era pequeña y todavía no asistía a la escuela, como cuando aún no había sufrido el ataque de parálisis infantil, ahora el fin del verano no significaba más que el tránsito hacia una estación más fría, pero no menos interesante. Es más, este verano que parecía alargarse sin tormentas anunciaba el otoño más dorado y dichoso de cuantos Hanna había vivido. Nuevas y prometedoras expectativas parecían extenderse ante la joven. Sería el primer otoño en compañía de quien le había hecho olvidar su cojera, y quizá el tiempo en que su trabajo se viera recompensado.

En este amanecer del uno de septiembre de 1939, una vida que Hanna no se había atrevido ni siquiera a soñar, parecía a punto de comenzar.

Pero si el tiempo atmosférico estaba siendo especialmente benigno, no lo parecía así el clima político. Los periódicos informaban continuamente acerca de las amenazas alemanas, de la creciente posibilidad de la guerra, e incluso no faltaban exaltados que hablaban de darle una lección a Alemania. Hanna, como muchos otros chicos y chicas polacos o alemanes, era o creía ser consciente de ello, pero esos titulares no aparecían en la primera página de su mente. Sus ideas y proyectos estaban bien lejos de preocupar a los periódicos o a los ministerios de Varsovia o Berlín. La mayor parte de sus sentimientos rondaban a un solo nombre, que nada tenía que ver con topónimos estratégicos ni políticos: Jaroslaw.

La señora Kalinowska conocía a Jaroslaw desde que apenas medía un metro. Era hijo del sastre judío Szalkowicz, uno de sus mejores clientes. Se podría afirmar que Jaroslaw había pasado de ser un niño gracioso a ser un muchacho poco agraciado. Delgado, por no decir escuálido, pálido, con cabello negro y ensortijado, de grandes narices y orejas y con unos ojos oscuros que parecían empequeñecerse tras unos gruesos lentes con montura de concha.

La señora Kalinowska había visto crecer a Jaroslaw con indiferencia, pero hacía ya siete meses que el joven había irrumpido en su vida. Al principio sintió el temor de una leona que intuye peligro para sus crías, pero pronto comprobó que los sentimientos de Jaroslaw hacia Hanna eran sinceros y recíprocos. Eso la llenó de satisfacción y esperanza. El muchacho parecía ofrecerle a su hija lo que ella no había conseguido darle nunca: felicidad y seguridad. Hanna se sentía amada por sí misma, no por lazos familiares. Por otro lado, Jaroslaw era estudiante de Derecho y acabaría siendo abogado, lo que parecía asegurarles una posición social que la señora Kalinowska no podría, a pesar de sus esfuerzos, haber logrado para su hija. Existía, sin embargo, una cuestión que podía suponer un obstáculo al triunfo del amor. Jaroslaw era judío. A Hanna eso no le importaba, y ni al joven Szalkowicz ni a sus padres parecía preocuparles que Hanna fuera católica. ¿Por qué, entonces, habría de importarle a ella? ¿Acaso algún joven católico había querido a su hija como la quería este? Jesús también era judío, le había dicho el padre Rybak, aburrido por sus insistentes interpelaciones en el confesionario.

La señora Kalinowska ya no veía a Jaroslaw como judío, ni siquiera le parecía ya un muchacho feo y desgarbado. Lo que veía en él era educación, formalidad, sensatez y dulzura. Y eso le gustaba.

El 10 de febrero anterior, Hanna había celebrado su decimoséptimo cumpleaños y había recibido entonces el regalo más maravilloso de su vida. Un mensajero llevó a casa una hermosa rosa amarilla, que acompañaba un paquete a su nombre. Un envoltorio primoroso de papel de seda dejó al descubierto una preciosa carpeta forrada en raso y atada con cintas de seda. En su interior se guardaba una partitura escrita sobre una cartulina de color hueso ribeteada de oro. Sobre los pentagramas, repletos de notas indescifrables para la joven, en una cuidada caligrafía se leía el título de la composición: «Hanna. Sonata para violín».

Ni una sola palabra más, ni una tarjeta o dedicatoria. Hanna quedó tan admirada como intrigada. Lo mismo le ocurrió a su madre, quien, más fantasiosa que la hija, pensó en algún admirador secreto, en algún joven culto y distinguido ajeno a su mundo, en un príncipe de cuento de hadas.

El paquete se recibió por la mañana y el día transcurrió sin más sobresaltos. Por la tarde acudieron a la casa Marysia, la fiel amiga de Hanna, sus tíos y primos y los señores Wojkiewitz, unos ancianos vecinos a los que parecían unir a Hanna y su madre unos lazos más fuertes que los propios de la proximidad. Solo Marysia vio la carpeta con la partitura y compartió con Hanna el misterio que encerraba en sus delicadas notas.

–¿Quién podría ser el anónimo admirador?

Tendidas en la cama, con la partitura entre las manos, ambas bromearon con la posibilidad de que el regalo proviniese de algún músico romántico.

–¿Errol Flynn toca el violín? –preguntó Marysia bromeando en alusión a la pasión que el actor de Hollywood despertaba en su amiga.

La almohada de Hanna se estrelló contra su cara.

Después de una breve batalla de almohadas, ya en el pasillo, de camino al comedor, donde esperaba el resto de los invitados, Marysia sugirió la posibilidad de que se tratase de un regalo de la señorita Nikolowna, la vieja profesora del colegio, a quien siempre habían atribuido inclinaciones lésbicas.

–¿Y ese chico, el amigo de tus primos? –volvió a preguntar Marysia.

–¿Quién?

–El estudiante de Derecho, ¿cómo se llama?

Hanna supo de quién hablaba. Desde luego estaba muy lejos de ser Errol Flynn, aunque, ciertamente, era preferible a la señorita Nikolowna.

–¿Jaroslaw? –preguntó Hanna.

Un coro de voces dispares entonando el cumpleaños feliz acabó con el diálogo de las dos amigas.

Cuando, ya cerca de medianoche, Hanna apagó la luz de su habitación para meterse en la cama, un violín comenzó a sonar en la calle. La música le pareció a Hanna a la vez alegre y melancólica. Las notas la condujeron hasta la ventana y trató de atisbar a través del tupido visillo. El violinista iba cubierto con un sombrero y un largo abrigo. Pequeños copos de nieve caían con lentitud y se agolpaban sobre el sombrero y los brazos del músico, quien, inmune al frío, movía sus dedos con agilidad sobre las cuerdas del instrumento. Un escalofrío de emoción recorrió la espalda de Hanna. La sonata fue breve y, cuando acabó, Jaroslaw Szalkowicz se despojó del sombrero y volvió su rostro hacia la ventana de Hanna, quien ya había descorrido la cortina. Una sonrisa iluminó el rostro del joven músico y Hanna sintió que también ella sonreía en su interior. Jaroslaw había pensado realizar un teatral saludo, doblando la espalda y extendiendo los brazos, pero lo que hizo fue lanzar un beso con la mano a la que constituía todo su público. Los labios de Hanna sí se movieron entonces y se llevó dos dedos hasta ellos para lanzarle otro beso o para retener el suyo.

El breve gesto fue un baño de alegría para Jaroslaw, quien volvió a frotar las cuerdas del violín con el arco e interpretó con fuerza *Cumpleaños feliz*. Una luz se encendió en una ventana de enfrente y sus hojas se abrieron con estrépito.

–¡A dormir, idiota! –gritó un viejo desde la ventana.

Jaroslaw se fue caminando sin prisa y sin dejar de tocar su instrumento. Hanna lo vio desaparecer en las sombras de la noche, mientras las notas del violín parecían volar entre los copos de nieve.

En la habitación contigua, sin atreverse a asomarse a la ventana, a Agnieszka Kalinowska le latía con fuerza el corazón y pedía a Dios que aquel músico albergara buenas intenciones para con su hija.

Ya en la cama, a Hanna parecían haberle desaparecido el sueño y el cansancio. Recordó las notas de la canción, de la sonata *Hanna*, y rememoró las veces que había estado con Jaroslaw.

Conocerle, le conocía de toda la vida. Le había visto muchas veces en compañía de su padre, comprando género en la tienda, pero no creía haber cruzado con él más de un cortés saludo hasta el año anterior, a finales de agosto o principios de septiembre, cuando Hanna y Marysia acompañaron a sus primos a una excursión en bicicleta hasta un ameno prado junto al Vístula. Se debieron de juntar allí más de cincuenta jóvenes sin más compromiso que pasarlo bien. Sin embargo, Hanna sintió las punzadas de su complejo cuando un grupo numeroso, entre los que se encontraban sus pocos conocidos, decidió formar un corro para bailar. Aunque el ambiente era festivo y el corro se acercaba más a un juego que a una danza, Hanna no quiso mostrar sus movimientos desmañados y se retiró hasta la orilla del río para sentarse a la sombra de un robusto árbol. Desde allí vio a Jaroslaw, que se acercaba sonriente. A ella no le apetecía tener compañía en aquel momento, pero no pudo impedir que el joven se sentase a su lado.

–Yo también estoy cansado –dijo.

Hanna no contestó. Él permaneció unos instantes en silencio y luego arrancó a hablar sin esperar contestaciones. Hanna lo escuchaba sin prestarle demasiada atención.

–Este árbol es como mi profesor de Derecho Natural –dijo–, fuerte, áspero y con pájaros en la cabeza; ese otro es igual que la señora Kowalsky, pomposo y rechoncho. En cambio, ese otro es como Hitler, orgulloso y vistoso, pero podrido por dentro, y ese... ese es como yo.

Hanna siguió con la vista el dedo extendido de Jaroslaw y vio un arbolito enclenque y esmirriado, coronado por unas cuantas hojas y con una única rama que formaba un ángulo recto con el escuálido tronco.

–No me digas que no es notable el parecido –Jaroslaw se acariciaba riendo su prominente nariz–. Solo le faltan las gafas.

Hanna sonrió divertida.

–¿Y cuál es el mío? –preguntó–. ¿Qué árbol es como yo?

Jaroslaw miró a su alrededor hasta que encontró una respuesta.

–No hay árboles como tú en Polonia. No, los árboles como tú están en la selva africana o en Indochina. Allí están los árboles más preciosos, pero están escondidos, nadie los ve.

Apenas hubo pronunciado esas palabras, un balón de cuero chocó con fuerza en el tronco del árbol que los cobijaba y cayó al río. Ambos se volvieron hacia él, mirando cómo lo arrastraba la corriente. Escucharon gritos y risas a sus espaldas y pronto llegaron un par de muchachos hasta allí. Uno de ellos agarró un palo e intentó recuperar sin éxito la pelota, que se alejaba hacia el centro del río.

–Esta es la ocasión que ha estado esperando alguno –dijo Jaroslaw–. Seguro que algún presuntuoso estudiante de Medicina.

Un montón de chicos y chicas se fueron agrupando junto a la orilla, siguiendo al balón, hasta que un joven de complexión atlética se despojó de los zapatos y la camisa y se zambulló en el río para nadar con perfecto estilo olímpico hasta alcanzar el balón. Aplausos y vítores aclamaron al deportista. Piotr, el primo de Hanna, se había acercado a ellos y Jaroslaw se levantó. Luego le tendió la mano a Hanna y la ayudó a incorporarse.

–¿Quién es ese? –preguntó Jaroslaw a su compañero.

–Un héroe –bromeó Piotr.

–¡Ya! –exclamó Jaroslaw–. Si no hubiese público, el balón habría acabado en el Báltico.

Hanna y Jaroslaw se mezclaron con el resto de jóvenes y ya no hubo más conversación. Para entonces, Hanna ya había resuelto interpretar la respuesta de Jaroslaw como una evasiva galante.

Pero esa noche de cumpleaños, Hanna, bien arropada en la cama y con los ojos abiertos, consideró que no era solo la galantería lo que movía a Jaroslaw y percibió que ella también sentía algo por él. Recordó las otras veces que había hablado con el estudiante, las numerosas ocasiones en las que se habían encontrado en la parada del tranvía, ante la casa de Jaroslaw. Los encuentros habían tenido lugar siempre en tardes de domingo, cuando Hanna iba al cine con Marysia. Los dos tomaban el tranvía y se sentaban juntos hasta que Hanna llegaba a su parada. Hablaban de películas y de novelas, de los estudios y el trabajo en la tienda, del invierno y del verano, de la vida. Jaroslaw era un chico amable y educado, y también culto, sensible y divertido.

A última hora de la tarde siguiente a la serenata, Jaroslaw se presentó en la tienda. Llevaba puesta su mejor sonrisa.

Hanna lo había estado esperando todo el día y, sin embargo, no pudo evitar ruborizarse.

La madre de Hanna, que a esas horas ya conocía la autoría del romántico concierto nocturno, miró risueña al joven músico y se retiró discretamente hacia la trastienda.

Al domingo siguiente fueron juntos al cine y, pronto, Jaroslaw se acostumbró a buscar a Hanna y, tras cerrar la tienda, dar un corto paseo que, tarde tras tarde, se iba alargando. Las conversaciones se hicieron más íntimas, llegaron las confidencias y Hanna supo que sus encuentros en la parada del tranvía no habían sido fortuitos; que, en detrimento de sus estudios, Jaroslaw pasaba horas muertas mirando por la ventana, esperando verla aparecer. Jaroslaw seguía en el tranvía hasta el final de la línea y luego regresaba andando, soñando despierto con el próximo encuentro.

Había comenzado el tiempo más feliz para Hanna, un período de su vida que se había inaugurado con sus diecisiete años y que había continuado *in crescendo* hasta ese momento en que despertaba en el tren, camino de Varsovia.

Había sido Jaroslaw quien indirectamente había impulsado el negocio familiar de las Kalinowska. Así como él tocó el violín para ella, Hanna le enseñó sus dibujos y sus proyectos. A Hanna, además del género que siempre había vendido su madre, le encantaban las maletas y los artículos de viaje, y había logrado que su madre ampliase el catálogo de ventas en ese campo. Además, ella diseñaba lujosos y prácticos maletines y sombrereras, e incluso confeccionaba artesanalmente algunos pequeños estuches para neceser o para transportar de manera cómoda y elegante cualquier tipo de objeto que pudiera necesitarse en un viaje.

Jaroslaw insistió en que esos efectos y todos los demás que diseñaba Hanna deberían fabricarse, y la convenció para que se pusiese en contacto con una prestigiosa firma de artículos de viaje de Varsovia.

El señor Vercowitz, de Vercowitz e Hijos, había quedado encantado con los diseños de Hanna y la había invitado a entrevistarse con él en la fábrica de la capital polaca. Esa era la razón del viaje, e incluso del extraño equipaje que ambos portaban. No pasarían ninguna noche en Varsovia, por lo que Hanna llevaba lo imprescindible en su bolso, y Jaroslaw en una cartera de mano. Además llevaban una sombrerera de cuero cuyo interior había reformado Hanna, y que contenía en esta ocasión otras muestras para el fabricante. Si todo marchaba bien, la prosperidad quedaría unida a la felicidad en la vida de Hanna.

Hanna se despojó de la manta de viaje y la plegó cuidadosamente. Luego se calzó y salió al pasillo, deslizando con cuidado la puerta del compartimento para no despertar a los otros pasajeros y, sobre todo, para no advertir de su presencia a Jaroslaw. Sigilosa y alzándose de puntillas, se acercó cuanto pudo a su oído, tarareando la sonata *Hanna*, que Jaroslaw había compuesto en su honor.

–Buenos días –susurró Jaroslaw con una tierna sonrisa.

–Buenos días –contestó ella, y le besó con dulzura.

Ambos se abrazaron y, a través de la ventanilla, miraron el monótono paisaje. El sol, que surgía al lado opuesto, proyectaba la sombra alargada del tren desplazándose sobre los campos cultivados y los postes del telégrafo, que se sucedían rítmicamente cortando con su verticalidad la distante línea del horizonte.

–¿Te pasa algo? –preguntó Hanna, alarmada por el desacostumbrado silencio de su novio.

Jaroslaw negó con la cabeza, pero el gesto no pareció satisfacer a la muchacha. Por fin arrancó a hablar.

–Hanna... –dijo–. Si estalla la guerra, ¿querrías verme vestido de uniforme?

–Si hay guerra –respondió Hanna muy firme–, querría encontrarme lejos, muy lejos de aquí. Contigo.

Jaroslaw apretó con fuerza a su amada y volvió a hundirse en su taciturno silencio. La mayoría de los chicos de su edad habían sido llamados a filas. Muchas familias pobres se habían visto despojadas del trabajo de sus brazos más jóvenes; algunos compañeros de Jaroslaw se habían dejado ver por la Universidad con sus recién estrenados uniformes de oficial. A él, su intensa miopía le había librado de la leva.

Hanna también estaba preocupada. Cuando la noche anterior el tren se detuvo en una estación, tanto los pasajeros que subían al tren como las personas que esperaban o deambulaban por los andenes, parecían presas de una agitación inusual. Las palabras que se escuchaba resonar con más fuerza eran «Alemania» y «guerra».

Un grupo de señores discutía acaloradamente en *yiddish*, la lengua tradicional de los judíos de la Europa central y oriental, en medio del andén. Jaroslaw se dirigió a ellos en el mismo idioma.

Luego se volvió hacia Hanna y tradujo lo que le habían transmitido:

–Dicen que el ejército polaco ha atacado una emisora de radio alemana.

Las dos monjas que viajaban en el mismo compartimento que los jóvenes se mostraron horrorizadas. Unos soldados subieron al vagón. Todos los viajeros se dirigieron a ellos en demanda de información. El de mayor graduación era un cabo, y ninguno de ellos sabía más que el resto de la multitud.

De súbito, los primeros compases del himno nacional polaco sonaron en una estridente trompeta. Todas las cabezas se volvieron hacia el destemplado sonido. En la puerta de la cantina, un hombre se retiró la trompeta de la boca para reemplazarla por una botella de cerveza. Con espuma en la comisura de los labios, gritó con patriótica euforia:

–¡Es la guerra! ¡A Berlín!

El público de la estación se dividió entre los que reprochaban la actitud del borracho y los que jalearon sus consignas.

El jefe de estación hizo sonar su silbato, apenas perceptible entre los gritos de la muchedumbre y los acordes de una marcha militar que el borracho arrancaba a trompicones de su instrumento. La locomotora emitió un pitido atronador y lentamente arrastró al convoy fuera de la estación. En el pasillo, la gente deambulaba en busca de noticias. En el compartimento de Hanna y Jaroslaw se había instalado un nuevo pasajero, que pronto se vio rodeado de una multitud exigiéndole explicaciones concisas, que apenas podía ofrecer.

Nadie le preguntó su nombre, nadie se interesó por él, solo esperaban que fuese algo menos que un ministro y que conociese todos los detalles de lo sucedido. Pero lo que el pobre hombre, viajante de comercio de Grudziadz, pudo decir era lo que había escuchado en la estación, y pronto lo que sabía entró en contradicción con las informaciones de otros viajeros.

–Los polacos han atacado una emisora de radio alemana y ha habido muertos.

–El ejército polaco ha llamado a los alemanes a levantarse contra su gobierno.

–Los alemanes hacen propuestas de paz al gobierno de Varsovia.

–Pero a cambio exigen territorios...

El viaje se hizo tenso y los revisores y demás empleados del ferrocarril se convirtieron en reporteros improvisados, que hacían extenderse las noticias y los rumores a lo largo de los vagones.

En la siguiente estación, soldados armados y apostados a lo largo del andén parecían confirmar los temores más pesimistas. Hubo quien se apeó del tren para intentar regresar antes a casa, pero lo que hacía la mayoría era vociferar en demanda de informaciones fiables.

Cuando el tren se puso en marcha de nuevo, la situación en el país parecía resumirse en que el gobierno polaco había desmentido las informaciones y aseguraba que ninguna unidad militar había atravesado la frontera. Para entonces ya había en el tren quien lamentó escuchar estas noticias y que, siguiendo las propuestas del borrachín trompetista, hablaba de darle una lección a Hitler.

Uno de los más recientes pasajeros dijo haber escuchado una emisora alemana donde las noticias eran muy diferentes a las que se habían expuesto a través de las ondas polacas.

–El locutor alemán ha dicho que, a las ocho de la tarde, soldados polacos habían irrumpido en la emisora radiofónica de Gleiwitz y, tras asesinar brutalmente a los empleados, habían emitido un comunicado llamando a la subversión y el sabotaje contra el Reich. Otros hechos similares habían tenido lugar en Hochlinden y cerca de Kreuzburg. La radio alemana había dicho que estas agresiones en el sagrado suelo alemán no quedarán sin respuesta...

La mayor de las dos monjas declaró que la Virgen María protegería a Polonia, y, abstrayéndose de las conversaciones que se mantenían a su alrededor, las dos hermanas comenzaron a rezar el rosario. Su serenidad sirvió de ejemplo y los ánimos se fueron calmando, de modo que hacia la medianoche todos los viajeros del compartimento se habían dormido.

–No habrá guerra –musitó Hanna al oído de Jaroslaw, mientras en el cielo de occidente unos puntitos refulgían con los rayos del sol naciente y se agrandaban poco a poco.

Jaroslaw fue el primero en verlos. El sol seguía ascendiendo, dotando de formas y colores a cuanto se encontraba bajo su cálida luz.

–Mira –le dijo a su novia–. Son aviones.

Volaban en formación y, tras la primera escuadrilla, apareció otra, y luego otra. Ni Hanna ni Jaroslaw emitieron palabra alguna, pero ambos se preguntaban con inquietud si los aparatos serían polacos o alemanes. Ninguno de los dos se molestó en contar el número de aviones que fueron pasando y perdiéndose en la lejanía, pero sí vieron claramente que dos de ellos se separaban de la última formación y viraban para ir a su encuentro. Los aviones se acercaron tanto que pudieron distinguir las bombas colgadas bajo su fuselaje, las cruces negras y blancas pintadas en las alas y la siniestra esvástica en la cola. Un escalofrío de terror sacudió al mismo tiempo sus cuerpos sin que se pudiese saber de quién había partido. Se abrazaron con fuerza.

–Te quiero –dijo Jaroslaw.

–Te quiero –le confirmó Hanna, mientras unas ensordecedoras y terroríficas sirenas anunciaban el picado de los Stuka.

Ambos se fundieron en un apasionado beso, que era a un tiempo despedida y compromiso de eternidad, un beso de paz que guardaba todo su amor, toda su esperanza, toda la ilusión de un futuro feliz que súbitamente se desvanecía para precipitarse en un vacío absoluto.

Bajo sus pies, sobre sus cabezas y a su alrededor, el vagón se estremeció y se elevó sobre los raíles antes de desaparecer en una brutal explosión que mezcló en una nube negra el hierro y el cristal, la madera y la carne, las maletas y la sangre, el temor y la esperanza.

La muerte había comenzado un festín que duraría seis años.

Berlín (Alemania)

1 de octubre de 1939

Una multitud alegre y festiva se congregaba en las aceras de la avenida, vitoreando y agitando banderines al paso de la banda de las Juventudes Hitlerianas, que celebraba en ese domingo la caída de Varsovia y el fin de la guerra.

En el transcurso de un mes, más de diez mil familias alemanas habían quedado de luto. En Polonia, las vidas segadas eran incontables, y la guadaña nazi seguía moviéndose. Pero las cifras de muertos, heridos o desaparecidos no parecían afectar al público que festejaba el paso marcial de su juventud en formaciones perfectamente alineadas, que seguían con sus pasos firmes los redobles de tambor. Algunos buscaban a sus hijos entre las apretadas filas y veían con emoción su propio orgullo reflejado en los rostros infantiles; otros admiraban la disciplina y el espíritu de sacrificio patriótico que se inculcaban en su juventud, y solo unos pocos adivinaban en la alineación de muchachos una factoría de carne de cañón.

Lo cierto es que, después de años, los berlineses deberían haberse acostumbrado a este tipo de demostraciones simbólicas, al ritmo estruendoso de los tambores y los clarines, a saludar con el brazo en alto el paso de las enseñas con la cruz gamada, pero, lejos de convertirse en una rutina tediosa, para algunos suponía casi la celebración de un rito sagrado. Así lo sentía Heinrich Burkhard, que con dieciséis años, marchaba al frente de su escuadra. Precisamente aquella parada rendía un sentido y sincero homenaje a la patria alemana y a los soldados que habían dado su vida y que habían luchado por engrandecerla. Desde luego, aquel desfile no era ningún acto banal.

Cuando Hitler subió al poder, Heinrich poco o nada sabía de política, pero cuando rebuscaba entre sus recuerdos, tal vez más imaginados que vividos, tendía a considerar que antes del advenimiento del Führer, ya le había sido revelada la verdad nacionalsocialista.

En aquellos años nebulosos de su infancia, algunos de sus amigos habían manifestado, en sus conversaciones más íntimas, débiles discrepancias con el nuevo régimen. Hablaban de democracia y regímenes parlamentarios, pero Heinrich sabía que eso no había funcionado en Alemania, y consideraba que, en el fondo, sus amigos también lo reconocían.

Aunque Heinrich era muy joven cuando la República alemana había sucumbido ante el imparable éxito del Reich, sabía que la democracia había sido un desastre. Sus padres echaban pestes cuando se referían a aquellos años de hambre, pobreza y subordinación al Tratado de Versalles. Y fueron los comunistas y los judíos quienes llevaron al país a aquel estado miserable. Heinrich estaba convencido de que los políticos democráticos solo velaban por sus intereses de clase o de partido y se olvidaban de la patria. El Führer, en cambio, había devuelto el honor y la prosperidad a Alemania, y Alemania era lo que importaba.

En aquel tiempo no se podía ser un buen alemán sin ser nacionalsocialista. A él no le había convencido ningún discurso del Führer ni ninguna demostración de la fuerza del partido. Nada de eso le había hecho falta. Simplemente, los nazis defendían las mismas ideas que él consideraba como propias e innatas. Desde que podía recordar, Heinrich se había sentido parte de un pueblo superior, llamado a dominar el mundo. Ya de niño admiraba a los hombres fuertes y rubios, y de adolescente se sentía atraído por las chicas arias y encontraba grotescas y decadentes las estampas francesas que su amigo Georg le enseñaba de las negras y gitanas que actuaban desnudas en los cabarets de París. Aquella admiración por lo ario, por lo alemán, desde muy pronto se había acompañado de un desprecio por todo lo que no lo era, un desprecio que en muchos casos había derivado hacia el más profundo de los odios o las repugnancias. Despreciaba, por ejemplo, a los polacos o a los checoslovacos; también a los italianos, pese a que fuesen aliados de Alemania. Odiaba a los franceses y a los ingleses, a cuyas naciones le gustaría ver derrotadas y humilladas, sometidas a la autoridad de su vengativa Alemania. Sentía aversión por los judíos, a los que había llegado a juzgar como una especie de insectos inmundos, viscosos y altamente perjudiciales no solo para los arios, sino para la humanidad entera, incluso para aquellas razas exóticas –negros, árabes, orientales– a las que consideraba poco más o menos que ganado.

Es cierto que de pequeño había tenido un amigo judío, aunque, visto con el tiempo, preferiría considerarlo más bien como un conocido, como un simple compañero de juegos. Se trataba de un niño rubio con nombre germánico, quizá la más peligrosa forma que podía adoptar un judío, que de ese modo podía contaminar a los arios sin que estos se percatasen de su presencia.

Un día, cuando volvía a casa con su madre, lo vio en la calle, en compañía de sus padres y su hermano. Los cuatro estaban parados y silenciosos en medio de la acera, ante su tienda de pianos, con los brazos en alto y con carteles colgados del cuello en los que se leía: «Soy judío». Unos hombres uniformados con camisas pardas y armados con porras, los flanqueaban y los mostraban al público como monstruos de feria. En los cristales del escaparate, ante los lujosos pianos, lucían ahora bastas estrellas de David, pintadas a brochazos junto a carteles en los que se recomendaba a la población no comprar en aquel establecimiento.

Cuando su madre y él cruzaron ante la familia Sonnenschein, Heinrich advirtió que el joven Dieter le dirigía una mirada cargada de súplicas. Él, súbitamente, se sintió enrojecer, sobre todo de vergüenza, pero también de ira. Su primer impulso fue correr hasta él y escupirle en la cara, para demostrar a todos que era un buen alemán. Trató de hacerlo, pero al ir a soltar la mano de su madre, notó cómo esta le apretaba con más fuerza y tiraba hacia ella, temerosa quizá de que fuese a confraternizar con alguno de los prendidos.

No volvió a hablar con Dieter ni con ningún miembro de la familia Sonnenschein, que, por otro lado, no tardó mucho en desaparecer del barrio. La tienda de pianos fue ocupada por una charcutería, cuyo propietario colgó un cartel publicitario en el que se decía: «Los judíos no comen cerdo», que seguramente le ayudaba a incrementar sus ventas.

Y Heinrich siguió creciendo y la ciudad quedó limpia de judíos, y de comunistas, y de afeminados, y de todo aquello que pudiese estorbar el perfecto funcionamiento de Alemania tal y como él la entendía, una nación a la que nadie podía negar su condición de superioridad.

La música cesó y las escuadras juveniles se detuvieron. Con voz rugiente, Heinrich ordenó descanso y, tras pasar revista la imberbe tropa, mandó finalmente romper filas. Mientras los muchachos uniformados guardaban los tambores y protegían con fundas las pomposas enseñas, Heinrich aprovechó el descanso para realizar unas fotografías con su cámara nueva. A ello se dedicaba cuando vio, por detrás del público que seguía los trabajos disciplinados de la organización juvenil, a una persona conocida y admirada, la señora Schneider, la esposa de su portero. Corrió a saludarla.

La señora Schneider era un ejemplar perfecto de mujer aria. De ojos azules y un cabello rubio aún más claro que el de Heinrich, de piel blanca, alta, esbelta, sana y bien proporcionada.

Así se lo había parecido a Heinrich desde que la conoció, precisamente cuando se casó con el portero. Él no tendría entonces más de diez años y ya quedó subyugado por la belleza de su nueva portera.

Nunca olvidaría la primera vez que la vio, en el portal. Heinrich regresaba en compañía de sus padres y hermanos de dar un paseo por el parque y allí estaba ella, junto a su disforme y viejo esposo, quien la presentó como la señora Schneider.

–Si parece su hija –dijo su madre cuando el ascensor se detuvo en su piso–. No es más que una niña.

El padre de Heinrich contestó con una sonrisa burlona y emitió un irónico comentario: «viejo verde». Esas palabras, que Heinrich escuchaba por primera vez, quedaron asociadas para siempre con el físico grosero de su portero.

La señora Schneider, Liese, tendría apenas siete u ocho años más que Heinrich, pero eso suponía una barrera infranqueable cuando él no era más que un niño y ella una mujer, una mujer casada. Un año después, sería también madre.

Ni la edad, ni el estado civil, ni la maternidad impidieron a Heinrich soñar despierto, de suerte que se imaginaba a sí mismo salvando a la bella damisela de las garras de un tigre escapado del zoo primero, luego de las armas de una pandilla de agitadores comunistas y, más tarde, de los brazos repugnantes de un judío. En estas últimas fantasías, Heinrich ya se representaba a sí mismo vestido con el uniforme de las Juventudes Hitlerianas, y precisamente el marido de Liese fue detenido por la Gestapo bajo la sospecha de ser judío. Sin embargo, a los dos días, el pobre hombre volvió a ocupar su puesto en la portería, después de haber demostrado una genealogía impecable. Nunca supo nadie quién había efectuado la falsa denuncia. Nadie excepto Heinrich.

Heinrich fue creciendo, cambiando uno tras otro sus uniformes con la camisa parda y el pañuelo negro anudado al cuello, hasta alcanzar con sus ojos los de Liese y, finalmente, lograr mirarlos desde arriba.

Aquel día, Liese estaba preciosa bajo la sombra de los tilos. Tanto ella como su pequeña hija vestían con festivos trajes bávaros, pues ella era natural de un pueblo de Baviera y allí había vivido hasta su matrimonio con el señor Schneider. La blusa blanca de mangas cortas, ceñida por un corpiño negro con flores bordadas, realzaba su talle y busto, y se había recogido el cabello en el peinado tradicional de trenzas.

–¡Señora Schneider! –la llamó–. ¡Liese!

Ella se volvió y dedicó una sonrisa a Heinrich cuando le reconoció.

–Buenos días –le dijo, y luego se dirigió a su pequeña–. Erika, saluda a Heinrich.

–Buenos días, Heinrich –dijo la niña, que se agarraba con su manita a la mano de su madre.

–Buenos días, Erika –dijo Heinrich, y se acuclilló a su lado.

Heinrich extrajo de su bolsillo una insignia con la cruz gamada y la prendió en el vestido de la niña.

–¿Te gusta? Dentro de unos años, tú también tendrás tu uniforme.

La señora Schneider disimuló una mueca de repulsa.

–Venga conmigo, Liese. Les haré unas fotografías. Son en color.

Ella no pudo resistirse a conseguir una fotografía en color de su pequeña y acompañó a Heinrich junto a sus compañeros. Las hizo posar a las dos juntas. Liese le dio las gracias y, mientras lo hacía, Heinrich le pidió a uno de sus altivos camaradas que le sacase una foto junto a ella. Liese no supo negarse.

Heinrich rodeó con su brazo la fina cintura de la señora Schneider y percibió el calor de su hermoso cuerpo rozándole el costado. Ella se volvió con gesto sorprendido, pero él no le dio opción a protestar.

–Sonría, por favor –le dijo amistosamente.

Lo que en él era excitación era en ella azoramiento, pero miró hacia la cámara mientras el brazo derecho le quedaba incómodamente colgado a la espalda del muchacho, sin saber qué hacer con él, hasta que finalmente optó por posarlo sobre el grueso cinturón de Heinrich.

El fotógrafo se tomó su tiempo para encuadrar y hacer los ajustes precisos hasta que accionó el disparador. Dos sonrisas, la una triunfante y orgullosa, la otra ofuscada y algo forzada, quedaron impresas en la película. Una imagen perfecta con los estereotipos de la raza aria, digna de la portada de una revista del partido.

–Le daré unas copias en cuanto revele el carrete –dijo Heinrich.

–Muchas gracias, Heinrich –Liese trataba de buscar una frase cordial que demostrase su verdadera gratitud–. Será un bonito recuerdo del día de la paz.

–¿De la paz? –contestó él, irónico–. Espero que la derrota de Polonia no haya sido más que la primera.

VARSOVIA (POLONIA)

24 DE DICIEMBRE DE 1939

Agazapada en la oscuridad, Maria esperaba ante las ruinas del colegio. La temperatura había descendido mucho y temía que el vaho que escapaba de su boca y sus narices acabara por delatar su presencia.

Un ruido la sobresaltó. Eran los pasos de alguien que caminaba sobre los escombros, dentro del colegio. Maria se encogió y se tapó la boca con la mano enguantada. Notó el roce de la lana con la nariz acuosa.

–Maria –en el interior del edificio alguien susurraba su nombre–, Maria.

Era Aleksandra, su antigua compañera de pupitre, a quien estaba aguardando. Maria se coló por el boquete informe que vagamente recordaba que allí hubo una vez una ventana. La débil luz de una linterna destellaba en la oscuridad.

–Maria –Aleksandra seguía buscando a su amiga–, Maria.

–Estoy aquí –contestó Maria con un murmullo áspero que no ocultaba su enojo.

El haz de luz se dirigió a su cara. Aleksandra sonrió al descubrir el pecoso rostro de su amiga Maria.

–Apaga esa luz –protestó Maria–. Nos va a ver alguien.

Aleksandra obedeció y se acercó hasta Maria tropezando con los cascotes derribados. Era lo único que quedaba en el interior del colegio. Todo lo que pudiera arder había desaparecido ya en las estufas y chimeneas del vecindario.

–¡Feliz Navidad! –dijo Aleksandra agarrando a Maria por los brazos.

–Feliz Navidad –contestó Maria, que sonrió por fin y besó a su amiga.

Tras el saludo separaron sus rostros, mientras Aleksandra se limpiaba con el guante la húmeda huella que la nariz de Maria había impreso en su mejilla.

–¿Por qué has tardado tanto? –preguntó Maria.

–No encontraba la brocha –respondió Aleksandra–. Mi madre no ha querido darme ninguna. Dice que no tiene.

–¿Entonces no has traído ninguna?

Aleksandra sonrió feliz, mientras sacaba un extraño objeto del bolsillo de su abrigo.

–He fabricado una –dijo feliz, mostrándole a Aleksandra un palo a cuyo extremo había atado un grueso manojo de fibras de escoba con un jirón de tela vieja.

–¿Eso nos servirá? –preguntó Maria, manifiestamente menos entusiasmada que su compañera.

–¡Claro! No se trata de pintar un cuadro.

Con mucho sigilo y sin dejar de escudriñar en todas direcciones, abandonaron el edificio y se deslizaron entre las sombras hasta la plaza, donde se hicieron visibles los altos muros de la iglesia.

Maria y Aleksandra, además de compañeras de clase, lo eran del coro parroquial y tenían muchos buenos recuerdos asociados al edificio de la iglesia, no tanto al del colegio, cuya destrucción en los bombardeos no habían lamentado en un principio. Más tarde comprobaron con sorprendente nostalgia que el colegio había supuesto un magnífico lugar de encuentro.

El edificio de la iglesia era el único de los alrededores que se había salvado –milagrosamente, decían– de los bombardeos de septiembre. Solo las vidrieras de los amplios ventanales se habían destruido con las ondas expansivas. Por lo demás, la construcción parecía tan sólida como antes. Sin embargo, la nueva autoridad había decidido clausurarla, argumentando amenaza de ruina. Ningún polaco creía eso, pero nadie se acercaría a pedir las llaves a la Gestapo.

La autoridad alemana consideraba que la guerra había terminado en septiembre, con la rendición del ejército polaco. Sin embargo, los polacos no lograban sentirse en paz. Ese armisticio solo significaba que cualquier acción contra el invasor sería considerada como un acto de terrorismo. Los alemanes estaban decididos a castigar al pueblo invadido, y no bastaba con la rendición de su ejército, con la detención de miles de civiles o con la expropiación de casas y tierras. Era necesario atacar todo lo que amaban y lo que los identificaba como pueblo.

Ese 24 de diciembre, por primera vez desde que se edificara el templo, no habría oficios de Navidad.

Aleksandra y Maria estaban decididas a cambiar eso en la medida de sus posibilidades. Cruzaron la desierta plaza corriendo de puntillas sobre los adoquines. Conforme al plan establecido, se arrodillaron junto al muro de la iglesia y susurraron un apresurado padrenuestro, luego se santiguaron y se pusieron en pie. Nuevamente se aseguraron de que no hubiera nadie por los alrededores y sacaron la artesanal brocha y un bote de pintura blanca. Maria sujetó el bote mientras Aleksandra mojaba la brocha e iniciaba el trazo de la primera letra.

Aquella pintada en el templo significaba para ellas –y esperaban que para todo el que la leyese– que aquella iglesia seguía viva, que Polonía seguía existiendo y pretendía expresar, sobre todo, su esperanza en el futuro y su rebeldía contra el orden de cosas establecido por los alemanes, contra la odiosa doctrina nazi, contra la guerra.

A mitad del trabajo, Maria tomó la brocha en sus manos y Aleksandra sostuvo el bote de pintura. Estaban terminando de retocar la última letra, cuando el motor de un vehículo rugió desde una de las calles que desembocaban en la plazuela.

Las dos amigas corrieron y se agazaparon tras un buzón, conteniendo asustadas la respiración.

Una camioneta del ejército alemán entró en la plaza y sus faros alumbraron el reciente grafiti. El vehículo se detuvo y cuatro soldados descendieron de él, apuntando sus armas en todas direcciones. En lo alto de la camioneta, un oficial encendió un potente foco y recorrió todos los rincones de la plaza. Al alumbrar el buzón, el denso vaho que escapaba de los pechos palpitantes de las chicas las delató.

El oficial gritó enérgicamente y todas las armas apuntaron en aquella dirección.

Las dos amigas escucharon otros gritos furiosos, sin llegar a entender ninguna palabra. Sentían el foco del reflector a su alrededor, perfilando la silueta del buzón. Más allá, a diez pasos escasos, un muro doblado en esquina ofrecía de nuevo la sombra protectora.

Maria tomó entre las suyas la mano de su amiga y la besó.

–Feliz Navidad –volvió a desearle.

Aleksandra asintió con una mueca que no llegó a ser sonrisa, mientras limpiaba la gota que brillaba bajo la nariz de Maria.

Una orden monosílaba cortó el aire que respiraban y un disparo resonó al tiempo que la bala se estrellaba en el buzón. Las chicas salieron corriendo hacia la esquina, pero las descargas les impidieron alcanzar la sombra. Sus cuerpos quedaron tendidos sobre los adoquines. La enseña nacional polaca se esbozó en el pavimento con la pintura blanca derramada y la sangre de las niñas. Entre las dos sumaban veintiséis años.

Los soldados se acercaron hasta sus víctimas y contemplaron consternados su obra.

El teniente dirigió el foco del reflector hacia el muro de la iglesia e iluminó la pintada. Lógicamente, estaba en polaco.

Llamó a uno de los soldados, oriundo de Dantzig.

–¿Qué pone, Hermann?

El soldado miró hacia la pared y se quedó mudo.

–¿Qué pone? –la voz del oficial sonó impaciente.

Hermann tragó saliva y leyó:

–«Paz en la Tierra».

POKÓJ NA
ZIEMI

Francia

MAYO-JUNIO DE 1940

En aquellos días de mayo todos pensaban en las vacaciones de verano, o al menos eso le parecía al pequeño Jean Pierre Legrand, que gastaba la mayor parte de las conversaciones con sus compañeros de clase describiendo sus planes para los próximos meses en compañía de su primo Claude, que tenía diez años, igual que él. Nadarían en la playa, surcarían las aguas del océano en un bote de pesca, escalarían acantilados, descubrirían cuevas submarinas en la costa normanda...

La familia Legrand llevaba una existencia corriente a las afueras de Beauvais, en el norte de Francia. El señor Legrand era periodista, reportero, como le gustaba decir a su hijo Jean Pierre, y ese año, como el anterior, había ahorrado lo suficiente como para llevar a su familia todo el verano a la costa de Normandía, claro que a eso ayudaba el hecho de que la familia de su esposa, Hélène, viviese en un pueblo a corta distancia del mar. Por supuesto que el pueblo de Hélène tenía nombre, pero su marido siempre se refería a él utilizando el nombre de la región, cuando no llamándolo Hélène-Sur-Mer, de modo que en la familia de Beauvais, tanto el pueblo como la casa del abuelo y los tíos Joseph y Elvire, eran simplemente Normandía. Allí habían pasado Hélène y los niños un mes y medio del verano de 1939, aunque el señor Legrand solo dispusiese de dos semanas de vacaciones, al igual que en esta ocasión.

Hélène era feliz. Tenía un marido que escribía poesías y un par de hijos maravillosos. Jean Pierre, el mayor, ansiaba como nadie el final del curso. Esperaba unos buenos resultados. No excesivamente brillantes en Aritmética y Gramática, pero en Geografía e Historia solo le superaba Charles Lapin. El pequeño Jacques, con sus cinco años recién cumplidos, no sentía las vacaciones como algo espectacular, pero empezaba a entender que se aproximaban fechas en las que su hermano no iría a la escuela y jugaría con él todo el día. También sabía que todos irían a ver al abuelo y los tíos a Normandía, al mar.

Sin embargo, fuera del ambiente infantil, las vacaciones no eran el tema de conversación más frecuente. Había otro que parecía ocupar a todas las personas mayores, aunque llevasen hablando de él desde el principio del curso escolar: la guerra.

El uno de septiembre del año anterior, 1939, Alemania había atacado a Polonia. Dos días después, Francia declaró la guerra a Alemania. Todos hablaban de los nazis y de Hitler, de que este quería esclavizar al mundo y de que los franceses y los ingleses harían entrar en razón al sanguinario líder alemán.

Así que Francia estaba en guerra. De eso habían hablado durante todo el curso en la clase de Jean Pierre. Habían estudiado el mapa de Europa. Alemania, capital: Berlín; Polonia, capital: Varsovia. Estaba muy lejos Polonia y parecía grande, pero los alemanes habían tardado menos de un mes en invadir todo el país. La gente solía considerar a Polonia como un Estado pobre y anticuado, con un ejército débil, no como el francés, al que todos suponían el más poderoso del mundo. Mientras los alemanes invadían Polonia, el ejército francés penetró en Alemania y ocupó varios pueblos fronterizos en la región del Sarre.

El padre de Jean Pierre había estado allí como reportero. Había visitado las líneas fortificadas del ejército francés en territorio alemán y había visto las posiciones de los alemanes. Ambos ejércitos se portaban con gran cautela y parecían limitarse a observar al enemigo. De regreso a Beauvais, su maleta incluía dos tanques de hojalata que se movían a cuerda y un casco de acero que le habían regalado los soldados.

Poco después de que Jean Pierre recibiera su regalo, cuando hubieron acabado las operaciones militares en Polonia, los alemanes enviaron divisiones de refuerzo al Sarre y el ejército francés se replegó hasta su frontera. Los alemanes se detuvieron allí, sin pisar suelo francés. Parecía que todos querían evitar la confrontación.

En el noticiario del cine, Jean Pierre vio las imágenes de la Línea Maginot, una fortaleza inexpugnable que se extendía a lo largo de cuatrocientos kilómetros entre el Rin y la frontera con Bélgica. Tanto a Jean Pierre como a sus amigos les impactaron aquellas imágenes, que parecían sacadas de películas de ciencia ficción. Largos túneles recorridos por limpios trenes eléctricos, ascensores que suben balas de cañón enormes, cúpulas de acero con gigantescos cañones giratorios, ametralladoras y periscopios que salen de la tierra y miles de soldados con pulcros uniformes, que sonríen a la cámara en sus dormitorios y comedores subterráneos. A Jean Pierre le dio la impresión de que vivían en las profundidades de otro planeta. No podía existir un ejército capaz de traspasar esa barrera de fuertes de acero y hormigón.

En los mismos documentales vio también a los joviales soldados ingleses, que venían a Francia para ayudarlos. Era imposible que Alemania derrotase a Francia. Era imposible que Alemania venciese a Francia y Gran Bretaña unidas.

Otras imágenes mostraban los poderosos buques de guerra de Francia y hablaban de la histórica e incuestionable supremacía en los mares de Inglaterra.

Un día, el profesor desplegó el mapamundi sobre el encerado y, ayudado de un largo puntero, fue señalando la inexorable persecución que varios barcos ingleses, con el apoyo de la marina francesa, habían llevado a cabo contra un acorazado corsario alemán en el Atlántico Sur, obligándole a refugiarse en el puerto neutral de Montevideo, donde halló asilo durante tres días. Terminado el plazo, el capitán alemán hundió su propio barco en la desembocadura del Río de la Plata para evitar que lo hicieran los ingleses.

De lo que no se hablaba tanto era de los cargueros y mercantes aliados que eran hundidos día tras día por los submarinos y buques de guerra alemanes.

Pero cuando apenas faltaban dos meses para el fin del curso, en mayo de 1940, todo se derrumbó. Acabó para siempre aquella guerra sin disparos. Los alemanes no atacaron por el este, no se enfrentaron a la Línea Maginot. Sin previo aviso, invadieron la neutral Holanda y atacaron Bélgica. Las tropas británicas y francesas cruzaron la frontera para enfrentarse a un ejército que llevaba años preparándose para la guerra, para una guerra distinta y moderna. El padre de Jean Pierre marchó a las posiciones francesas para informar.

Para Jean Pierre, la guerra empezó el día en que se marchó su padre. No había sentido miedo ni había pensado que existiese peligro. Sería como cuando fue al frente oriental. Le traería otro juguete. Pero esta vez fue muy distinto. Los soldados no se limitaron a observarse desde sus trincheras. Unos avanzaban –los alemanes– con arrolladora potencia, mientras que otros –los aliados– retrocedían en desorden. En dos semanas capituló Bélgica. Gran parte del cuerpo expedicionario británico y miles de soldados franceses y belgas se embarcaron en Dunkerque, rumbo a Gran Bretaña. El miedo empezó a olerse en Beauvais, en toda Francia. La gente ya no hablaba de las vacaciones ni opinaba sobre las estrategias que debían seguir los generales. Todos corrían, todos estaban de mal humor. El frente parecía cambiar día a día, y de pronto supieron que el ejército alemán había penetrado en Francia. Jean Pierre y Jacques vieron lágrimas en los ojos de su madre.

–Vamos a adelantar las vacaciones –les dijo.

Los niños deberían haberse alegrado, pero la atmósfera reinante se lo impidió. Recelaron que algo grave ocurría. Un viaje, aunque fuese a Normandía, no tenía que significar a la fuerza vacaciones.

Por la noche recibieron una llamada telefónica de su padre. Todos hablaron con él. Les dio muchos ánimos a Jean Pierre y a Jacques y les prometió que lo pasarían estupendamente en casa de los tíos, y que allí se reunirían con él. Sin embargo, cuando mamá habló con papá, apoyó la cabeza en la pared y se tapó la cara con la mano como si no quisiese que la viesen los niños, pero su cuerpo se estremecía y su voz se volvió mucho más aguda, al tiempo que fuertes sollozos parecían morir en su garganta. No parecía que lo que le contaba a ella fuera tan divertido.

Mamá colgó el teléfono y permaneció un instante de espaldas a los niños; luego se frotó enérgicamente la cara y se volvió hacia ellos con una sonrisa resplandeciente. La preocupación desapareció de los dos pequeños.

Como todas las noches, de rodillas junto a las camas, rezaron una corta oración infantil, con las manos unidas por las palmas. Luego se acostaron y mamá los arropó como acostumbraba antes de despedirse con un beso de buenas noches. Nada más apagar la luz y salir al pasillo, Jacques saltó de la cama y se dirigió con pasos presurosos hasta la cómoda donde estaba Benjamin, un oso de peluche que había pertenecido a Jean Pierre y que había compartido todo tipo de juegos con los dos hermanos. Jacques lo cogió de una pata y volvió corriendo a la cama. Lo tapó bien con la sábana, la manta y la colcha y se abrazó a él. Jacques ya tenía cinco años y sabía que no estaba bien que siguiese durmiendo con un muñeco, por eso lo hacía a oscuras todas las noches y creía que ni sus padres ni su hermano lo sabían. Ellos tampoco se lo dijeron nunca a nadie.

Mientras eso ocurría en la habitación de los niños, en el salón Hélène miraba, entre mudas lágrimas, las paredes y los muebles, los recuerdos atesorados, la vida acumulada poco a poco en la estancia. Se habían mudado a aquella bonita casa cuando Jacques aún no había cumplido un año. «Está por encima de nuestras posibilidades», le había dicho a su marido cuando la vieron por primera vez. «Por encima de nuestras posibilidades solo están las estrellas», respondió el poeta, aunque, afortunadamente, fue el periodista quien pagó el alquiler todos los meses.

Cuando a la mañana siguiente mamá cerró las maletas, no olvidó a Benjamín. Se lo entregó a Jacques y le dijo:

–Toma, lleva tú al osito –y luego añadió–: Puede que tardemos algún tiempo en volver a casa.

Jacques lo tomó con el brazo izquierdo y lo apretó contra su pecho. En la otra mano llevaría la cartera de cuero de Jean Pierre, que en esta ocasión, en vez de libros, lápices y cuadernos, contenía bocadillos y fruta.

Habían salido a la calle cargados de maletas. Recorrieron varias manzanas, hasta la esquina de su calle con una amplia avenida. Allí decidieron esperar un taxi, pero no pasaba ninguno libre. De pronto empezaron a sonar sirenas y la gente que deambulaba por las aceras emprendió carreras alocadas en todas direcciones.

–¡A casa! –gritó mamá, echando a correr y soltando las maletas en la acera.

Corrieron tan aprisa como pudieron. Mientras su madre abría la puerta, Jean Pierre miró al cielo y vio las oscuras siluetas de unos grandes bombarderos volando muy despacio, como a cámara lenta, sobre ellos. Su madre lo empujó al interior de la casa.

Bajaron a la bodega y, abrazados, los tres escucharon el ruido de las bombas. Jacques no sabría decir cuánto tiempo duró el bombardeo, ¿un minuto?, ¿una hora? A las explosiones siguió un silencio igualmente inquietante, que se vio roto por el ulular de las sirenas de bomberos, de ambulancias, de policía. Ninguna bomba había caído cerca y su madre salió a la calle en busca de las maletas. Entonces sonó el teléfono. Era del periódico. Se oía muy mal. Jean Pierre contestó que su madre había salido, pero que volvería inmediatamente. A los pocos minutos volvió a sonar el teléfono. Era la misma voz. Mientras hablaba con Jean Pierre, Jacques se puso a gritar a mamá, a través de la ventana cerrada. Jean Pierre corrió hacia allí y vio a su madre en la calle junto al señor Korbel, un judío checoslovaco que había instalado una óptica en Beauvais unos años atrás y que vivía con su esposa en la casa de al lado. Por encima de las casas de enfrente se veían negras columnas de humo.

–¡Mamá! –Jean Pierre había abierto la ventana y llamó a su madre–. Te llaman del periódico.

Hélène entró a toda prisa y cogió el auricular, pero la comunicación se había interrumpido. Llamó varias veces al periódico sin obtener éxito. Luego volvió a ocuparse de los niños y su interrumpida marcha. Cuando ya salían por la puerta, volvió a sonar el timbre del teléfono. La madre descolgó el auricular, repitió «sí» unas cuantas veces y luego dejó escapar un grito. Pasó a entonar preguntas que no parecían tener respuesta desde el otro lado de la línea: «¿Dónde está?». «¿Cuándo?». ¿Qué puedo...?». La comunicación volvió a cortarse y ella marcó de nuevo el número del periódico. El teléfono no funcionaba. Golpeó con furia el auricular contra la pared y volvió a intentarlo. Se volvió hacia los niños y salió de la casa sin cerrar la puerta. Los llevó a la casa de los señores Korbel, quienes los recibieron con las mismas caras de ansiedad e inquietud que tenía la señora Legrand. Hablaban en voz muy alta, pero con frases inconexas, y sus movimientos eran precipitados y torpes. Jean Pierre y Jacques permanecían quietos y se miraban entre ellos con gesto de incomprensión. Parecían las únicas personas cuerdas. Hélène volvió a telefonear desde la casa de los señores Korbel y, después de varios intentos, logró contactar con el periódico. No parecía que las noticias fueran buenas, pero tampoco concretas. Cuando colgó el teléfono, se dirigió a los señores Korbel. Esta vez lloró sin disimular las lágrimas.

–Han bombardeado la estación –les dijo a los niños–. Tengo que ir un momento al periódico, pero vuelvo enseguida. Obedeced a los señores Korbel.

La vieron alejarse a través de los cristales de la ventana. Los vecinos andaban demasiado ocupados para hacerles caso. Se movían de una habitación a otra con precipitación. Abrían armarios y sacaban cosas que guardaban en maletas o tiraban al suelo. Hablaban entre ellos en una lengua desconocida para los niños, que los miraban quietos y con los ojos muy abiertos, como esperando que aquellas extrañas palabras les entrasen por la vista. La conversación se interrumpió ante el escalofriante sonido de las sirenas que anunciaba una nueva incursión aérea. Los cuatro bajaron al sótano. A Jean Pierre le pareció muy distinto de su bodega, donde el único mueble ordenado era la estrecha estantería en que se guardaban las botellas de vino. En el resto de la diáfana estancia se amontonaban los trastos viejos sin ningún orden. En cambio, en el sótano de los señores Korbel todo parecía perfectamente ordenado y limpio. Una serie de estanterías regulares recubrían las paredes y en ellas se alineaban cajas de madera, cartón u hojalata con etiquetas en las que se hacía mención a su contenido.

Las bombas empezaron a sonar como la vez anterior, pero en esta ocasión se fueron acercando y hubo un par de explosiones que hicieron temblar los cimientos de la casa, provocando una lluvia de polvo que cayó sobre los refugiados. Jacques se agarró con tanta fuerza a Jean Pierre que le lastimó los brazos, pero ninguno de los dos gritó ni lloró. Les faltaba su madre para poder expresarse con verdadera libertad.

Cuando cesaron las explosiones volvió a escucharse el sonido de las sirenas y, acompañados del matrimonio judío, los niños subieron al piso superior. Todos los cristales de las ventanas habían volado hechos añicos, pero no había ningún agujero en la pared ni en el techo, como los que había supuesto Jean Pierre que causaban las bombas.

Por las ventanas desnudas se colaban gritos y gemidos. El señor Korbel abrió la puerta y salió a la calle. Apenas había dado unos pasos cuando gritó:

–¡La señora Legrand!

La señora Legrand era mamá.

Jean Pierre corrió a la calle y su hermano le siguió. A un centenar de pasos vieron a su madre, caída en el suelo. El señor Korbel ya estaba junto a ella y levantaba con esfuerzo una farola derribada sobre la mujer. Sin sombrero y con los cabellos sueltos, desordenados y polvorientos, mamá se arrastraba torpemente. El señor Korbel dejó la abatida farola sobre el suelo y Hélène, aturdida, incorporó el torso para quedar recostada con las manos apoyadas en la acera, como la estatua del gálata moribundo del Capitolio.

Jean Pierre y Jacques llegaron junto a ella y se arrodillaron a su lado. Ella trató de tranquilizarlos, pero los niños miraban sus cabellos revueltos, su ropa sucia, sus medias rotas y sus rodillas ensangrentadas. Se había reunido con ellos también la señora Korbel. Su marido corrió hacia la casa y abrió la puerta de la cochera. En un minuto aparcó el automóvil junto a ellos y salió para ayudar a la señora Legrand, quien no cesaba de hablar a sus hijos, especialmente a Jean Pierre.

–Cuida a tu hermano –le insistía–. No te separes nunca de él.

A Jacques le dijo que tenía que obedecer a su hermano, como haría con papá o con ella misma.

El señor Korbel la ayudó a incorporarse y acabó por cogerla en brazos, mientras su esposa abría la puerta del vehículo. Mamá les sonrió alentadora y serena desde el asiento trasero, pero Jean Pierre observó que la chaqueta del señor Korbel, de un color beige clarito, estaba manchada de sangre. El coche arrancó con estrépito para partir a toda velocidad, sorteando los escombros que habían aparecido sobre la calzada.

–Se pondrá bien –les dijo la señora Korbel–. Jakob la lleva al hospital.

Cuando entraron en la casa de los vecinos, Jean Pierre notó que su hermanito lloraba en silencio. Lo abrazó esperando calmarlo, pero entonces el llanto se hizo más violento y así permaneció hasta que regresó el señor Korbel, solo.

–Mirad –les dijo agachándose–. Vuestra madre se queda en el hospital. Allí la curarán los médicos, pero vosotros tenéis que venir con nosotros hasta París. Ella se reunirá allí con vosotros u os encontrará en la casa de los tíos, en Normandía.

Y le entregó a Jean Pierre un tarjetón con membrete de la Óptica Korbel donde figuraba la dirección completa de los tíos, escrita con una caligrafía temblorosa en la que Jean Pierre pudo reconocer la letra de su madre.

No hubo tiempo para más explicaciones. El señor Korbel se volvió a su mujer y volvieron a hablar en su idioma. Las prisas se multiplicaron. El señor Korbel salió de la casa para cargar en el coche las maletas de los niños. El tráfico se había vuelto extrañamente intenso en aquella calle antes apenas transitada.

El señor Korbel entraba y salía de la casa, trasladando bultos al automóvil. El tráfico era cada vez más denso, y una de las veces que salió, acompañado por Jean Pierre que le ayudaba acarreando algunas bolsas, pasaron junto al coche un par de camiones del ejército cargados hasta arriba de soldados. Iban en dirección contraria al frente. Algunos lucían vendajes manchados de sangre y todos se mostraban sucios y cansados, derrotados.

–¡Es la debacle! –dijo entonces en francés el señor Korbel–. Los siguientes camiones serán alemanes. No podemos permanecer aquí.

Algunas maletas se quedaron allí, aunque difícilmente podrían haber cabido en el atestado coche. Jacques y Jean Pierre se sentaron sobre las valijas que ocupaban el asiento trasero y la señora Korbel se sentó junto a su marido. Jacques ya se había calmado, pero ahora era ella quien lloraba.

Jean Pierre echó un último vistazo a su casa. Le preocupó ver la puerta abierta, pero los cristales de las ventanas también habían desaparecido, como en la casa de los señores Kolber. También se había caído la veleta con forma de gallo que papá había colocado en el tejado cuando él era pequeño. De golpe, su hogar se había convertido en una casa abandonada.

En un buen coche, como el del señor Korbel, apenas se tardarían dos horas en llegar a París, pero aquel día casi no se podía avanzar por la carretera. Los dos niños se durmieron y, cuando los despertaron, el coche estaba aparcado en una amplia avenida parisina, frente a un lujoso edificio. Era de noche.

Un matrimonio compatriota de los señores Kolber los recibió y los condujo inmediatamente a una espaciosa habitación con dos camas, en las que se acostaron vestidos y continuaron durmiendo.

A la mañana siguiente desayunaron en la cocina con la criada, Odile, una joven francesa vestida con uniforme negro y delantal y cofia blancos, que los trataba con inmenso cariño. Pasaron en aquella casa un par de días, siempre en compañía de la doncella, que les contaba cuentos y cantaba canciones mientras se dedicaba a las tareas domésticas. Sin embargo, los niños no le prestaban mucha atención. Durante todo el rato esperaban que llegase su madre. Pero no apareció.

Los semblantes de los cuatro checoslovacos eran cada vez más adustos, y las noticias que la radio emitía sin cesar no dejaban de alarmarlos. Al segundo día, después de desayunar, el señor Korbel los llevó a la estación y logró subirlos a un tren que partía hacia Cherburgo.

El tren se demoraba en su partida y el señor Korbel se impacientaba, mirando su reloj de cuando en cuando. Por fin les deseó suerte y desapareció entre la muchedumbre que abarrotaba el andén. Cuando el tren arrancó, lo hizo con mucho estruendo de pitidos y poca velocidad. Parecía que no pudiese con todo el peso que llevaba encima. Los asientos estaban ocupados por ancianos y la gente se agolpaba de pie, algunos sentados sobre las maletas. Al cabo de un buen rato, un señor mayor y autoritario, con aires de militar en la reserva, se puso a organizar el vagón y llevó a un montón de niños a un departamento para ocho personas, en el que se acomodaron más de quince pequeños, algunos ya con pelusa bajo la nariz. Todos eran mayores que Jacques y muchos lo miraron. Él sintió que miraban a su oso. Tiró de la manga de Jean Pierre y le dijo algo al oído.

–Vale –le dijo su hermano mayor, pero no hizo nada.

Jacques volvió a tirarle de la manga y le dirigió una mirada insistente.

A Jean Pierre le daba vergüenza hablar, pero lo hizo.

–El muñeco que lleva mi hermano es de un bebé. Él se lo está guardando.

El resto de los niños lo escucharon con indiferencia, pero Jacques sonrió satisfecho.

Una adolescente con aires de suficiencia se convirtió en la jefa del grupo y decidió que se sentarían por turnos. La muchacha no paraba de hablar y lo hacía convencida de todo lo que decía. Principalmente hablaba de su novio, que se iba a alistar en la Legión Extranjera e iba a expulsar a todos los alemanes con su tanque. Un niño poco mayor que Jean Pierre y con aires de golfillo le preguntó a la chica que por qué no se bajaba del tren y se subía al tanque de su novio, y todos rieron la ocurrencia excepto la jovenzuela, que lanzó una mirada fulminante al mocoso mientras sentía cómo se desvanecía toda su autoridad.

Transcurridas unas cuantas horas, el convoy se detuvo en una pequeña estación y un empleado de los ferrocarriles recorrió el andén gritando a los pasajeros que abandonasen el tren. Algunos bajaron, pero la mayoría se resistió y los ánimos comenzaron a caldearse. Se exigían explicaciones, se lanzaban críticas al gobierno, al ejército, a la administración. Los revisores trataban de hacer entrar en razón a la masa, pero nadie los escuchaba. De pronto subieron al vagón dos gendarmes con fusiles y ordenaron la evacuación. Las enérgicas protestas se convirtieron en murmullos y, a regañadientes, los pasajeros comenzaron a abandonar el tren.

Jean Pierre se dirigió a uno de los gendarmes y le preguntó cómo podía ir a Normandía.

–Ya estás en Normandía –le contestó–, en el departamento de Eure.

Jean Pierre le enseñó el tarjetón que le había entregado el señor Kolber con la dirección de sus tíos.

–¡Eso está muy lejos! –gruñó el policía–. En el departamento de Calvados. ¡Pasado Caen! ¿Dónde están tus padres?

–Mi padre está en el frente –respondió Jean Pierre–, y mi madre en el hospital de Beauvais. Tengo que ir con mi hermano a la casa de nuestros tíos.

El policía echó una mirada a Jean Pierre y luego a Jacques. Soltó un exabrupto y, tras hablar con su compañero, los acompañó al edificio de la estación. Abrió una puerta acristalada que estaba cerrada con llave y los hizo pasar a una pequeña oficina.

–Esperad aquí –dijo, y volvió a cerrar con llave desde fuera.

Algunos pasajeros, los más resignados o los que se dirigían a lugares más próximos, abandonaron la estación, pero la mayoría se aglomeraba en el estrecho andén y algunos golpeaban los cristales de la oficina donde se encontraban los dos hermanos, en espera de que alguien los atendiese.

De pronto sonaron los motores de un par de aviones. Jean Pierre y Jacques miraron a través de la ventana y vieron que, no muy lejos, dos pequeños y oscuros aviones bajaban en picado desde el cielo y dejaban caer unas cuantas bombas. Siguieron dos, tres, cuatro explosiones. Inmediatamente surgieron en el horizonte unas altísimas llamas rojas y amarillas, mientras los aviones ascendían a toda velocidad, perseguidos por una columna de espeso humo negro. La muchedumbre que abarrotaba los andenes gritó y corrió en todas direcciones. La estación quedó desierta. El gendarme que los había encerrado allí apareció sofocado tras los cristales. Los nervios no le ayudaban a dar con la llave. Por fin abrió la puerta y mandó a los niños que salieran. Él mismo cogió sus maletas y los acompañó hasta la estrecha carretera que pasaba al otro lado de la estación. Les indicó la dirección que debían seguir y se volvió corriendo hacia el tren.

Al poco rato, los dos hermanos se detuvieron para comer. Estaban agotados. No podían con las maletas. Aun así, continuaron la marcha y no se detuvieron hasta la tarde, cuando entraron en un pajar abandonado, donde se quedaron dormidos.

A la mañana siguiente, cuando ya llevaban varias horas en la carretera, encontraron la huella de un ametrallamiento desde el aire. Los restos de un automóvil carbonizado habían sido apartados de la calzada. Junto al asfalto se alineaban varios cadáveres, y un sinfín de maletas y enseres abandonados se esparcían a ambos lados de la carretera. Jean Pierre recordó el bombardeo que vieron desde la estación y también los que habían sufrido en Beauvais. Miró de nuevo a su alrededor y decidió que los pilotos alemanes solo buscaban matar franceses. Una columna de refugiados no podía ser un objetivo estratégico.

Entre la caterva de objetos abandonados junto a la carretera encontraron un cochecito de bebé que los ayudó bastante en la marcha. Estaba volcado en la cuneta, con un montón de bultos caídos a su alrededor. Evidentemente había sido abandonado, y Jean Pierre pensó enseguida que era lo que necesitaban para transportar su equipaje.

Con las maletas cargadas en el carrito, la marcha se hizo mucho más llevadera, y así recorrieron una carretera por donde casi todos los transeúntes los adelantaban sin hacerles ningún caso, hasta que llegaron a un pueblo grande, del que nunca llegaron a saber el nombre. Al llegar, Jean Pierre pensó que se trataba de Caen, pero no lo era.

En aquel pueblo había mucha gente que andaba de un lado a otro pidiendo de todo. Agua, comida, información, ayuda.

Jean Pierre tuvo que preguntar mucho, a muchas personas, por dónde tenían que ir a la casa de sus tíos. Enseñaba la dirección que su madre había escrito en la cartulina de la Óptica Korbel como si fuese un salvoconducto, pero muchos le rechazaban sin escucharle, otros se paraban a su lado y no sabían responderle, y unos pocos le daban indicaciones vagas, o quizá fuesen precisas, pero él no llegaba a comprenderlas. Una y otra vez se perdía en el pueblo, hasta que una mujer que cargaba una cesta vacía, salvo por una barra de pan, los condujo hasta la salida, hasta una carretera que parecía extenderse hasta el infinito entre dos hileras de árboles.

–Estamos solos –le había dicho Jean Pierre mostrándole la dirección escrita–. Tenemos que llegar a la casa de nuestros tíos.

–Es la carretera de Caen –les dijo la mujer, y se marchó apresuradamente por donde habían venido

–¡Niños! –volvió a gritar desde lejos, y Jean Pierre y Jacques se volvieron para verla acercarse corriendo.

–Para el camino –les dijo mientras partía la larga barra de pan en dos mitades y le daba una a cada uno.

–Gracias, señora –dijo Jean Pierre, y dirigió una mirada a su hermano pequeño para que demostrase que era un niño bien educado.

–Gracias, señora –repitió Jacques mirando a su hermano mayor.

La mujer hizo un gesto con la mano, como explicándoles que no las merecía. Se giró para marcharse, pero lo pensó mejor y se volvió hacia ellos. Se agachó y abrió los brazos para estrechar con timidez a Jean Pierre.

–¡Que Dios te bendiga, hijo! –le dijo mientras estampaba en sus mejillas un par de sonoros besos.

A Jean Pierre no le gustaron mucho aquellos besos de una señora que olía a cebolla y lejía, sobre todo porque el roce de su cara le resultó húmedo.

–Pequeñín –dijo abrazando a Jacques y besándole con efusión.

Cuando se separó de él, los dos niños vieron que la mujer estaba llorando desconsoladamente. Se dio la vuelta y salió corriendo por donde los había llevado, de vuelta al pueblo.

–¿Por qué llora? –preguntó Jacques.

–Estará triste –respondió Jean Pierre–. Todo el mundo está triste o enfadado. Es por los alemanes.

–No me gustan los alemanes –dijo Jacques.

–Ni a mí –contestó su hermano–. Por eso tenemos que ir donde los tíos, antes de que lleguen ellos.

Se pusieron en marcha. La carretera estaba llena de gente que marchaba en su misma dirección, alejándose del ejército invasor.

–¿Todo el mundo va al pueblo de los tíos? –preguntó Jacques.

–A lo mejor –contestó su hermano.

Jean Pierre empujaba el cochecito cargado con la maleta y otros bultos. Jacques caminaba detrás, sin parar de hacer preguntas.

–¿Por qué hay árboles al lado de la carretera?

–¿Cuándo llegaremos?

–¿Por qué cantan los pájaros?

–¿Cuánto falta?

–¿Por qué nos quieren matar los alemanes?

–¿Falta mucho?

–¿Por qué no descansamos un rato?

Jean Pierre estaba hartándose de su hermano. Ya le había dejado dos veces llevar el cochecito, y en ambas ocasiones había estado a punto de tirarlo a la cuneta. Procuraba contestar razonadamente a todas sus preguntas:

–Hay árboles en la carretera para que no se salgan los coches.

–Los pájaros cantan porque así se dicen cosas.

–Los alemanes... ¡Cállate y anda!

Jean Pierre ya se había enfadado. Él era quien llevaba todo el peso, quien andaba más deprisa y quien protegía a Jacques para que nada le pasase. ¿Por qué tenía este que seguir dándole la lata?

Un automóvil cargado hasta arriba se detuvo a escasos metros por delante de ellos. De él salió un hombre gordo, con la camisa remangada y con tirantes.

–¿Adónde vais? –preguntó.

–A Normandía –respondió Jean Pierre, olvidando que ya estaban en aquella región–, a casa de nuestros tíos.

–¿Y vuestros padres? –quiso saber el señor.

Jean Pierre tragó saliva antes de contestar:

–Mamá está en el hospital de Beauvais; papá, en el frente.

–¡Dios mío! –exclamó el conductor.

Luego les dijo que los podría llevar hasta Bayeux, que irían descansados en el coche, aunque no había sitio para el equipaje. Jean Pierre contestó que no abandonarían el cochecito y el buen señor se avino a subirlo, encima del colchón y las maletas que ya portaba la baca del sobrecargado automóvil.

Del coche había salido un chaval de unos trece años, que ayudó a su padre a montar el cochecito y atarlo con un trozo de cuerda.

–Si hace falta, me quito los tirantes –bromeó el señor Dupont, que es como se llamaba el grueso y sudoroso automovilista.

Cuando el cochecito con todas sus mercancías estuvo colocado en lo alto del coche, el señor Dupont animó a sus nuevos pasajeros a instalarse en el interior.

–No os digo que os acomodéis –bromeó–, porque eso sería una tarea imposible.

El asiento delantero lo ocupaba la señora Dupont, aún más gruesa que su marido, y en la parte de atrás se apretaban la abuela y la última generación de los Dupont: una chica rolliza apenas un año mayor que su hermano, el mozalbete que había ayudado a su padre en las labores de estiba, y que parecía ser el único esbelto de la familia.

A Jacques lo acomodó la joven Nathalie sobre sus rodillas e iba cantándole canciones. A Jean Pierre se lo puso encima el muchacho, que también se llamaba Jacques, pero Jean Pierre, avergonzado por su posición, pronto se deslizó para hacerse un incómodo hueco entre el tocayo de su hermano y la abuela.

A pesar de que el coche tenía que ir sorteando peatones cargados de maletas y bultos, así como bestias de carga y todo tipo de vehículos de tracción animal, el viaje en automóvil resultaba más cómodo que a pie. Llevaban todas las ventanillas abiertas, pero aun así el calor era sofocante, las moscas entraban en busca de sombra y salían persiguiendo aire fresco.

El señor Dupont sudaba como una esponja, tocaba el claxon y procuraba que su coche no se detuviera. La señora Dupont parecía muy nerviosa y nada convencida de que hubiesen tenido que recoger una carga suplementaria –los dos hermanos y su cochecito–. La abuela se lamentaba continuamente, la mayor parte de las veces emitiendo suspiros lastimeros, y otras pocas articulando frases breves en las que hacía culpables de su situación ora a su yerno, ora al gobierno y los generales, ora a los alemanes.

Nathalie, ajena a las lamentaciones de su familia, seguía cantando con el pequeño Jacques, mientras el otro Jacques, el Dupont, miraba silencioso y taciturno a través de su ventanilla, cavilando sobre la manera de enrolarse en la Legión y luchar heroicamente por la independencia de su patria.

Llegaron a Bayeux y la parte femenina de la familia Dupont abandonó el automóvil. El patriarca se ofreció a llevar a los niños a la salida de la ciudad y le acompañó el delgado y silencioso primogénito.

Abandonados ya los límites urbanos, el señor Dupont continuó su marcha, como si quisiera dejar a los niños en la casa de sus tíos, pero la abrumante sensación de inseguridad le hizo desistir. Él también se debía a una familia asustada y desamparada. Al llegar a un cruce de carreteras se detuvo y, con ayuda de su hijo, bajó el equipaje de los dos hermanos Legrand. Les indicó el camino que debían seguir y se metió en el coche. Jacques Dupont estrechó la mano de Jean Pierre y le hizo una carantoña muda a su pequeño tocayo antes de volver con su padre.

–¡Suerte, camaradas! –les gritó cuando el coche arrancó.

Desde que abandonaron su hogar, los dos hermanos Legrand ya habían recorrido más de trescientos kilómetros, aunque no lo sabían, como también ignoraban que apenas los separaban otros diez de su destino.

Aún debieron pasar otra noche junto a la carretera. Esta vez durmieron en medio de un prado, abrigados con toda la ropa que llevaban en las maletas, pero cuando al día siguiente se pusieron de nuevo en marcha, se encontraban ya agotados. Resolvieron abandonar la mitad del equipaje, que escondieron bajo unas zarzas.

Solo restaban una maleta y un par de fardos cargados sobre el sufrido cochecito, que Jean Pierre empujaba con afanosa resignación. Jacques caminaba con desesperante lentitud tras los pasos de su hermano mayor. La fatiga, en el tercer día de viaje, se había convertido ya en una compañía inseparable.

–Estoy cansado –dijo Jacques cuando apenas llevaban quince minutos de marcha.

–Yo también –reconoció Jean Pierre–, pero acabamos de salir. No podemos descansar todavía.

No habían transcurrido más de dos minutos, cuando Jacques volvió a la carga:

–Estoy cansado.

Jean Pierre intentó explicar a su hermano que aún les quedaba mucho camino por delante y que si se paraban cada dos por tres, no llegarían nunca a casa de los tíos. Puesto que las razones de Jean Pierre no parecían hacer mella en el cansancio de Jacques, este continuó expresando su pesar cada vez con más insistencia, por lo que Jean Pierre, cambiando de estrategia, optó por decirle que ya estaban llegando, que aguantase un poco más. Estos embustes no parecieron convencer a Jacques, quien podría ser pequeño, pero no por ello tonto. Si media hora antes quedaba mucho camino, no podían estar llegando ya, al paso que avanzaban.

–Estoy muy cansado –dijo deteniéndose de golpe y cruzando los brazos.

–¡Vamos, Jacques! –dijo Jean Pierre con tono enérgico–. Si nos paramos ahora, nos cogerán los alemanes.

–Pues que nos cojan.

Después del agotador viaje, parecía que los alemanes ya no le daban miedo a Jacques. Jean Pierre intentó asustarle con otros métodos.

–¿Quieres que te pegue? –le amenazó agitando en el aire la mano abierta.

–¡Atrévete! –le desafió Jacques–. Se lo diré a mamá.

Jean Pierre, que se disponía ya a dar unos azotes a su hermano pequeño, se sintió paralizado por la frase de este. Un hondo sentimiento de soledad le invadió el corazón cuando escuchó la amenaza de Jacques. ¿Cuándo volverían a ver a mamá? Algo parecido debió de sentir Jacques, porque su gesto de enfado se tornó instantáneamente en otro de tristeza, y unas gotas brillantes asomaron a sus ojos.

Jean Pierre se acercó a Jacques y le acarició la cabeza. Este se enjugó las lágrimas y ahogó un débil gemido mientras escuchaba a su hermano:

–Venga, vamos a descansar un ratito. ¿Tienes hambre?

Jacques asintió y sacaron de una bolsa unas lonchas de salchichón seco y la garrafa de agua. No tenían mucha hambre, pero sí que bebieron en abundancia, pues aunque todavía no era mediodía, el sol calentaba de firme, demasiado incluso para aquella época del año.

Jacques aprovechó el descanso para quitarse los zapatos y los calcetines y reposar los pies entre la hierba fresca. Jean Pierre iba a protestar porque Jacques no sabía atarse los cordones de los zapatos y le tocaría a él hacerlo, pero observó con pena y admiración unas ampollas hinchadas en los talones de su hermano, de las que ni siquiera se había quejado. Se dijo para sí que los malditos alemanes pagarían por el dolor que estaban causando al pequeño Jacques, pero lo que verdaderamente ocupó su pensamiento fueron ideas más positivas, que realmente pudieran aliviar los pies de Jacques.

–Me parece que llevamos demasiadas cosas en la maleta. Si aligeramos el equipaje, podría llevarte en el cochecito.

–¡Bien! –exclamó Jacques.

Abrieron la maleta e hicieron recuento de los enseres que aún transportaba. Tras muchas deliberaciones, optaron por quedarse con unas pocas prendas, además de los soldaditos de plomo y el marco con la fotografía familiar. Un par de camisas sirvieron para hacer unos atillos con que envolver el mermado equipaje, y los colgaron a ambos lados del cochecito. Decidieron abandonar tras un árbol la maleta con el equipaje sobrante.

–Podemos venir a buscarla mañana –dijo Jacques.

–Sí –asintió su hermano–. Además tiene una etiqueta con nuestra dirección. Si la encuentra una persona honrada, nos la enviará allí.

Tras estas breves palabras de despedida a la maleta que tanto les había entorpecido la marcha, Jacques se encaramó alegre al cochecito y Jean Pierre comenzó a empujarlo. La carretera, que ese día aparecía misteriosamente vacía, iniciaba un leve ascenso, suficiente para que Jean Pierre comenzase a sudar por el esfuerzo. Tras la pendiente, vinieron unos pocos metros llanos en los que Jean Pierre, descansado, se animó a ganar velocidad, lo que fue muy celebrado por Jacques, que, acomodado en el interior de su vehículo, fingía conducir un automóvil.

–¡Más deprisa! –reclamaba risueño a su hermano–. ¡Más deprisa!

Jean Pierre, espoleado por los ánimos de su hermano y ansioso también por divertirse, soltó el cochecito tras darle un fuerte impulso.

–¡Viva! –gritó Jacques–. ¡Otra vez!

Y Jean Pierre volvió a empujar el cochecito, aún con más fuerza, para correr contento tras él.

–No me pillas, no me pillas –canturreó Jacques, provocando a su hermano, quien volvió a soltar el cochecito tras propulsarlo de nuevo hacia adelante.

Distraídos como estaban con el juego, ninguno se percató de que la carretera había comenzado a descender y que la pendiente se hacía cada vez más pronunciada. Tras uno de los empujones que Jean Pierre propinaba al cochecito, este tomó una velocidad más fuerte de lo que su impulsor hubiera deseado. Alarmado, Jean Pierre echó a correr tras el carrito, pero cuando sus manos ya casi rozaban el manillar, tropezó y cayó de rodillas al suelo. Al alzar de nuevo la cabeza, vio que el cochecito se desplazaba a velocidad vertiginosa por la carretera.

–¡Jacques! –gritó, como si con aquella palabra pudiese detener el cochecito e impedir el accidente que se avecinaba.

–¡Jean Pierre! –sonó la voz de su hermano desde el interior del carrito, pero su entonación no parecía ya divertida como hacía un momento, sino que expresaba miedo y angustia.

Jean Pierre se lanzó a la carrera por la empinada cuesta, aunque al poco de iniciar la persecución vio cómo el cochecito se salía de la carretera en la curva que se describía al acabar la pendiente y volcaba en la cuneta. Al golpe siguió el llanto de su hermano, y Jean Pierre, lleno de congoja, corrió hasta caer al lado del carricoche volcado. Allí estaba Jacques, con el rostro bañado en lágrimas, la boca abierta como un túnel y gritando como un poseso. Jean Pierre lo abrazó con fuerza. Jacques también se abrazó a su hermano, y los gritos de terror pronto fueron limitándose a espasmódicos e incontrolables gimoteos que, por acción del abrazo de Jean Pierre y sus caricias llenas de afecto, a punto estaban ya de convertirse en risas, cuando ambos hermanos se vieron sobresaltados por el potente rugido de un motor proveniente de la parte superior de la cuesta que tan velozmente habían descendido.

Primero vieron surgir una columna de humo delgada y oscura, e inmediatamente, la figura impasible de un hombre uniformado de negro, que avanzaba lenta pero inexorablemente sobre un carro acorazado. El ruidoso y pesado vehículo comenzó a descender por la carretera, aplastando el silencio que antes solo habían desafiado las voces de un par de niños. En la torreta del carro, bajo la estampa del comandante, surgían desafiantes y mortíferos los cañones de un par de ametralladoras.

Pero no fue esto, ni el estruendo mecánico, ni el negro uniforme, lo que heló la sangre de Jean Pierre, sino la cruz negra y blanca que aparecía pintada en el flanco del vehículo. Era un carro alemán.

Jacques había detenido su llanto y permanecía mudo, abrazado a su hermano mayor, esperando de él una explicación, unas palabras de consuelo y esperanza. Pero Jean Pierre, sin aflojar el abrazo a su hermano, estaba paralizado y clavaba sus ojos en el oficial que asomaba por la torreta del blindado, con sus cabellos rubios destacando entre el negro de la gorra y los auriculares. Sus ojos claros y fríos se cruzaron durante un instante con los de Jean Pierre y este no percibió en ellos nada más que un fugaz destello de desprecio. Cuando el carro rebasó el punto donde los dos hermanos se encontraban, ya bajaban por la carretera dos tanques del mismo color grisáceo y con las mismas cruces pintadas en sus pesados blindajes. El ruido de los motores y de las orugas de hierro arrastrándose sobre el asfalto era ensordecedor, pero Jean Pierre pudo escuchar la débil voz de su hermano, que, apretado contra su pecho, le preguntó:

–¿Son los alemanes?

Jean Pierre asintió en silencio sin poder articular palabra alguna, pues la irrupción de los blindados había hecho cundir la desesperación en el interior de su corazón. Hasta aquel momento había pensado, sin saber por qué, que si conseguía llegar hasta la casa de los tíos con Jacques antes que los alemanes, todos los problemas desaparecerían. Sentía como si aquel viaje fuera una carrera de competición con el ejército alemán, y que si él lograba llegar antes, Francia ganaría la guerra. Ahora estaba claro que la había perdido, que si los alemanes habían llegado hasta allí ya habrían tomado París, quizá hasta lo habrían destruido, que todos los soldados franceses habrían muerto o caído prisioneros, que ya no habría más bandera tricolor ni marsellesa, que en los colegios se darían las clases en alemán y se estudiarían la geografía y la historia de Alemania.

Inglaterra

JULIO-OCTUBRE DE 1940

Al descender del automóvil que lo había llevado de regreso a la base, al alférez de vuelo Neville Clement-Moore le resultó bien sencillo distinguir entre el grupo de hombres uniformados de azul a dos civiles a los que conocía sobradamente, dos jóvenes que corrían hacia él con una expresión de felicidad que destacaba entre los no poco radiantes rostros de sus compañeros de armas.

Blake Clement-Moore fue el primero en identificar a su hermano en aquel hombre que, con ropas de marinero y un salvavidas en la mano, se bajaba del coche. Sin embargo, permitió que fuera su hermana quien gritara su nombre con voz emocionada. La observó partir a la carrera y solo entonces echó a correr hacia Neville. Aunque Blake estuvo a su alcance antes que su hermana, dejó otra vez que fuese ella la que tuviese el primer contacto. Edna abrazó a Neville y literalmente se colgó de su cuello, le besó en las mejillas, en la frente, en la nariz, en la barbilla... Muchos de los que contemplaban la escena parecían esperar un apasionado beso en la boca, cuando alguien aclaró: «Es su hermana». Más de uno se enamoró en ese momento de la chica y deseó un recibimiento similar por su parte en otra ocasión no muy lejana.

Edna y Blake habían acudido a la base por sorpresa para visitar a su hermano, el piloto de caza Neville Clement-Moore, cuando les dijeron que el escuadrón había partido en una misión. Esperaron en la zona de esparcimiento, donde unas cuantas hamacas y sillas plegables sobre la hierba hacían pensar en una merienda campestre, una merienda interrumpida precipitadamente, a juzgar por las revistas y las novelas abandonadas sobre los asientos de lona, o por el balón de rugby o las bolas y bates de cricket desatendidos en el césped.

Edna se sentó en una de las hamacas y recogió la revista cuya lectura parecía haber detenido su propietario en un reportaje sobre el rodaje de una nueva película americana, en la que intervenían Katharine Hepburn, Cary Grant y James Stewart. Trató de leerlo, pero estaba demasiado nerviosa para concentrarse, por lo que se limitó a mirar las fotografías, a admirar el porte del seductor Cary Grant y a examinar con malicia la estilizada silueta de la Hepburn, con quien varias personas la habían comparado.

Blake permaneció en pie junto a su hermana, pero más atento a la templada actividad de los soldados que, provistos de prismáticos y cascos de acero, avizoraban el cielo tras la protección de unos sacos terreros. Dudaba del modelo exacto de la pieza antiaérea que emergía de la modesta fortificación, cuando el ruido de un motor le hizo girar bruscamente la cabeza. Un Spitfire voló sobre ellos a escasos metros del suelo y aterrizó sin dificultad en la pista de hierba. Al poco rato apareció otro, y enseguida otro más.

El pacífico aeródromo se llenó de actividad. Los aviones aterrizaban en orden, mientras los que ya habían tomado tierra maniobraban entre un ruido ensordecedor y los rápidos movimientos del personal de tierra. Un coche de bomberos se acercó a toda velocidad hasta un avión que llegaba envuelto en una nube de humo negro, y mientras unos lo regaban con las mangueras, otros ayudaban al piloto a salir de la carlinga.

Edna echó a correr hacia el avión averiado y Blake la siguió, hasta que un hombre de uniforme –Edna no sabría decir si un recluta o un mariscal– los hizo retirarse con bruscos gestos y palabras.

–¡No es su hermano! –les gritó mientras corría hacia el grupo que acompañaba al piloto, que caminaba por su propio pie.

Las palabras del sargento –Blake sí había reconocido los galones que indicaban su graduación– los tranquilizaron algo, pero tampoco reconocieron a Neville entre los hombres que formaban el corro.

Esperaron en el punto donde los habían detenido y preguntaron por él. Algunos parecían más o menos de la edad de Neville o Edna; otros, sin embargo, sobrepasaban ya los veinte, y en todos ellos se leía la sensación de haber ejecutado un deber agobiante y agotador, con gestos que pretendían ser desenfadados y muecas risueñas que solo procuraban contener la histeria.

Edna tuvo que repetir el nombre de su hermano, y no porque no les sonase sino, como enseguida descubrió, porque trataban de encontrar una respuesta apropiada, que no lastimase los oídos de alguien ajeno a la aviación.

–¿Clement-Moore? –preguntó uno de ellos–. ¿Alguien ha visto a Clement-Moore?

Las sonrisas desaparecieron de varios semblantes y, por fin, uno dijo:

–Ha caído.

–En el canal –dijo otro.

–Ha saltado –afirmó un tercero–. Ha saltado en paracaídas. Está vivo. Yo le vi abrir el paracaídas.

Los aviones seguían aterrizando en la pista, pero los hermanos de Neville ya no les prestaban atención. Edna se había cubierto la cara con las manos para ahogar sus sollozos y Blake, compungido, le había puesto una mano sobre el hombro y trataba de consolarla.

–Ha saltado –decía–. Está vivo.

Los aviadores intentaron tranquilizarla con poco éxito y acompañaron a los hermanos hasta el pabellón de oficiales, donde apremiaron a Edna para que se sentase y tomase una taza de té.

Según entendía la muchacha, ser derribado solo podía significar la muerte: no lograba concebir que nadie pudiese llegar vivo a tierra desde un avión averiado.

–Se ha salvado –insistía Blake, que había pasado el decimoquinto año de su vida leyendo cuanto caía en sus manos acerca de armas, aviones y paracaídas.

Los pilotos parecían acercarse más a las tesis de Blake. Si ha salido del avión, está salvado, no hay nada que temer. Edna sabía que mentían. Que hubiese saltado en paracaídas no significaba que estuviese ileso. Neville podía haber recibido el impacto de una bala antes de saltar, haber sufrido quemaduras graves dentro del avión, o haber caído al mar. Eso último nadie pudo negarlo. Neville había saltado sobre el canal de la Mancha. Ya eran varios los pilotos que habían muerto ahogados en el mar; sin embargo, sin que nadie pudiese explicar la razón, todos sus compañeros estaban seguros de que Neville se había salvado. O, al menos, así lo aseguraban.

Un oficial de rango superior, que rondaba los veinticinco años, entró en la sala y apresuradamente se abrió paso entre los pilotos, hasta plantarse ante los dos hermanos.

–Señorita Clement-Moore, señor Clement-Moore, su hermano acaba de telefonear. Está en Dover.

–¿Me está diciendo usted que está vivo? –preguntó Edna, embargada por la emoción.

–Se lo estoy diciendo –suscribió el líder del escuadrón–. En remojo, pero vivito y coleando. Lo tendrán aquí en un par de horas.

Blake apenas tuvo tiempo de dar un efusivo abrazo a Neville después de que lo soltase su hermana y antes de que un grupo de pilotos lo rodease y lo llevase a hombros como a un torero triunfador.

De nuevo en la cantina de oficiales, se brindó a la salud de Neville y se colgó en la pared, junto al ala de un avión alemán derribado, el flotador salvavidas con el nombre impreso del barco que lo había sacado del canal: *Grey Goose Dover*. A partir de entonces, aquel flotador se utilizaría para muchas bromas con el nombre de «salvavidas de Clement-Moore».

Neville adoraba la aviación. Era como pertenecer a un club, un club distinguido y divertido. Allí la disciplina estaba muy lejos de ser, como en el ejército o la marina, un principio fundamental.

Blake sentía verdadera admiración por su hermano mayor. Lo había admirado desde siempre, pero sobre todo desde que era piloto de caza. Su mayor deseo sería pilotar un Spitfire en la misma escuadrilla que su hermano, pero sabía que la RAF no admitía a pilotos de quince años.

–¿Cómo saltaste del avión? –le preguntó.

–Es bien fácil –le contestó su hermano–. No hace falta saltar: das la vuelta al avión, abres el parabrisas y te dejas caer. Una vez en el aire, cuentas hasta tres y tiras de la anilla. Entonces ya tienes tiempo para leer el periódico y fumar una pipa.

La verdad es que cuando se abrió el paracaídas, ignorando el dolor que el fuerte tirón del arnés le había producido en la entrepierna, Neville se apresuró a desabrochar sus pesadas botas de piloto, que estaban ardiendo. Se quemó una mano al hacerlo, pero respiró aliviado cuando las vio alejarse de camino al mar, dibujando unos tirabuzones de humo grisáceo. Más lejos, su avión se había estrellado con estrépito en unas olas tan azules y duras que le parecieron de lapislázuli.

Por encima de él, el combate cesó tan súbitamente como había empezado y los aviones desaparecieron para dejar un cielo limpio y vacío, sin huellas de violencia. No había campos de batalla en el aire.

El rumor del mar le sacó de sus pensamientos e instantes después penetró en las frías aguas del canal con una impetuosa zambullida. De pronto pensó que debería haber aprovechado los casi diez minutos de descenso para concentrarse en lo que tenía que hacer al llegar al agua. Si no se soltaba pronto del paracaídas, este le arrastraría al fondo y moriría ahogado. Palpó con sus manos el correaje mientras recordaba las clases teóricas: «Girar noventa grados el seguro del arnés y golpearlo para que se suelte». Funcionó y Neville salió a flote.

A lo lejos se divisaban los acantilados blancos de la costa británica, y se puso a nadar en aquella dirección. Si alcanzaba la costa a nado, tendría algo más que contar durante el resto de su vida. Se vio de viejo, sentado en un sillón de orejas al calor de una chimenea, con una pipa en una mano y una copa de whisky en la otra, relatando a sus nietos su travesía forzosa del canal de la Mancha.

Media hora después, cuando el pequeño vapor lo recogió, estaba exhausto y aterido de frío, y la costa no parecía haberse agrandado en el horizonte.

–Arriba, muchacho –le animó el patrón del barco mientras lo subía a bordo con la ayuda de otro marinero.

–A Trafalgar Square, por favor –dijo alegre, como si acabase de tomar un taxi londinense.

Edna y Blake, así como dos o tres pilotos más, escuchaban atentamente el relato de Neville, pero eran los únicos que le dedicaban su atención en exclusiva. La euforia parecía desatada entre el numeroso grupo de pilotos, y todos tenían aventuras o experiencias que narrar. Resultaba difícil seguir el hilo de cualquiera de aquellas epopeyas.

–Por Clement-Moore –un piloto había alzado su vaso y, con él en alto, aguardaba la atención de sus compañeros.

Se hizo el silencio y todos levantaron sus vasos.

–Por Clement-Moore –exclamaron.

Todos bebieron a la salud del derribado. En una guerra en la que el mayor enemigo era la muerte, casi resultaba más heroico ser derribado y regresar con vida que abatir un avión alemán.

–Por Lennox –brindó otro de los pilotos.

El mismo ritual se repitió a la salud de un sargento a quien, en medio del combate, se le había enganchado el paracaídas de un piloto alemán derribado. Lennox actuó con tanta prontitud como clemencia e inclinó su aparato hasta que el paracaídas se soltó del ala. Era un gesto de caballerosidad que atestiguaba que su guerra no era contra los hombres, sino contra las máquinas.

Las copas volvieron a izarse y en la habitación resonó un «Por Lennox», que habría resultado unánime de no ser por el silencio discordante de dos de los oficiales, que en ese momento se retiraron hacia una mesa. Eran los dos extranjeros del escuadrón, los tenientes polacos Wichinski y Wozniak

–«Whisky» y «Vodka», según los motes que les habían puesto sus nuevos compañeros–, que no parecían muy conformes con la hazaña de Lennox.

A nadie le extrañó el comportamiento de los polacos, salvo a los hermanos de Neville, nada familiarizados con las costumbres y el comportamiento de la unidad militar en que se encontraban de visita.

Cuando Edna supo la razón por la que se brindaba a la salud de Lennox se sintió admirada y, de algún modo, agradecida, pues pensó que su hermano podría haber sufrido igual suerte que el piloto alemán y, sin dudarlo, se acercó dispuesta a estrechar la mano del sargento. El beso y el abrazo con que premió su gesto no los había calculado cuando abandonó su puesto en la barra de la cantina, y fueron fruto de una emoción que en aquellos momentos era incapaz de controlar.

Aún no se había puesto el sol cuando Neville, apoyándose en un elegante bastón con empuñadura de marfil que le había prestado un compañero, hizo su entrada en The Red Lion, el pub de la localidad en el que acostumbraban a reunirse los pilotos del escuadrón. Lo que hacía diferente aquella ocasión, aparte de la temprana hora, era que allí le estaban aguardando sus hermanos.

Contándolos a ellos, apenas ocho o diez personas formaban la clientela.

–¿Le han herido, alférez? –preguntó el propietario desde el otro lado de la barra.

–Nada que no se pueda arreglar con un par de pintas –contestó Neville. Luego saludó a la dueña y les presentó a sus hermanos.

El deseo de Neville habría sido volver al avión, pero el líder del escuadrón le había visto cojear y le había enviado al médico, lo que le había supuesto una gruesa capa de pomada con un aparatoso vendaje y una tarde libre de vuelos, no de copas.

Quizá hubiese estado bien llevar a sus hermanos a otro lugar menos ruidoso, pero desconocía si lo había en la localidad. Podrían haberse acercado a Londres, que no estaba demasiado lejos, pero eso hubiera arruinado la visita a la base y, por otro lado, a Neville le apetecía que Edna y Blake le viesen en compañía de sus camaradas, que en cierto modo constituían una nueva familia para él.

Se sentaron en una mesa apartada y allí charlaron placenteramente. Neville satisfizo lo mejor que pudo la curiosidad de su hermano pequeño sobre la velocidad del Spitfire y del Messersmichtt 109, su potencia de fuego, las ventajas del uno sobre el otro... Les relató a sus hermanos algunas anécdotas del combate, descargadas de los detalles que lo convertían en una experiencia horrible. Les mintió sobre el riesgo de las misiones, sobre los muertos que había habido en la unidad, y también recibió noticias de sus buenos amigos: Donald hacía los cursos de oficial para la marina, la preciosa Betty se había prometido con un capitán de infantería que había participado en la batalla de Narvik...

No demasiado tarde, comenzaron a entrar en el pub otros uniformes azules. Hacía ya un tiempo que la feligresía del local se había visto aumentada con estos jóvenes ruidosos, que a su vez atraían hasta el vetusto establecimiento a la totalidad de las jovencitas del pueblo, incluso a las que nunca lo habían pisado. Los señores Smith, el veterano matrimonio que regentaba el pub, adoraban a su nueva clientela. Nunca habían invitado a tantas copas a sus parroquianos de siempre, aunque no es menos cierto que jamás su negocio había conocido tal nivel de prosperidad. Con la cerveza y la ginebra que se vendían cada noche podría llenarse el cauce de un río navegable, en opinión del señor Smith. Viendo el estado en que muchos jóvenes abandonaban el local, era difícil imaginárselos a las pocas horas pilotando aviones sobre el canal, pero los muchachos necesitaban divertirse, aprovechar cada instante de una vida que no sabían cuánto podría durar.

Atraídos seguramente más por la presencia de Edna que por la de Neville, un par de pilotos se sentaron a su mesa.

Aquella tarde habían tenido otras dos misiones sobre el canal.

Uno de los recién llegados había derribado un bombardero, aunque el mérito se lo disputaban otros cuatro pilotos, según supieron más tarde. Habían derribado varios Messerschmitt, habían alcanzado a Hopkins y McBirney había caído.

Cuando Neville supo esto, algo se le anudó en la garganta, elevó ligeramente la cerveza y bebió un sorbo en silencio. Ni a Edna ni a Blake les cupieron dudas de que «caído» significaba muerto, pero no supieron que McBirney era uno de los viejos del escuadrón, un afable *viejo* de veintisiete años, con mujer y una niña de trece meses. En esos días, a los pilotos de caza no les gustaba hablar de sus muertos, una superstición no confesada se extendía sobre la muerte, cubriéndola con un manto de cinismo y supuesta despreocupación. Enseguida se pasó a hablar de chicas.

–¿Os habéis fijado en que mi hermana se parece a Katherine Hepburn?

Un fuerte silbido les hizo dirigir su atención hacia la barra, donde uno de los polacos se sacaba los dedos de la boca y levantaba su vaso para proponer un brindis.

–Por Wichinski –dijo–, el único que ha acabado dos veces con el mismo huno.

«Hunos» era la palabra despectiva con que se referían a los alemanes, y la acción a que aludía Wozniak no era otra que la de su compatriota, que había derribado un Messerschmitt 109 y, no satisfecho con su proeza, había volado directamente sobre el piloto que descendía en paracaídas. La estela del avión succionó la cúpula de seda y el alemán cayó como una piedra.

Solo dos oficiales británicos y los civiles que desconocían la hazaña de Wichinski brindaron a su salud, pero el resto de los pilotos se abstuvieron de hacerlo y se inició una débil discusión, que solo fue interrumpida cuando el jefe del escuadrón, el comandante Knife, alzó su jarra.

–Por Whisky –dijo escuetamente mientras tomaba un sorbo de su cerveza.

Muy pocas semanas después, los ingleses entenderían mejor los sentimientos de los polacos, cuando las bombas cayesen indiscriminadamente sobre Londres y otras muchas ciudades de su país.

Pasada la medianoche, el alférez de vuelo Clement-Moore se despidió de sus hermanos. Otro oficial le acercaría en coche hasta la base. Edna y Blake se quedaban en una casa de huéspedes del pueblo.

La despedida fue más fácil de lo que todos habían previsto, gracias sobre todo a la penumbra en que la alarma aérea mantenía a toda Inglaterra.

Ya en su habitación, después de despedirse de Blake, la cara de Edna dejó de resplandecer y, al sentir que la abandonaban las fuerzas para seguir fingiendo entusiasmo patriótico, se sentó en el borde de la cama, incapaz de desvestirse.

–¿Por qué? –se preguntó pensando en los jóvenes, ingleses y alemanes, que aquel día habían dejado de vivir–. ¿Por qué, Dios mío, hemos tenido que llegar a esto?

En la habitación de al lado, Blake se puso el pijama y se metió en la cama, dispuesto a soñar con todo lo que había visto y escuchado aquel día.

Si la guerra se alargaba, y así lo deseaba, en dos o tres años él también podría ser piloto de caza.

Blake adoraba a su hermano mayor. Con cuatro años más que él y uno menos que su hermana, Neville había sido siempre el ejemplo a seguir. Aunque Blake se quejase cuando era pequeño de que Neville siempre quisiese mandar en los juegos, había aceptado el asunto con la resignada inseguridad de un hermano menor. Más tarde le enorgulleció la admiración que Neville despertaba entre sus propios amigos, le encandiló su manera de tratar a las chicas guapas con que se relacionaba y le fascinó el aplomo con que se enfrentó a su padre para no seguir la carrera de la abogacía y despreciar la tradición familiar para dedicarse al estudio de la Historia en Oxford. Cuando el año anterior Neville abandonó su carrera para alistarse en la RAF, nada pudo satisfacer más a Blake. Si alguien había tenido razones para seguir a Napoleón, o a Cromwell, o al mismo Jesucristo, él las tenía sobradas para seguir el ejemplo de su hermano mayor.

Cuando Neville Clement-Moore llegó a su cuarto en la base, se encontró con el diario que había empezado a escribir cuando se alistó. Las primeras páginas, escritas en el período de instrucción, las había rellenado con una prosa pedante y pretenciosa. Después solo había apuntado lacónicos datos. Sacó la pluma estilográfica de su bolsillo y escribió otra de sus citas: «23 de julio. Cae McBirney». La nota anterior databa de dos días atrás, y era algo menos escueta: «Han derribado a Harrison. Está en el hospital. Probablemente pierda las dos piernas».

Sopesó el cuaderno y lo abandonó donde estaba. Ya en la cama, trató de circunscribirse a los recuerdos de sus hermanos. ¡Qué guapa estaba Edna! ¡Qué mayor Blake! Trató de escribir en la mente lo que no hacía en el diario. Sería una carta a Edna y a Blake, sus hermanos, con quienes, en la oscuridad de la noche, deseaba sincerarse. Pero ¿qué les diría? ¿Que ya no era el Neville que habían conocido? Eso ya lo habrían adivinado ellos, sobre todo Edna. Neville sabía lo que había sido a lo largo de su vida. Lo que mucha gente llamaría un niño de papá. Un estudiante culto e ingenioso, un universitario rebelde y con ínfulas de intelectual. Eso, más o menos, lo podían saber sus hermanos. Después fue piloto durante unos pocos meses. Eso también lo sabían, y seguramente creían que lo seguía siendo; pero no, ya no era solamente un piloto.

Neville recordó su llegada a la base, cuando les preguntaba a los pocos veteranos que habían estado al otro lado del canal, luchando en Francia. «La sensación es indescriptible, pero se siente miedo, sobre todo miedo», le había dicho uno de ellos. «Excitación y... miedo», le dijo otro. «Es como un juego, como un partido, le contó otro, pero la derrota es la muerte. Te cagas de miedo». «Miedo». «Miedo». «Miedo». Eso parecía ser en lo que todos coincidían y eso es lo que le gustaría haberle dicho a Edna y a Blake, especialmente a Blake. Algún día se lo diría, cuando todo esto acabase. Para entonces quizá ya habría reunido las palabras suficientes para describir el terror que sentía cada vez que se encontraba en el aire con aviones alemanes.

Cuando llegó el gran día –de eso hacía ya más de tres semanas– y se dio la señal, todos los pilotos corrieron hacia sus aviones. Ya en aquella carrera, aunque no le temblase ningún músculo, Neville sintió la boca seca. Despegó en compañía del resto de Spitfire y se dirigieron en formación hacia el estuario del Támesis, donde había hecho su aparición una treintena de Stuka. Cuando los aviones británicos llegaron allí, una nube de denso humo negro ascendía desde el mar. Un convoy había sido bombardeado y, al menos, habían alcanzado de lleno a uno de los barcos. Neville vio los botes salvavidas alejándose con lenta desesperación de lo que parecía una gigantesca chimenea surcando, en el silencio que imponía la distancia, un mar de fuego.

No quedaba ni rastro de los cazabombarderos alemanes. Siguieron hacia el sureste, sobrevolando Canterbury y la verde campiña de Kent, hasta que el mar apareció de nuevo bajo ellos en Dover. Unos minutos más tarde, la costa francesa surgió delante de la escuadrilla y recibieron la orden de regresar a la base.

De nuevo sobre Inglaterra, Neville perdió esa sensación de sequedad en la boca. Estaba relajado, y también decepcionado, aunque disipó su frustración deleitándose con las magníficas vistas que solo a los privilegiados miembros de su club les era permitido contemplar. Se imaginó a los paisanos alzando la mirada al cielo para atisbar las siluetas de los aviones y agradecer con mudas palabras el esfuerzo de los pilotos.

Súbitamente apareció en el cielo una escuadrilla de Messersmichtt 109. El tiempo se aceleró de forma vertiginosa. Neville trataba de poner en orden todos los pensamientos que de golpe le venían a la cabeza. Escuchaba las órdenes por los auriculares, mientras en su cabeza intentaba recordar las lecciones aprendidas en las que, en ese preciso instante, le parecieron cortas y escasas semanas de instrucción. No ayudó nada a aclarar su mente el ver pasar por delante de él, a la velocidad del rayo, unas manchas amarillas y luminosas. Eran balas trazadoras. Le estaban disparando. Querían matarlo. Neville quiso gritar, pero el aire no salió de sus pulmones. El pánico lo dominaba. Ya solo una idea ocupaba su confusa mente: salir de allí.

Lo que hizo no aparecía en ningún manual de vuelo ni se lo habían sugerido por la radio. Obedeciendo solo a su miedo, Neville giró bruscamente su aparato y lo puso casi en picado. Oyó un tremendo golpe, un crujido en el fuselaje, y la sangre dio un vuelco en su cabeza. Se desvaneció. No habrían pasado más de dos o tres segundos cuando Neville recobró el conocimiento y vio acercarse a toda velocidad un prado salpicado de vacas. Reaccionó a tiempo y, con grandes esfuerzos, logró enderezar el Spitfire.

Por encima de él se desarrollaba una encarnizada batalla. Un nudo se formó en su garganta. Pensó en abandonar, pero aquello no era un juego, no se trataba de una competición entre las selecciones inglesa y alemana. Aquello era algo mucho más serio. Abandonar sería lo mismo que decirle a Hitler que podía entrar en su país; abandonar significaría entregar su patria, su casa, su familia, sus amigos, su universidad, su libertad... a quienes solo sentían desprecio por todo aquello. Neville tragó saliva y empujó al fondo el nudo de su garganta, hizo virar el avión y ascendió tan rápido como pudo. Accionó el botón de tiro, no con demasiado acierto, si hay que ser sinceros, pero logró que un Me-109 corrigiese su rumbo y se apartase momentáneamente de la refriega. Unos minutos después, los alemanes se retiraron tan súbitamente como habían aparecido. Cuatro de ellos habían caído, así como tres aviones británicos.

De regreso a la base, Neville fue recobrando poco a poco su pulso normal. Todo su cuerpo estaba empapado en sudor, y no estaba seguro de si en sus pantalones había alguna secreción más espesa. Contempló el cielo y los verdes campos como si los viese por primera vez, como si acabara de nacer. Sintió que una nueva persona había venido al mundo, un nuevo Neville Clement-Moore. Atrás había quedado el Neville Clement-Moore que fuera un niño de papá, un estudiante universitario, incluso el que fuera un piloto. El Neville Clement-Moore renacido era un guerrero. Estaba seguro de que a pesar de todos los avances de la ciencia, a pesar de los cañones y los aviones, un homínido prehistórico que se hubiera visto envuelto en una refriega a muerte entre sus congéneres habría sentido lo mismo que él en ese momento. Y ciertamente no le gustó. Las hachas de sílex habían evolucionado hasta las máquinas voladoras, pero los sentimientos seguían siendo igual de primitivos. Rabia, odio y miedo era lo que había sentido. Miedo.

La cerveza no le había permitido mantener el guion de la carta que pensaba escribir a sus hermanos, y sus pensamientos habían divagado sin excesivo control. Rendido al sueño que le envolvía, notó que poco a poco sus sentidos le abandonaban y, entre las imágenes de recuerdos recientes e inconexos que parecían flotar entre nubes, una acentuó su nitidez antes de desvanecerse para siempre: era un Brandon McBirney sonriente.

Los días se sucedieron y el viento que llegaba del continente vino cargado de fuego y metralla. Los británicos se acostumbraron a temer al cielo y también a depositar toda su fe y su esperanza en los aviones de la RAF que lo surcaban. Pasados unos meses, Neville Clement-Moore y todos sus compañeros –los vivos y los muertos– habían ascendido a los altares de la patria en calidad de héroes.

En un discurso a la Cámara de los Comunes, el primer ministro, Winston Churchill, se había referido así a ellos: «Nunca, en el ámbito de los conflictos humanos, tantos han debido tanto a tan pocos». Y es que la supervivencia de toda la nación británica parecía depender de un puñado de pilotos de caza.

Las cosas habían sucedido así: el 24 de agosto, unos bombarderos alemanes soltaron por error parte de su carga sobre los suburbios de Londres. La respuesta británica no se hizo esperar y se llevó a cabo el primer bombardeo sobre Berlín. Los daños no fueron cuantiosos, pero supuso una victoria moral para Inglaterra y una humillación para Alemania, cuyos dirigentes se habían acostumbrado a declarar obsesivamente que su enemigo estaba derrotado. Ahora bien, si los franceses habían vivido una guerra sin disparos durante ocho meses, a los británicos se les había alargado unos meses más el período de tranquilidad. Eso se había acabado. Hitler, furioso por el bombardeo de la capital del Reich, había decidido borrar del mapa las ciudades inglesas, especialmente Londres. El 7 de septiembre, mil aviones oscurecieron el cielo sobre el canal de la Mancha y arrojaron la muerte y la destrucción sobre la capital británica. La visita se repitió con metódica insistencia cada noche.

Neville volvió a reunirse con sus hermanos, y también con su madre, a mediados de octubre. Estaba de permiso y se encontraron en la casa de campo que la familia poseía en el condado de Lincolnshire. Allí la guerra parecía lejana. Blake tuvo que insistir con vehemencia para que Neville vistiese su uniforme de alférez de vuelo cuando, por la tarde, acudieron al pueblo.

El otoño parecía retrasarse y lucía un sol espléndido mientras Neville, Blake y Edna recorrían caminando la media milla que los separaba de la población. El primer edificio era la iglesia, rodeada por una valla de ladrillo oscuro que encerraba el modesto cementerio local. Blake saltó la cerca y animó a su hermano a hacer lo mismo. Siempre lo habían hecho, y atravesando el camposanto atajaban unos cuantos pasos el camino.

Neville ya había pasado una de sus piernas sobre el muro cuando se detuvo. A Edna, que vestía una elegante falda verde musgo, no le resultaba tan sencillo el salto y optó por seguir por la carretera. Neville aprovechó la circunstancia para volverse atrás.

–¡Qué caballeroso! –exclamó Edna, sorprendida por el infrecuente gesto de su hermano mayor.

–Ahora soy un oficial –repuso improvisando una sonrisa.

Pero Edna había advertido que el rictus de su hermano se había vuelto repentinamente sombrío cuando estaba a caballo sobre el muro de piedra. No había sido la galantería lo que le había hecho volver atrás, ni tampoco le supuso tan maduro o cuidadoso como para preocuparse por su uniforme. Durante la mañana, en casa, Edna ya había percibido en su hermano una seriedad que no se correspondía con su carácter habitual.

Le cogió del brazo y lo estrechó con fuerza, al tiempo que alzaba la vista para encontrarse con los ojos del piloto. Intercambiaron unas cariñosas miradas y sonrisas silenciosas, amplia la de ella, melancólica la de él. Neville acarició la mano de Edna con afecto fraternal, pero no hubo palabras en el paseo que los llevó hasta la puerta del cercado de la iglesia, donde Blake los aguardaba.

–Mucho salto en paracaídas –le dijo a su hermano–, pero no eres capaz de saltar la tapia de la iglesia.

Neville le lanzó su gorra y Blake la atrapó en el aire. Se la colocó en la cabeza y corrió, esperando que su hermano le persiguiera, pero este solo hizo un amago. Lo suficiente para quedarse unos cuantos pasos por detrás de Blake y otros tantos por delante de Edna. Solo.

Lo que en realidad había frenado a Neville a la hora de saltar el muro había sido la presencia de las lápidas. No se trataba de un miedo supersticioso, sino simplemente que aquellas losas fúnebres le habían recordado lo que trataba de olvidar continuamente: la muerte, que le había estado acechando día tras día en el avión.

Su permiso no era casual y no era en pago a su excelente hoja de servicios, como habían creído su madre y sus hermanos cuando les había dicho que le trasladaban como instructor a una base de entrenamiento. Aquello no era para sentirse orgulloso. No es que se tratase de una degradación ni un castigo; más bien podía considerarse como una baja médica. Sus nervios estaban destrozados.

No les había contado que habían vuelto a derribarlo. Tampoco les había dicho que él había destruido un caza alemán, el mismo día, en el mismo minuto. No lo derribó con sus balas, sino que se chocó con él. Venía disparándole desde abajo, muy cerca, pero no acertó en el blanco. El Me-109 viró para ponerse a salvo y él, enloquecido, le cortó la retirada y le embistió. Tras la colisión, las máquinas giraron como peonzas y los pilotos hicieron lo propio en el interior de las carlingas, pero Neville no llegó a perder el conocimiento y saltó tan pronto como pudo. No vio que nadie abandonase el avión alemán. Neville cayó sobre Londres y su paracaídas se enganchó en una chimenea del Soho. Él quedó colgado, pegado a una fachada, como una mosca en una telaraña, y allí permaneció contemplando el apocalíptico espectáculo que en el cielo y en la tierra se ofrecía solo a aquellos que no hubiesen hallado refugio. Sin embargo, el inmovilizado piloto no asistía a la función dantesca por su propia voluntad, y el miedo se manifestó esta vez como unas ansias de vivir intensas y desesperadas. Recapacitó sobre lo que acababa de ocurrir, sobre su salvación portentosa, y no tuvo más remedio que admitir que había sobrevivido a un inconsciente suicidio frustrado.

Afortunadamente no cayó ninguna bomba en las proximidades y, cuando hubo terminado el bombardeo, lo rescataron y un policía le acompañó a la comisaría más cercana. Allí, después de ofrecerle un generoso vaso de ginebra, le permitieron usar el teléfono. Llamó a la base e informó de que estaba vivo. Luego telefoneó a su casa. Pensó que podría pasar la noche allí, pero una criada le informó de que solo se hallaba en ella su padre, con quien desde hacía ya un largo tiempo no mantenía unas relaciones que pudiesen calificarse de cordiales. Llamó a la casa de un amigo, pero nadie contestó. Los policías parecían necesitar el teléfono con más urgencia que él, pero todos ellos estaban ansiosos por ser de alguna utilidad a un héroe de la RAF, de modo que Neville sacó su agenda de bolsillo y, mientras se tomaba una nueva dosis de ginebra, hizo unas cuantas llamadas más hasta que dio con Mary Anne, una vieja amiga de su hermana.

–Me he dejado caer por Londres –le dijo cuando la voz de la chica sonó al otro lado de la línea.

Mary Anne compartía un pequeño piso con una amiga belga, refugiada de guerra. Allí pasó la noche Neville, bebiendo cuanto tenía alcohol y dejándose querer.

Al día siguiente, al presentarse en la base, el capitán Reeves, nuevo líder del escuadrón, mantuvo una corta pero intensa entrevista con él. Neville había vuelto con el optimismo recargado por sus amigas y el licor, pero no era más que un barniz superficial. El capitán había retrasado durante días la conversación, pero era su deber conocer el estado anímico de todos sus hombres. Sabía que Neville sufría pesadillas en los momentos de sueño. No era el primero en padecerlas, y era un síntoma inequívoco de agotamiento. Neville no tuvo más remedio que admitirlo. Cada vez que dormía sin estar anestesiado por el alcohol, se le presentaban en sueños intermitentemente visiones de las muertes de sus compañeros e imágenes de él mismo, envuelto en llamas en el interior de la carlinga. En forma de alucinación, esos espejismos empezaban a producirse también en momentos de lucidez, en el avión. No estaba seguro de que las hubiese sufrido cuando embistió al Me-109, pero lo consideraba más que probable.

Los modernos psiquiatras le habían puesto un nombre a todo aquello, pero Neville consideraba que, a lo largo de la historia de la humanidad, los soldados lo habían identificado pura y sencillamente con el miedo, miedo a morir, y los médicos militares tenían, en otros tiempos u otras unidades, una receta infalible: el pelotón de fusilamiento.

Neville sintió de nuevo la mano de Edna agarrándole por el brazo. Le había alcanzado en la calle principal del pueblo, mientras que Blake los llevaba una delantera de una treintena de pasos y se volvía de cuando en cuando, desafiante, mostrando la gorra de oficial sobre la cabeza.

En la acera de la derecha se exhibía ostentoso el rótulo del principal pub de la localidad, The Royal Crown, y Neville, desasiéndose del brazo de su hermana, se acercó a la puerta.

–¡Eh, alférez de vuelo! –le gritó a su hermano–. Vamos a tomar un trago.

–¿A esta hora? –protestó Edna–. No te lo servirán. Además, nos están esperando Kate y Emily.

Blake vaciló sorprendido. No estaba muy seguro de que Neville hablara en serio. Sus padres eran muy estrictos en cuanto a las bebidas alcohólicas se refería, y él solo había tomado cerveza en una ocasión, a escondidas, y sinceramente no le gustó lo más mínimo. Pero la idea de beber con su hermano vestido de uniforme le atraía, le hacía sentirse realmente mayor. Se acercó hasta Neville, que se había apoyado en la puerta del pub.

–¡Estáis locos! –exclamó Edna–. Si está cerrado...

–Pero hay gente dentro –contestó Neville guiñando un ojo a su hermano pequeño y desabrochándose el botón superior de la guerrera.

Ese botón desabrochado era un código de identificación para los pilotos de caza. Todo el mundo en Inglaterra lo reconocía, y aunque, por supuesto, contravenía las ordenanzas militares, no había en el Reino Unido un solo policía militar dispuesto a obligar a uno de esos héroes a abrocharse el botón.

Neville golpeó con los nudillos los cristales de la puerta.

El propietario abrió la puerta.

–Está cerrado –dijo.

Neville se llevó la mano al pecho, de manera que hizo ostensibles las alas de la RAF y el botón desabrochado.

–Perdóneme, señor, pero tengo un día de permiso antes de volver al escuadrón.

El propietario trató de argumentar que no tenía licencia para servir alcohol a esas horas, pero Neville insistió.

–Veo que es usted un patriota –dijo señalando a través del vano de la puerta la pared del fondo, donde un par de banderitas británicas flanqueaban un marco con el retrato oficial del rey.

–No armen escándalo –dijo el camarero franqueándoles la puerta de su negocio.

Blake y Neville entraron en el pub, mientras que Edna optó por ir a buscar a las hermanas Bryant, Emily y Kate.

El propietario del Royal Crown pasó al otro lado de la barra y se cubrió la calva con una vieja gorra de suboficial de la Gran Guerra.

–A sus órdenes –le dijo a Blake, que aún conservaba la gorra de su hermano en la cabeza–. ¿Tomarán té los señores?

Blake se quedó callado y dirigió la vista a su hermano mayor, quien recogió la mirada y se la transmitió al camarero.

–Esperábamos algo más tonificante y espumoso.

–Entendido –dijo el viejo veterano con una mueca de complicidad, mientras agarraba el surtidor de cerveza–. Que sean dos pintas de té.

Cuando regresó Edna en compañía de las hermanas Bryant, Neville ya iba por la tercera pinta. Al final se había alegrado de vestir su uniforme; sin él no habría conseguido a esas horas nada más fuerte que un ginger ale.

La compañía femenina animó al piloto más de lo que su hermana había supuesto. Emily y Kate evocaron con nostalgia a Peter, el Bryant ausente, que había sido destinado al norte de África, pero no tardaron mucho en charlar animadamente recordando aventuras de los veranos pasados, que de repente parecían tan lejanos, mientras la luz del sol se debilitaba en la calle y el local adquiría clientela.

Blake disfrutaba con las miradas que las chicas dedicaban a su hermano, especialmente por lo que le beneficiaban. La propia Emily Bryant, que acababa de cumplir los dieciséis, le miraba de otra manera desde que le sabía hermano de un piloto de caza, y era él quien constantemente dirigía la conversación hacia el combate aéreo.

Ya en Londres había utilizado esta táctica para afianzar sus contactos con el sexo contrario, y la verdad es que le funcionaba. Sus amistades femeninas se sentían atraídas por cualquier historia relativa a su hermano, e incluso sus amigos se beneficiaban de ello. Si ser piloto era como ser rey, ser hermano de un piloto te convertía en príncipe, y para los amigos quedaban migajas que los transformaban en duques, marqueses o condes, según el grado de amistad.

–Los Me-109 –decía a Emily– tienen un armamento más potente que el Spitfire, pero la capacidad de maniobra de nuestros cazas los hace superiores...

–Lo importante es darles bien a los bombarderos –intervino Neville, al tiempo que daba fin a su sexta cerveza–, no derribarlos, sino llenarles la panza de metralla. Si un huno cae por aquí cerca, nadie se entera en Alemania, pero si llega a su maldito país sin piernas, todos los boches aprenden que no es bueno venir a Inglaterra. Tenemos que cortarles las piernas a todos para que a ningún huno le queden ganas de subirse en un avión.

Blake aceptaba las palabras de su hermano sin llegar a asimilarlas, ya que estaba más pendiente de los ojos de Emily, quien trataba de repartir su atención a partes iguales entre las bravuconadas del piloto y las gentiles atenciones de su hermano, a quien empezaba a descubrir como un muchacho más que atractivo. Kate atendía al piloto y, animada por la cerveza, sentía más admiración por su labor que aversión por sus palabras. Solo Edna escuchaba horrorizada las palabras de su hermano, y aunque deseaba atribuir al alcohol su cruel exposición, no dejaba de saber que lo que estaba haciendo la cerveza era desinhibirle y hacerle soltar todo el rencor y el sufrimiento que cargaba en sus entrañas.

Neville se dirigió a la barra en busca de otra pinta y Blake aprovechó el momento de silencio para asegurarle a Emily que en poco tiempo él también sería piloto de caza. Edna permanecía callada, pálida. Acababa de conocer al guerrero que vivía en el cuerpo de su hermano Neville. Recordó la última vez que lo había visto, en aquel pub cercano a su base aérea, donde unos pilotos polacos habían brindado por la cruel ejecución de un piloto alemán; recordó el frío, por no decir despectivo, acogimiento que tuvo el brindis por parte de Neville. No hizo falta que nadie contestase a su muda pregunta. Ella sabía muy bien lo que había sucedido. A los polacos les habían bombardeado las ciudades y les habían robado su patria. Los pilotos ingleses habían tenido que esperar a ver sufrir a sus familias para darse cuenta de que la guerra no era un deporte.

Neville volvió a la mesa con una cerveza y una rubia que se le había adherido en la barra.

–Os presento a Susan –dijo–. Sabe unos chistes muy buenos.

La recién llegada hizo una broma soez referente a Hitler que a nadie hizo gracia salvo a Neville, que prorrumpió en violentas risotadas.

El piloto no llegó a sentarse y, al cabo de un rato, dejó a medias su jarra y se marchó con la llamativa rubia que acababa de conocer.

Cuando se marcharon del pub, Blake propuso acompañar a las hermanas Bryant a su casa, y Edna aceptó.

De vuelta a casa, Blake parecía feliz. Se había quedado con la gorra de Neville y caminaba por las calles del pueblo mientras silbaba *Rule Britannia*. Ya en la carretera, Edna le asaltó con una pregunta que no pudo dejar más tiempo en su corazón.

–¿Qué le ha pasado a Neville?

Blake no supo qué responder. No encontraba nada raro en el comportamiento de su hermano. Se había encontrado con una chica guapa y se había ido con ella. Él encontraba más atractiva a Kate, pero quizá la otra fuese más divertida. Quería divertirse, ¿qué tenía eso de malo?

–Tiene de malo que no ha hecho otra cosa que beber, que está lleno de odio...

–Odia a los alemanes –protestó Blake–, ¡y yo! Todos los odiamos, estamos en guerra. Y bebe, bueno, ha bebido porque está de permiso y tiene que divertirse, aquí no hay teatros ni muchas otras cosas; además, ya es mayor.

–Sí, muy mayor. Tiene diecinueve años y parece como si ya hubiese vivido...

–Neville ha vivido en los últimos meses más que tú y yo juntos, más que papá y mamá en sus vidas.

Edna se calló. La discusión era absurda. Estaba claro que Blake iba a defender siempre a Neville; ella, por su parte, no quería en absoluto agraviarle.

Llegaron a casa a tiempo de cenar con su madre. Le dijeron que Neville se había quedado en el pueblo. Ella mostró una débil decepción, como si faltase un invitado ajeno, no como si un hijo que se jugaba la vida varias veces al día hubiese preferido la compañía de una desconocida.

A Edna le hubiese encantado hablar con su madre y transmitirle sus preocupaciones, pero su madre, al igual que su padre, acostumbraba a mostrarse distante y poco receptiva con sus hijos, a los que siempre había procurado mantener apartados esperando que eso forjase unas personalidades adecuadas para desenvolverse en su mundo. Finalmente, Edna optó por guardar silencio y dejar creer a su madre que Neville se dedicaba simplemente a disfrutar de su bien merecida fama de héroe.

Cuando Neville regresó a casa, tropezando con todo lo que había a su paso, Edna aún estaba despierta. También su madre, como pudo comprobar al escuchar sus almohadillados pasos descendiendo la escalera. A continuación la oyó susurrar a ella y balbucear con voz ronca a él. Un nuevo estrépito de objetos derrumbados la hizo saltar de la cama y bajó a ayudar. La criada se le unió en el camino, y entre las tres lograron meter a Neville en la cama.

Estaba completamente borracho y, mientras le tapaban, dijo:

–Esta noche no gritaré.

La criada se retiró discretamente y Edna acompañó a su madre hasta su habitación. Cerró la puerta y, a oscuras en el pasillo, escuchó un sollozo. Algo parecía haberse roto en el interior del duro caparazón de su madre.

A la mañana siguiente, Neville, como es lógico, tardó en despertarse. Era casi la hora de comer cuando desayunó. Edna se lo encontró tomando un café en el comedor. Se sentó junto a él y le invitó a dar un paseo por el campo.

–Puede que no lo creas –le dijo–, pero estás más atractivo sin uniforme.

–Me temo que solo he traído uno –contestó él–, y que anoche lo usé como paño de vómitos.

Pasearon un buen rato sin decirse nada, y fue Edna quien al final rompió el silencio.

–Esta noche he decidido que voy a hacerme enfermera.

–¿En el ejército?

–Me gustaría estar en la aviación, cuidar a los pilotos –hizo una pausa–. Me gustaría ayudar a los que no están heridos, a los que sufren de miedo o de agotamiento.

Neville dejó escapar una cínica mueca, que tanto quería significar que no había ese tipo de pilotos como que no existían médicos ni enfermeras para eso.

–También me gustaría ayudar a los pilotos alemanes derribados.

El joven piloto, el guerrero, se detuvo y miró circunspecto a su hermana. Casi se habría atrevido a decir que ningún alemán merecía cuidados de una chica inglesa.

–Puede que sean buenos chicos –dijo después de meditar–, pero créeme: si no acabamos con ellos, nos matarán a todos.

–Tal vez –admitió Edna–, pero de nada nos servirá ganar la guerra si para entonces todos nos hemos vuelto nazis.

Normandía (Francia)

DICIEMBRE DE 1940

Llegó la Navidad. La primera desde la ocupación. Los deseos de «paz en la tierra» eran más fervientes que de costumbre y muchos buscaban en la religión las soluciones que no parecían hallar en la política ni en la acción militar. Francia había sido derrotada hacía ya más de medio año. Su ejército había desaparecido, su territorio se había dividido en dos zonas: una ocupada directamente por el ejército alemán y dependiente de las autoridades que Berlín imponía, y otra que pretendía ser independiente, pero que no era más que un Estado satélite y colaborador del III Reich. Alemania continuaba sus victorias en lejanos lugares de Europa y África. Solo Inglaterra se resistía al demoledor empuje de la potencia germana y, desde allí, el general De Gaulle insistía en la lucha de la Francia Libre en contra del invasor.

Los niños, al igual que los adultos, soñaban con el fin de la contienda, pero a diferencia de los mayores, también tenían espacio en su corazón para desear un juguete o un libro bajo el árbol de Navidad.

Sin duda, como en muchos otros hogares, aquella iba a ser la Navidad más triste en la casa de los tíos de Jacques y Jean Pierre, sobre todo para los dos nuevos habitantes, y así lo había supuesto la tía Elvire, que había procurado dedicarles una mayor atención a sus sobrinos, especialmente al pequeño Jacques.

Hacía ya medio año que habían perdido a su madre y que no sabían nada de su padre. Una vez firmada la capitulación, la tía Elvire y el tío Joseph habían viajado hasta Beauvais, en busca de noticias sobre su hermana y cuñada. Nada más llegar a la devastada ciudad, sospecharon lo peor, y lo peor se lo confirmaron en el hospital, o lo que quedaba de él. Las heridas de Hélène no eran mortales, no lo habrían sido en tiempos de paz, pero en guerra todo era distinto. En un hospital que no fue respetado por los bombarderos se hacinaban las víctimas de las bombas y otras que venían del cercano frente. Faltaban el plasma, las medicinas, las vendas, los médicos, las enfermeras, hasta la luz eléctrica. En esas condiciones, poca gente podía salvarse.

Sobre el padre de los niños no lograron averiguar nada. Lo más probable, si estaba con el ejército, era que se hallase cautivo, les dijeron, pero en las sucesivas listas de prisioneros que se fueron publicando no aparecía nunca su nombre. Finalmente, se le dio por desaparecido.

Los niños ayudaron a decorar la casa y a colocar el árbol de Navidad. La cena, aunque escasa por el racionamiento, fue especial y se cantaron villancicos y se contaron chistes. Hacía ya muchos años que Hélène, la madre de Jacques y Jean Pierre, no pasaba la fiesta con su padre, hermanos y sobrinos, pero aquel año, el primero que faltaba del mundo, fue añorada por todos y todos supusieron que la melancolía era mucho mayor en los corazones de sus dos pequeños hijos. Por eso, ningún adulto quiso que la nostalgia empañase sus rostros o sus conversaciones; todos trataban de parecer más alegres y felices de lo que en realidad eran, y a los niños no les quedó tiempo para sufrir la soledad mientras estuvieron acompañados.

A las doce acudieron a la misa del gallo. Todo el pueblo, incluidos los descreídos, se congregó en la iglesia. Era la primera ocasión que tenían para reunirse después de la rendición. Existía entre ellos un gran sentimiento de solidaridad, de camaradería y, aunque no lo reconociesen abiertamente, de esperanza y fe, especialmente en el momento en que el sacerdote leyó las palabras del evangelio:

–Gloria a Dios en lo más alto y paz en la tierra a los hombres de buena voluntad.

No eran solo las voces o las silenciosas plegarias de quienes se habían reunido bajo la bóveda de aquella pequeña iglesia normanda, sino que millones de oraciones, colectivas e individuales, en francés y en alemán, en inglés y en polaco, en neerlandés, en italiano, en griego, en danés, en noruego... se alzaban en aquellos momentos hacia el cielo y rogaban por el fin de la guerra, por el cese de la violencia, por el reencuentro de los seres queridos. En el viejo templo, confundida con el incienso, flotaba una mezcla de esperanza y melancolía, de anhelos y desaliento.

Pero la Navidad estaba muy lejos de suponer una tregua. Cuatro días después de conmemorar el nacimiento del Salvador, la tragedia, como una violenta tormenta, descargó su furia sobre una de las granjas que rodeaban la localidad.

En un pueblo como aquel, a pesar de la falta de recursos económicos y de las limitaciones que la censura alemana imponía sobre los movimientos y las comunicaciones de los habitantes, las noticias volaban con los pájaros, de árbol en árbol y de casa en casa.

Alrededor del mediodía, Jacques y Jean Pierre jugaban una partida de parchís con sus primos Claude y Margot en la amplia cocina donde, al calor de los fogones, atareadas unas y ociosos los demás, se había reunido toda la familia más un par de paisanos. La puerta de la calle se abrió y unos pasos presurosos sonaron por el pasillo hasta que apareció en la cocina una vecina con el rostro sofocado. Se plantó en medio de la estancia y, sin ni siquiera saludar, soltó la noticia.

–Han detenido a Robert Tardieu.

–¿A Robert Tardieu? –preguntó extrañada la tía Elvire.

–¡Si está muerto! –exclamó la prima Margot.

–No, no –corrigió la vecina–, quiero decir al joven Menthon, a Jean Menthon.

–¡Válgame Dios! –exclamó la tía Elvire.

En realidad Jean Menthon llevaba el nombre de Robert Tardieu y no había en ello ningún misterio para quienes aquella mañana de diciembre buscaban calor en la cocina, salvo para los hermanos Legrand, que asistían perplejos al galimatías.

En los meses que los dos niños llevaban en Normandía habían tenido tiempo de sobra para conocer a todos los vecinos de los alrededores y sabían que Robert Tardieu era el marido de Rose, una dulce y sensible joven que siempre parecía tener algo para ellos: unos caramelos, un trozo de queso o un par de huevos. Las golosinas en aquel tiempo y aquel lugar eran muy distintas de las que habían conocido durante la paz, en Beauvais.

Rose se había casado hacía apenas dos meses con Robert, a pesar de que siempre había sido novia de Jean Menthon, un joven soldado que había luchado en el frente, donde fue hecho prisionero con todo su regimiento en los primeros días de la guerra. Sin embargo, cuando iban a trasladarlos a Alemania, Jean logró fugarse y a los pocos días apareció en el pueblo y se escondió en la casa de sus padres.

Poco tiempo después, Robert Tardieu, que tenía la misma edad que Jean, murió de una enfermedad respiratoria que venía aquejándolo desde la infancia. Sus padres, a los que unía una verdadera amistad y algún lejano parentesco con los Menthon, se ofrecieron a estos para ayudar a su hijo. Jean fue enterrado en el cementerio, pero el cura no registró su muerte. Tampoco el doctor Darlan notificó la defunción a las autoridades y, de ese modo, el perseguido Jean Menthon pasó a ser Robert Tardieu, quien a los cuatro meses se casó con Rose, la novia de toda la vida de Jean, y empezó a trabajar como asalariado en la granja de sus padres.

Pero en tiempos de guerra la felicidad es tan frágil como una copa de cristal, y en aquella nublada mañana del invierno de 1940 unos soldados la quebraron en la casa del joven matrimonio. Dicen quienes lo vieron que Jean, con las manos esposadas a la espalda y rodeado por soldados alemanes, dirigía por encima de estos miradas enloquecidas en busca de un camino de fuga, y que Rose lloraba y gritaba con desesperación el nombre de Robert, quizá porque ya se había acostumbrado a llamar así a su Jean, quizá porque trataba de convencer a sus captores de la inocencia del reo, culpable de no llamarse Robert Tardieu.

–Alguien lo habrá denunciado –dijo el tío Joseph.

–¿Quién puede hacer algo así? –preguntó la tía Elvire llevándose la mano al pecho.

Nadie pronunció ningún nombre, nadie podía creer que hubiese alguien tan ruin como para hacer algo semejante, el mal por el mal, sin más motivación que la envidia o el rencor. Bastaba una nota anónima para que actuase la justicia del invasor.

–Son peores que los alemanes.

La escueta oración, con sujeto omitido, llevó la conversación hacia el recurrente tema de los horrores de la guerra, de las atrocidades que los nazis cometían en territorio francés y de la cobarde y ruin actitud de quienes colaboraban con ellos.

La rabia, la amargura y la impotencia enseguida avivaron el fuego de la discusión, y la atmósfera de la estancia se llenó de crueles palabras, como traición, castigo, guillotina, paredón, ejecución.

–Es la peor guerra que ha vivido Francia –opinó uno–. Si en la contienda anterior...

Dos sonoros golpes, que el abuelo propinó al suelo con su bastón, bastaron para interrumpir la frase y hacer el silencio en la cocina.

El abuelo, veterano de la Gran Guerra, había seguido el debate desde su silencioso rincón. Ante la expectante mirada de todos, el anciano aún se tomó un tiempo para hablar.

–Todas las guerras son malas –dijo con la mirada perdida en sus recuerdos–. La guerra del catorce solo tuvo una cosa buena. ¿Queréis saber cuál?

Los demás le escuchaban con atención respetuosa y le animaron a que continuase.

–Que se acabó –dijo volviendo a su prudente mutismo.

Todos asintieron con absoluto convencimiento y meditaron en las juiciosas palabras del patriarca. Solo Jacques, el más joven de la reunión, abandonó su asiento para acercarse al abuelo y, apoyando sus manos en las rodillas del viejo, le preguntó:

–¿Esta guerra también se va a acabar?

Berlín (Alemania)

MARZO DE 1941

Antes de llamar al timbre, el SS Oberscharführer Heinrich Burkhard se ajustó el cuello de su recién estrenado uniforme y contempló satisfecho el lustre de sus botas.

Finalmente, pulsó el botón junto a la puerta y esperó a que le abriesen. Deseaba que fuera Liese quien apareciera al otro lado, se imaginó primero sus ojos azules clavados en el doble relámpago bordado con hilo de plata en el cuello de su guerrera, y luego una sonrisa de felicidad al encontrar su rostro.

Pero fue Matthias, el portero de la finca e inquilino de la vivienda, quien la abrió.

–¡Señor Burkhard! –exclamó sorprendido, y luego examinó los galones de su guerrera–. O mejor debería decir sargento Burkhardt.

–SS Oberscharführer –le corrigió Heinrich enfatizando que no pertenecía al ejército sino a las SS, aunque luego añadió–. Llámeme Heinrich, como siempre.

El recién ascendido a la casta de los suboficiales se arrepintió de dar esa respuesta apenas la hubo pronunciado. Lo cierto es que le gustaba lo de SS Oberscharführer Burkhard, y lo de señor tampoco sonaba nada mal en la boca de aquel ser mediocre, simplón, feo y viejo que era su portero.

No tenía nada en contra de los viejos feos, salvo que se casasen con mujeres jóvenes y guapas. Porque Liese, la esposa del viejo Matthias, era muchísimo más joven que su marido y mantenía a los ojos del SS una belleza radiante, adornada con todas las cualidades de la raza aria pura.

–Enhorabuena, Matthias –le dijo–. Me han dicho que ha vuelto a ser padre, de un varón.

–Gracias, Heinrich –dijo el portero–. Es un niño sano y guapo. Lo hemos llamado Wolfgang, Wolfi.

El señor Schneider se retiró a un lado de la puerta y dejó paso franco al suboficial, quien accedió al interior de la modesta vivienda con la gorra bajo el brazo y un ramillete de flores en la mano.

Enseguida apareció una niña, que fue a colocarse al lado de su padre. Sus delicados rasgos y su cabello rubio la hacían contrastar bruscamente con su progenitor.

–¡Hola, Erika! –saludó–. ¡Cómo has crecido! ¿No te acuerdas de mí?

La niña asintió con la cabeza.

El señor Schneider invitó al suboficial al salón, donde le indicó una silla.

–¿Una copa de kirsch? –ofreció servicial el portero.

–¿Y la señora Schneider? –preguntó impaciente Heinrich, sin llegar a sentarse.

–En este momento está dando el pecho al niño.

A Heinrich no le hubiese importado asistir a la escena, pero no tuvo más opción que reprimir sus deseos.

–Venga entonces esa copa –dijo mientras tomaba asiento.

El señor Schneider abandonó la pieza con su renqueante paso, seguido por la vivaracha Erika.

Al abrir la puerta de la cocina, un tufo a col hervida invadió el comedor. Heinrich observó la decoración de la estancia. El mobiliario era variado y abigarrado para un espacio tan pequeño, y sobre el aparador y las estanterías se exhibían toda clase de recuerdos de Baviera, en madera, cerámica o metal. Tuvo que reconocer que su idolatrada Liese poseía un gusto más bien cursi y pueblerino para la decoración.

De las paredes colgaban un cartel turístico de Múnich del que pendían las faldas de un calendario, un recargado marco dorado con una estampa en colores de la Virgen María y un par de fotografías enmarcadas en baquelita. Una de ellas era un retrato de boda, la otra representaba a un soldado de la Gran Guerra.

Heinrich se levantó para observar con detalle las fotografías.

Se extasió en la primera, pues en ella aparecía una jovencísima Liese con un sencillo vestido blanco; a su lado, el viejo portero, con su sonrisa lobuna y un traje de chaqueta cruzado.

«La bella y la bestia», se dijo Heinrich.

–Aquí está el kirsch –la voz de la bestia sonó a su espalda.

Heinrich se volvió y encontró al portero con dos vasos en las manos. Matthias le tendió uno.

–¿Es usted el de la foto? –preguntó Heinrich señalando al soldado uniformado.

–De joven –afirmó el señor Schneider–. En Francia. Me hice la fotografía seis días antes de que comenzase la batalla de Verdún...

–Está usted irreconocible –le interrumpió Heinrich observando con detenimiento al joven de poblados mostachos–. Se afeitó usted el bigote, le quedaba bien.

El portero sonrió mostrando sus encías despobladas, al tiempo que se señalaba con el índice el lado derecho del labio superior.

–Metralla –dijo–. Me pusieron un injerto y no crece la barba en esta parte.

El aguerrido suboficial de las SS frunció el ceño en un gesto de horror. Así que el rostro desfigurado del portero no era de nacimiento, sino que se debía a una heroica acción de guerra. Heinrich se estremeció al pensar en el dolor que debía de provocar recibir un fragmento de metralla o un balazo en la cara. Pensó que preferiría recibirlo en cualquier otra parte del cuerpo. Por otro lado, el resultado era esa cara espantosa. Sí, estaba seguro: Heinrich preferiría perder un brazo o una pierna antes que ver desfigurado su perfecto rostro ario.

–¿Perdón? –Heinrich salió de su ensimismamiento al percibir que el señor Schneider le estaba hablando.

–En las letrinas –le oyó decir–. Le decía que el obús me sorprendió en las letrinas.

«¡Qué falta de decoro!», pensó Heinrich. No había ninguna necesidad de explicar eso. Podría haberle dicho que recibió el impacto durante el asalto a una trinchera enemiga o mientras defendía heroicamente su puesto. Él lo habría hecho. Aquella estúpida confidencia, que el portero le hacía en tono humorístico, le parecía una burla, una falta de respeto a los valores patrios y militares. En el fondo, qué se podía esperar de un ser así, vil aun cuando su deformidad proviniese de una herida de guerra.

–Mamá ha terminado –Erika apareció de nuevo en la habitación con una muñeca entre sus brazos–. Dice que ahora viene.

–No es necesario que se moleste –dijo Heinrich volcando el contenido de su vaso entre los dientes–. Vamos nosotros a verla.

–Gracias –dijo el señor Schneider–, pero, por favor, mi sargento, espere que ayude a mi esposa a adecentarse.

Heinrich asintió decepcionado y aguardó en el comedor meditando en la palabra «adecentarse». Precisamente eso era lo que pretendía haber evitado.

En fin, esperaba que la conversación que estaba por producirse girase en torno a su alistamiento en las SS –para lo que le había bastado su bonita cara– y a su pronta graduación como suboficial, en lo que habían influido, más que sus estudios de bachillerato, las influencias de su padre, inmejorables también a la hora de lograr para su hijo un puesto en el grupo de intendencia, alejado de la primera línea de fuego.

La pequeña Erika había depositado su muñeca sobre la mesa y se esmeraba en cambiarla de ropa ante el militar.

–¿Cómo se llama tu bebé? –le preguntó.

–Gretel –contestó ella–. Es una niña. Es muy buena, pero se hace caca todo el rato.

Heinrich sonrió y atendió a las delicadas maneras de la niña, que despojó a su muñeca del vestido para dejar al descubierto un trapo que hacía las veces de pañal y que estaba prendido con un imperdible y un pin de las Juventudes Hitlerianas.

El viejo Matthias apareció de nuevo en el comedor y anunció que la señora Schneider estaba lista para recibir la visita.

Heinrich avanzó por el corto pasillo y traspasó la puerta del dormitorio para encontrarse con Liese en la cama, con la espalda recostada sobre el cabecero, tapada con la colcha y vestida con una bata rosa de algodón abotonada hasta el cuello. Su faz seguía igual de luminosa que siempre.

Heinrich extendió su brazo para ofrecerle el ramillete de flores.

–Muchas gracias, Heinrich –dijo Liese–. Erika, coge las flores y ponlas en un jarrón.

Una vez más, Heinrich examinó el mobiliario. La cama, de una sencilla estructura metálica, una cunita, una butaca con ropa pulcramente doblada sobre ella y un armario con espejo frontal en el que, prendida al marco, reconoció una de las fotografías en color que él mismo le había entregado a Liese un par de años atrás, aquel día que se encontraron tras el desfile. Él llevaba una de aquellas fotos guardada en su cartera, esa en la que aparecían él y Liese abrazados, él con su uniforme de las Juventudes del partido y ella con su vestido bávaro. La había utilizado para presumir de novia con muchos compañeros. La otra foto, la que le hizo a Liese con Erika, la tenía pegada en un álbum. Esa era la copia que la señora Schneider había colocado en su espejo. Heinrich quiso suponer que la otra la había guardado en un lugar más discreto, más íntimo. No pudo sospechar a qué alto grado de intimidad había sido relegada aquella copia a color, en el fondo de una vieja caja de galletas, perdida entre un montón de retales, trozos de cordón, tapones de corcho, viejas facturas y otros objetos inservibles.

Hasta que completó su mirada escrutadora en torno al dormitorio de los Schneider, Heinrich no se percató de la presencia del bebé, cubierto por un chal blanco y acurrucado en el regazo de su madre. Aquel insignificante ser era la excusa para la visita, así que, asumido el escaso interés que su fulgurante carrera en las SS presentaba en aquella ocasión, pasó a fingir interés por la criatura, bordeó la cama y se acercó a verlo. Se inclinó sobre él y olió la fragancia de su madre. Jabón. El pequeño Wolfi no le pareció muy bonito.

–Es precioso –mintió.

Los señores Schneider agradecieron el cumplido.

–No es rubio –comentó.

–No –dijo el portero–, me temo que este ha salido a mí.

–Ojalá sea igual de bueno que Matthias –dijo Liese.

Un fuerte olor a quemado penetró en el dormitorio y el señor Schneider salió corriendo, tras darse una palmada en la frente.

–¡La cena! –exclamó ya fuera de la habitación–. Mientras no sea tan tonto como su padre.

Liese y Heinrich se quedaron solos con el bebé. El joven había deseado desde el primer momento que aquello ocurriese y no perdió el tiempo.

–Mi división parte mañana para Francia.

Liese asintió, y mientras pensaba si debía desearle un feliz viaje o una feliz estancia o simplemente buena suerte, Heinrich volvió a tomar la palabra.

–Creo que estaremos en París. A mi regreso le traeré algo de allí –hizo una pausa estudiada y por fin soltó lo que quería decirle–. Unas medias de seda quizá, o algo de lencería francesa. Cualquier cosa le sentaría a usted de maravilla.

La señora Schneider se sonrojó, tal y como Heinrich había pretendido.

–No –dijo tras un intenso silencio–, no, muchas gracias. Tráigame usted una postal de la torre Eiffel.

El señor Schneider regresó en ese momento al dormitorio.

–Bueno –dijo–, he podido salvar la cena. ¿Se quedará con nosotros?

No era más que una invitación formal y forzada, pero por un instante Liese temió que Heinrich aceptara. Este miró al señor Schneider y luego a su esposa. Mantuvo un rato la tensión y, por fin, se excusó.

–No, muchas gracias, mis padres me esperan.

Ya en el ascensor, Heinrich dedicó unos últimos pensamientos a la señora Schneider. Le gustaría haberla sorprendido dándole el pecho al recién nacido, o al menos en camisón. En cualquier caso, la visita había valido la pena y había conseguido ruborizarla. Pensó también en su prima Ulva, a quien había visto aquella misma tarde y que era, con toda seguridad, la segunda mujer que más le atraía. Igualmente aria, la prima Ulva era algo más joven que Liese, un año o dos a lo sumo, e infinitamente más compleja y refinada, pero ni de lejos le excitaba como Liese. Y es que, a su prima, ni remotamente le infundía Heinrich ningún temor.

Normandía (Francia)

22 de junio de 1941

Empezaba el verano y en la lluviosa Normandía venían disfrutando de unos días cálidos y soleados. Aquella mañana de domingo, Jean Pierre había convencido a sus amigos para que dejasen a Jacques jugar al fútbol con ellos. Lo hacían en la plaza y Jacques se daba por contento con que alguna vez alguien le centrase un balón.

–Atrápala, Jacques –gritó el mayor de los hermanos Thénard dando un fuerte chut al balón.

Jacques corrió para coger la pelota, que le llegó demasiado alta; saltó para rematar de cabeza, pero aun así, el balón pasó un metro por encima de él, botó en el suelo y se alejó en dirección a la panadería. Una pareja de soldados alemanes conversaba ante la puerta del establecimiento y uno de ellos, que vio acercarse la bola, abandonó la charla para detenerla. Lo hizo con pericia y golpeó con su bota de caña el balón en sucesivas ocasiones, impidiendo que tocara el suelo, mientras Jacques se acercaba tímidamente.

–¿Es balón de ti? –preguntó el soldado con una amigable sonrisa en los labios.

Jacques asintió y dio un paso más hacia el soldado. Este tomó el balón con las manos y se agachó para dejar su rostro a la altura del de Jacques.

–Yo soy futbolisto –dijo el alemán–. ¿Tú gustas fútbol?

–No eres futbolista –replicó Jacques–. Eres soldado.

El alemán rio la respuesta del niño y le acarició la cabeza sin soltar el balón.

–Tú dices bien –dijo esforzándose por buscar las palabras adecuadas en francés–. Pero yo antes de soldado soy futbolisto. Yo... antes de guerra.

Jacques pareció dudar de lo que decía el soldado. ¿Es que los soldados son otra cosa antes de ser soldados?

–Mira tú –dijo el alemán, que comprendió que su pequeño amigo dudara de su palabra.

Se quitó la gorra con la mano izquierda y con la derecha lanzó el balón hacia arriba, lo recogió con la frente y lo hizo botar repetidas veces sobre la cabeza. Entonces escuchó una voz que gritaba:

–¡Jacques!

Era Jean Pierre, que había avanzado unos pocos pasos y llamaba a su hermano para que interrumpiese su conversación con el alemán. Aquella infantil e imperiosa voz recordó al soldado Hans Müller que allí era un extranjero, un intruso... Algo mucho peor, un enemigo. Dejó caer el balón al suelo y lo retuvo con el pie.

–Tú llamas Jacq –le dijo al niño, que lo miraba con ojos asombrados, tras su exhibición–. Yo soy Hans. Toma balón de tú.

Hans devolvió el balón al niño y miró cómo se alejaba hacia sus amigos. Antes de que se separara más de diez pasos, volvió a llamarlo.

–¡Jacq! ¿Tú gustas chocolate?

Hans extrajo del bolsillo media tableta de chocolate envuelta en platilla y se la tendió a Jacques. Este, que se había detenido, miraba el regalo con voluptuosidad, sin atreverse a volver con el soldado.

–¡Jacques! –volvió a sonar la autoritaria voz de Jean Pierre–. ¡Ven aquí!

Jacques miró alternativamente a su hermano y a la mano del soldado que le tendía el ansiado chocolate.

–Un regalo –dijo sonriente–. Un regalo de amigo Hans.

Jacques iba a darle las gracias, pero de nuevo sonó su nombre en boca de su hermano y, tras vacilar un instante, corrió con el balón hacia Jean Pierre. A su espalda sonó la voz burlona del otro soldado, que parecía mofarse de Hans.

Cuando llegó con el balón junto a Jean Pierre, este le recriminó con una frase concisa:

–No hables con los alemanes.

Por la mente de Jacques cruzó el pensamiento de responder que Hans era bueno, que era futbolista y que le había ofrecido chocolate. Sin embargo, había aprendido lo suficiente durante el tiempo de guerra como para justificarse diciendo:

–He recuperado el balón.

Tanto Jean Pierre como los demás amigos decidieron que el partido había concluido y que era mejor trasladarse a otro lugar donde no los importunaran las tropas invasoras.

Hans siguió a los muchachos con una mirada triste. Nada en aquel momento le hubiera apetecido más que deshacerse de su antipático compañero y de su uniforme e ir a jugar con los niños, a entrenarlos, a contarles cosas de cuando era futbolista, de los niños alemanes que le pedían autógrafos después de cada partido, a hablarles de su hijo, que era aún un bebé.

Los chicos se fueron a jugar al jardincillo de la iglesia, demasiado estrecho para un buen partido de fútbol. Étienne cazó una lagartija entre los escalones de piedra que formaban el basamento de un calvario oxidado.

Uno de los muchachos acudió a su casa en busca de una caja que sirviese de jaula a la nueva mascota, mientras los demás discutían un nombre para el reptil. En un principio se barajaban las posibilidades de «Panzer» y de «Adolf».

–¿Para qué queréis ponerle un nombre? –protestaba Claude–. ¿Es que va a correr a tu lado si la llamas?

De pronto aparecieron en el jardincillo el padre de Pascal y el cura. No era muy frecuente esa asociación, ya que el padre de Pascal era ateo y comunista.

–¡Salud, chavales! –los saludó alegremente, y se acercó con el cura hasta ellos.

Pascal le enseñó la lagartija y le comentó el dilema de los nombres.

–¿Por qué no la llamáis «Moscovita»? –el primer nombre que se le ocurrió para la mascota fue el de «Stalin», pero no le pareció prudente que los chicos fueran pregonando el nombre del mandatario soviético por las calles–. ¿Sabéis qué ha pasado hoy?

Haciendo muecas, los niños manifestaron su desconocimiento.

–Los alemanes han atacado a la URSS –dijo el señor Mercier.

Los chicos no compartieron la alegría del padre de su amigo, no comprendían qué tenía eso de bueno.

–La Unión Soviética es el país más grande del mundo, el más poderoso, el mejor gobernado...

–Bueno, bueno –intervino el sacerdote–, dejémoslo en el más grande, en extensión.

–Pues dejémoslo, padre –acató benevolente el señor Mercier–. Es el país más grande, con el ejército más grande...

Los chicos escucharon el discurso del señor Mercier, que vino a decirles que Alemania se estrellaría contra el gigante ruso, del mismo modo que le había ocurrido a Napoleón.

–Los rusos contraatacarán –les decía entusiasmado–, expulsarán a los alemanes de su territorio y avanzarán hasta Alemania, que no tendrá más remedio que abandonar Francia. El fascismo será destruido y en su lugar se alzará una nueva Europa comunista.

–En ese caso –intervino el sacerdote–, quizá nos valga más quedarnos como estamos.

–No diga eso, padre. Yo le digo que los comunistas nunca matarán a los obreros ni a los pobres. No le harán la guerra al pueblo alemán, solo a sus dirigentes.

–Si tú lo dices.

A esa misma hora, el café principal del pueblo se había llenado de soldados alemanes que pedían cerveza y brindaban por una nueva victoria de su ejército.

–Dentro de un mes, en Moscú –decían alzando los vasos.

Se hablaba de la derrota final del bolchevismo, de la liquidación de la conspiración judaica, y algunos llegaron a brindar por el exterminio del pueblo ruso y su aberrante mezcla de razas.

Hans Müller, el antiguo futbolista, pensaba que la nueva ofensiva solo podía significar una cosa: la prolongación de la guerra. Más días lejos del añorado hogar, un hijo que seguiría creciendo sin su compañía.

Aquella misma tarde, en un prado próximo al pueblo, nació la OJLBN, es decir, la Organización Juvenil para la Liberación de la Baja Normandía. Sus miembros fundadores discutieron durante horas el nombre de la organización e hicieron en un cuaderno los bocetos de su escudo, que acabó siendo el de la Baja Normandía, al que se añadía una lagartija entre los dos leones que habían formado el escudo normando desde la Edad Media. La inclusión del reptil se debía, lógicamente, a la captura de aquella mañana, pero puestos a buscar simbologías, decidieron que la lagartija poseía atributos que completarían eficazmente el valor y la fuerza de los leones: su capacidad para moverse en las sombras y su escurridiza naturaleza, cualidades que se adaptaban perfectamente a lo que se esperaba de cualquier agente que habría de desenvolverse en la clandestinidad.

La lagartija también sirvió para dotar de nombres en clave a los miembros de la organización, y aunque en principio se pensó en que estos serían Lagartija 1, Lagartija 2, etc., enseguida les parecieron unos apodos un tanto ridículos, así que, no sin pocos circunloquios, se llegó a adoptar los de Saurio 1, Saurio 2, Saurio 3, Saurio 4 y Saurio 5.

Jean Pierre lamentó dejar al margen de esta aventura a su hermano Jacques, que jugaba unos metros más allá con la hermana pequeña de Pascal y su perrito, pero comprendió que era demasiada responsabilidad y demasiado riesgo para un niño de seis años.

La primera acción de la OJLBN fue devolver la libertad a la lagartija, pese a la inicial oposición de Étienne, quien finalmente comprendió que la principal misión de la organización era la de liberar a los franceses oprimidos, y aquella lagartija, aun sin pasaporte, era tan hija de Francia como cualquiera.

La conversación se alargó de regreso a sus casas, discutiendo sobre posibles operaciones: volar un búnker de la playa o robar planos y documentos secretos en el cuartel alemán y enviarlos a Inglaterra. La verdad es que nada de aquello parecía muy asequible. Les quedaba un arduo trabajo por delante.

Skidel
(Polonia, actualmente Bielorrusia)

AGOSTO DE 1941

El calor se hacía sentir con implacable fuerza al mediodía, especialmente después de haber marchado con el equipo a cuestas durante cerca de veinte kilómetros. El grupo de soldados agradecía la sombra de aquel frondoso árbol que parecía haberse salvado milagrosamente de las bombas. Ninguno de ellos había logrado memorizar el nombre de la localidad, pero sabían que estaban en la parte de Polonia que había sido invadida por la Unión Soviética en 1939 y que hacía menos de dos meses había pasado a formar parte del territorio ocupado por los alemanes. Aunque ya habían visto en el resto del país los devastadores efectos de la guerra, en esta zona eran mucho más recientes.

Nada de lo que las bombas habían destruido días atrás había podido ser reparado, pero lo que más llamaba su atención eran los habitantes de la localidad, demacrados y aterrorizados, reducidos a la esclavitud por los alemanes, que los gritaban e intimidaban. La mayor parte de ellos llevaban en el brazo izquierdo un brazalete amarillo con una estrella de seis puntas bordada en negro. Algunos lucían largas barbas y levitas negras, pero otros, la mayoría, no se diferenciaban en nada de los polacos que venían viendo en los últimos días.

Tampoco los recién llegados dejaban de provocar el desconcierto entre los lugareños. Vestían uniformes alemanes, pero saltaba a la vista que no era esa su nacionalidad. Hablaban otro idioma, eran morenos, ruidosos y desaliñados. Algunos paisanos observaron que los nuevos soldados lucían en la manga de la guerrera un emblema rojo y amarillo en el que se leía «España», pero pocos llegaron a deducir que esa extraña palabra era el equivalente de su Hiszpania. Cómo iban a hacerlo, si ese era el nombre de un país exótico, demasiado lejano y, además, neutral. Aunque lo cierto es que España no era neutral. El general Franco, que había asumido la jefatura del Estado tras un golpe que degeneró en una sangrienta guerra civil, había acuñado el término de «país no beligerante», lo que le permitía permanecer al margen de posibles intervenciones de los aliados sin dejar de mostrar su simpatía hacia la Alemania nazi y la Italia fascista.

Aunque con la sensibilidad herida por el triste espectáculo que ofrecían los judíos de Skidel, los seis españoles que se habían acomodado bajo la sombra de aquel árbol comenzaron a dar cuenta de sus raciones de marcha. A uno de ellos, sin embargo, le había desaparecido el apetito. Sorbió un trago de la cantimplora y encendió uno de esos cigarrillos que les habían dado los alemanes y que tan poco gustaban al resto de los divisionarios. A él le daba lo mismo. Total, nunca había probado el tabaco negro español, pues había adquirido el hábito de fumar durante su breve estancia en el campo de entrenamiento de Baviera y, como muchas otras cosas, lo hacía para aparentar más edad de la que tenía.

A Juan Delgado, aprendiz de mecánico en Madrid, la visión de aquellos seres patéticos le resultaba especialmente dolorosa, pues le traía a la memoria la última vez que había visto a su padre, tras los muros de una prisión en Burgos, donde cumplía una condena de treinta años y un día en condiciones inhumanas. Había algo en la dolorosa laxitud de aquellas figuras de Skidel, en su amarga sumisión, que las asemejaba a la última visión que tenía de su padre, a quien hasta entonces siempre había tenido por una persona alegre y optimista. Sin embargo, cuando en la cárcel se enfrentó a los ojos de su padre, los encontró como un pozo vacío de esperanzas. Por eso, al vislumbrar las miradas apagadas de los desdichados judíos, creía distinguir el efecto terrible de la derrota sobre seres que, en tiempos mejores, habrían abrigado sus ilusiones y disfrutado de sus pequeñas alegrías con la única y vana esperanza de que el mundo no se hundiese a su alrededor.

En la acera de enfrente, bajo el ardiente sol del mediodía, se había detenido un anciano judío, que miraba a los españoles con curiosidad no exenta de recelo. Su actitud absorta le impidió advertir que un oficial alemán caminaba en su dirección por la misma acera. Cuando este llegó al lado del anciano, le gritó con furia, con odio. El viejo se retiró el sombrero y susurró palabras de perdón, pero aquello no pareció bastar al irritado oficial, que le propinó una tremenda bofetada que le hizo tambalearse y chocar contra la pared.

Desde su posición, un tanto apartada del resto de sus compañeros, Juan asistió a la escena tan perplejo que no pudo reaccionar antes de que llegasen presurosos al lugar dos soldados alemanes que saludaron con sonoros taconazos al oficial, el cual se alejó con gesto ofendido mientras profería palabras cargadas de desprecio.

El madrileño pensó que los dos soldados ayudarían al viejo, pero, lejos de eso, lo que hicieron fue arrojarlo al suelo, fuera de la acera, mientras seguían gritándole y le asestaban golpes con las culatas de sus armas. Juan no pudo soportarlo más. Se levantó y se dirigió hacia los alemanes, sin olvidar su fusil.

–¿Qué pasa? –les espetó con aire chulesco y en español.

Los dos hombres de la Waffen SS se quedaron desconcertados ante la intervención del soldado extranjero con uniforme alemán. Le gritaron algo y le hicieron gestos para que se marchara. Juan percibió que el valor le fallaba. Estaba a punto de tener un altercado con la autoridad alemana, lo que le podría suponer una sanción, probablemente la repatriación y, con ello, el fracaso de su verdadero objetivo en la División Española de Voluntarios, un objetivo que le había empujado a abandonar a su madre y recorrer Europa en compañía de quienes había considerado sus enemigos.

Dudaba si retirarse cuando se sintió arropado por sus compañeros, que habían interrumpido la comida para tomar partido. La pareja de alemanes se encontró rodeada por lo que consideraba un motín inexplicable, pero sus enérgicas protestas se vieron ahogadas por las voces de los españoles, más numerosos y vocingleros. Uno de los voluntarios se agachó junto al viejo judío y le ayudó a levantarse. Juan hizo lo mismo. El hombre tenía sangre en la frente y en la nariz y los observaba con sus pequeños ojos muy abiertos e inquietos, con una mirada interrogante. Mientras lo ayudaban, Juan notó la frágil y huesuda mano del anciano aferrándose a su muñeca, como si tratase de asegurarse por medio del tacto de lo que sus ojos se negaban a creer.

–¿Quiénes sois? –les preguntó en su lengua, con un débil resquicio de vana esperanza, imaginando con fantasía delirante estar en presencia de unos salvadores mesiánicos.

Por supuesto que no lo eran. Ni en el corto y doloroso tiempo que le quedaba de vida llegaría a ver a nadie que pudiese parecerse remotamente a lo que en ese instante soñaba.

Ante lo que parecía una de las no infrecuentes trifulcas entre soldados españoles y alemanes, otros cuantos divisionarios de los muchos que deambulaban por la ciudad se fueron congregando en el lugar, y pausadamente el judío fue apartado de sus agresores. Juan quiso desagraviarle ofreciéndole su paquete de tabaco, que el viejo aceptó con reparo. Enseguida otro le dio una lata de carne en conserva, y Juan comprendió que aquello era lo que realmente necesitaba el desnutrido anciano. Casi todos los que había por allí se rascaron los bolsillos en busca de una pequeña ayuda para el desdichado.

De pronto apareció un capitán español y rápidamente se impusieron el orden y el silencio. Alguien le explicó que los alemanes habían atacado al anciano y el oficial disimuló una mirada misericordiosa al débil hombrecillo, para dirigirse después con un saludo militar a los alemanes, quienes se cuadraron ante el oficial.

–¡Ojeda! –gritó el capitán–. ¡Que venga Ojeda!

Los SS permanecían cuadrados y perplejos ante un Hauptmann de la Wehrmacht que desconocía su idioma y que, tras dirigirse a ellos con unas breves palabras que solo él parecía considerar alemanas, les dio la espalda para dirigir una arenga a aquella banda de indisciplinados.

–¡Soldados! –gritó para reclamar la atención de sus hombres–. Estáis en territorio del Reich Alemán y en todo momento debéis mostrar respeto y obediencia a sus autoridades y sus leyes. Bajo el título de «Conducta a seguir con los judíos», el mando alemán os ha transmitido las instrucciones precisas...

El discurso se interrumpió por la presurosa llegada de Ojeda, un cabo que hacía de intérprete. El comandante se dirigió a él y le ordenó que tradujese a los dos alemanes un discurso incongruente plagado de disculpas.

Los SS asintieron con nuevos taconazos y abandonaron el tumulto que se dispersaba sin dejar de echar discretas ojeadas a su alrededor, probablemente en busca del judío a quien consideraban causante del incidente. Pero hacía ya rato que el anciano, escoltado por Juan y Agustín, había llegado a su domicilio con las manos y los bolsillos llenos de productos alimenticios del ejército alemán.

Reiniciada la marcha, Juan advirtió que el aprecio de sus compañeros había aumentado. Ya no solo se debía a su corta edad, sino también a que parecía haber demostrado el valor que a todo soldado se le supone en una acción, además, considerada justa por todos. Sin embargo, realizó la mayor parte de la larga caminata en silencio, sumido en sus pensamientos, en los motivos que le habían conducido a aquella lejana tierra.

Para Juan, como para todos sus nuevos compañeros, la guerra no había comenzado en el treinta y nueve, sino tres años antes, en julio de 1936. Nadie había invadido España, pero no es necesaria una invasión para hacer una guerra. Si faltan enemigos, bueno es matarse entre los amigos. Juan había oído esa frase en muchas ocasiones de los labios de su padre.

La familia de Juan vivía en Madrid, la capital española, que permaneció en el bando republicano hasta el final de la contienda, hecho más que suficiente para convertir a todos sus miembros, libres de filiaciones políticas, en partidarios de ese bando.

Durante un asedio que duró casi tres años, Madrid estuvo gobernado por el miedo y el hambre. La familia entera sobrevivió a los bombardeos y, cuando en abril de 1939 creyeron que había llegado la paz, comprobaron que para ellos venía acompañada de la derrota y la represión. Su padre fue encarcelado y juzgado por un tribunal militar. El delito de adhesión a la República, que quedó demostrado por haber aprobado unas oposiciones a conserje durante la etapa republicana, le costó una condena de treinta años y un día que habría de cumplir en la prisión de Valdenoceda, en el norte de Burgos.

Hasta allí se llegaron Juan y su madre en una ocasión para visitar a su padre. Apenas lo vieron unos minutos, a través de un ventanuco, y ni siquiera pudieron tocarle la mano. Había pasado casi un año desde que lo detuvieron, pero si a Juan ese tiempo se le había hecho largo, para su padre debió de suponer una eternidad. A Juan le costó reconocerlo de tanto como había envejecido. Había perdido mucho pelo, y el que le quedaba lo llevaba tan corto y gris que se confundía con la piel, una piel mortecina, surcada de arrugas en la frente y alrededor de los ojos, antes risueños, donde se alojaba ahora una tristeza infinita.

Aquella faz había quedado impresa en la memoria de Juan y, cuando regresó a Madrid, se obligaba a mirar a diario las pocas fotografías del álbum familiar en que aparecía su padre, para poder recordarle tal y como era antes de aquella horrible pesadilla, antes de la guerra.

Al poco tiempo de la visita a la prisión, Juan logró colocarse en un taller mecánico como aprendiz. No era fácil para el hijo de un rojo encontrar trabajo, y por eso su patrón le pagaba una miseria y le hacía agradecer a cada instante su munificencia y caridad.

Cuando el 22 de junio de 1941 Alemania atacó a la Unión Soviética, los vencedores de la guerra civil española vieron la ocasión de pagar a Hitler su ayuda durante la contienda, de modo que en muy breve tiempo se organizó una división de voluntarios que pasaría a conocerse como División Azul, por el color emblemático de los falangistas.

Juan atisbó también que aquella era su oportunidad para redimir la condena de su padre, así que se presentó con otros miles de voluntarios entusiastas en un banderín de enganche de la Falange. Estaba al corriente de que no cumplía la edad mínima requerida, pero también sabía que se hacía la vista gorda, especialmente con aquellos que entendían de automóviles y que conocían su mecánica, pues todos los españoles estaban convencidos de que el ejército alemán se movía sobre tanques y camiones, y en esa creencia se mantuvieron hasta el día en que descendieron del tren en una estación polaca y les entregaron caballos y carretas al tiempo que les indicaban el camino de casi mil kilómetros que deberían recorrer a pie hasta su posición en el frente ruso.

En aquellas interminables marchas, Juan fue trabando amistad con algunos compañeros, en su mayoría falangistas, a quienes había jurado odio eterno.

En las últimas horas de la tarde, cuando la columna había acampado a orilla de la carretera y los voluntarios españoles habían plantado las tiendas de campaña, que se formaban uniendo varios ponchos para la lluvia, la mayor parte de ellos descansaban tumbándose sobre la hierba, liberándose de las botas o reventándose las ampollas que las largas caminatas producían en los pies.

Era también el momento de cantar, bromear y recordar las anécdotas de la jornada. Aquellas muchachas que les habían lanzado flores desde una ventana, o el cómico tropiezo del sargento Taboada, que había caído de culo sobre un montón de estiércol equino. En el grupillo de Juan, aquella tarde se habló sobre todo de su paso por Skidel y de los judíos que allí habían visto. Seguramente con la sana intención de retirar de la mente todo aquello que pudiera dañar la moral, los comentarios de los jóvenes solían referirse a los alemanes burlados, aunque ninguno podía evitar el recuerdo de los rostros demacrados y desconsolados de los judíos.

–En España también hay gente así –dijo Juan en voz baja y ante Diego y Agustín, a quienes ya consideraba sus amigos.

Luego, con las lágrimas asomando a sus ojos, les confió su verdadera razón para haberse alistado en la división. Aunque falangistas, los dos amigos agradecieron la franqueza de Juan, que tomaron como una muestra de sincera amistad.

–Cuando volvamos victoriosos de Rusia –dijo Diego– serás un héroe, y los padres de los héroes no pueden estar en la cárcel.

–Se revisará el caso –le animó Agustín, que era estudiante de leyes y creía que el derecho y la justicia tenían algo que ver con los tribunales militares que operaban en España–. No habiendo delitos de sangre, saldrá pronto a la calle.

La conversación se vio interrumpida por la llegada de un soldado ajeno al grupo. Aunque Juan nunca había hablado con él, sabía quién era: uno de esos raros intelectuales de la Falange, que parecían dispuestos a predicar las bondades del fascismo ante el mismísimo Soviet Supremo.

–Camaradas –dijo como saludo–, ¿sois vosotros los que esta mañana habéis protagonizado un incidente con tropas alemanas para defender a un judío?

Todos le miraron con desconfianza.

–¿Por qué? –preguntó Diego.

El recién llegado, que les sacaba varios años a todos, consideró la pregunta como una afirmación y se sentó junto a ellos.

–Lo primero que quiero hacer es felicitaros –dijo–. Habéis defendido al débil y con ello habéis demostrado vuestra hidalguía, habéis demostrado que es sangre española la que corre por vuestras venas.

Hizo una pausa para beber un trago de vino de la bota que le había tendido Agustín y luego continuó disertando sobre las legendarias virtudes castrenses del soldado hispano.

–Pero no hay que olvidar que solo somos eso: soldados –dijo–. Solo vemos una pequeña parte del conflicto, pero son nuestros generales, y sobre todo nuestros líderes, quienes alcanzan a dominar el conjunto. No olvidéis que hemos prestado juramento de lealtad al Führer alemán, a Adolfo Hitler.

Cuando dijo estas últimas palabras, Juan, Diego y Agustín cruzaron unas miradas cómplices y burlonas. Los tres se habían confesado con anterioridad que ninguno había prestado ese juramento. Uno tan solo había movido los labios, sin pronunciar nada; otro había mantenido los dedos cruzados mientras lo hacía, y el otro aseguraba haber gritado «burro» en vez de «juro». Con esas excusas infantiles, los tres se sentían exentos de dar su vida por el Führer.

–En alianza con el marxismo, los judíos dominan Rusia...

El ideólogo seguía hablando sin que los demás atendiesen ya a su disertación.

–Fueron los Reyes Católicos quienes liberaron a España de la pérfida influencia del pueblo deicida...

La bota de vino pasaba de una mano a otra.

–La nación alemana ha sufrido durante los últimos siglos sus perversas maquinaciones, y es lógico...

–Lo que no es lógico es tener que aguantar sermones después de una marcha de cuarenta kilómetros –le atajó Diego.

El intelectual iba a replicar cuando Juan, animado por el vino, se le adelantó. Aunque distraído por los gestos de sus amigos, trataba de seguir el discurso del intruso y, con cada una de sus palabras, sentía que se avivaba en su interior una llama de rabia.

–Mi padre también sufre...

Ni una palabra más pudo salir de los labios del dolido Juan cuando una sonora ventosidad hizo estallar en carcajadas a todos los que hasta el momento habían sufrido la densa verborrea del erudito.

–He dicho –sentenció Agustín, constatando la autoría del pedo.

–Bien –dijo el falangista, levantándose para despedirse–, de todas formas...

–De todas formas, lo volveríamos a hacer –sentenció Juan.

En los días siguientes se encontrarían con distintas columnas de judíos y de prisioneros soviéticos que marchaban lastimosamente y a fuerza de culatazos por la carretera, pero nadie haría nada. Unos asumirían que esa era la única forma de resolver el problema judío; otros se dirían a sí mismos que ellos no eran iguales que los alemanes; otros, la mayoría, se limitarían a mirar hacia otro lado.

En cualquier caso, aquella noche, bajo el cielo estrellado de una Polonia invadida dos veces en menos de dos años, la División Azul durmió tranquila. La fatiga no hacía mella en la moral de la tropa, y todos estaban ansiosos por llegar al frente, por enfrentarse a los rusos, a quienes el imaginario colectivo de la dictadura franquista hacía responsables de todos los males de España. Ayudaba a mantener alta la moral el saberse integrantes de un ejército invicto que había ocupado media Europa, y la máxima preocupación de los aspirantes a héroes era estar demasiado lejos de la vanguardia alemana y que la lenta marcha a pie les impidiese llegar antes de la decisiva batalla de Moscú y no participar en la derrota aplastante que Alemania infligiría a la Unión Soviética.

Como en el asunto de las divisiones motorizadas que esperaban haber encontrado, en esto también se equivocaban...

Berlín (Alemania)

24 DE DICIEMBRE DE 1941

Liese y su hija Erika preparaban juntas un paquete especial. Era un regalo de Navidad, pero no un regalo cualquiera: era un presente para enviar a unos desconocidos. ¿A los pobres? No exactamente; más bien a los necesitados, a los soldados que luchaban en Rusia.

–¿No tienen calcetines, los soldados? –preguntó Erika.

–No tan buenos como estos –le contestó su madre.

A Liese le costaba creer su propia respuesta, pero debía de ser verdad. Parecía como si el ejército hubiera partido con tanta prisa que se hubiese olvidado de hacer el equipaje.

–Si hace tanto frío en Rusia –decía Erika–, ¿por qué no se vuelven a casa?

–Lo que no sé es por qué se han ido –dijo Liese.

La señora Schneider solía hablar de sí misma como de una campesina inculta, pero le sobraba sentido común, algo que parecía faltar a tantos dirigentes y generales que se tenían por sabios e ilustrados.

Ella no sabía de política ni de historia. O bien admitía la opinión general, o bien la de su marido, que en nada se parecía a esta. El señor Schneider detestaba a los nazis. Él tampoco era muy instruido, pero no le parecía que se pudiese construir una sociedad partiendo del odio. ¿Qué había pasado con los judíos? Algunos decían que se los habían llevado a hacer carreteras y a trabajar en las minas y las fábricas, pero él conocía a muchos obreros industriales y sabía que en las fábricas tampoco había judíos. En su misma calle habían vivido un relojero judío y también el señor Sonnenschein, que vendía pianos. No se imaginaba al viejo relojero picando piedra en una carretera. Sería mucho más útil arreglando relojes. ¿Y sus esposas? ¿Y sus hijos? Valiente papel harían los niños en los altos hornos.

Y los rojos, ¿qué habían hecho con ellos? Había millones de comunistas en Alemania. Tampoco sabía nadie dónde estaban.

Liese asentía a cada uno de los comentarios que su esposo le hacía en la intimidad de la alcoba.

Se acabaron los opositores a los nazis en Alemania y los buscaron fuera. Austria, Checoslovaquia, Polonia. Era verdad que, luego, Inglaterra y Francia le habían declarado la guerra a Alemania, pero fue esta quien atacó después a Holanda, a Bélgica, a Dinamarca, a Noruega, a Yugoslavia, a Grecia, a Rusia... ¡Había soldados alemanes hasta en África!

–¡Hemos declarado la guerra a Estados Unidos! –había exclamado el señor Schneider unos días antes, al escuchar la noticia en la radio–. ¿Es que también vamos a enviar un ejército a América?

Liese también aborrecía a Hitler, pero su juventud le impedía saber que el sentimiento de una persona hacia su gobierno no tiene que ser necesariamente el miedo. Ella, educada en la tradición rural de su aldea, creía firmemente en una máxima aprendida en la niñez: «No hagas a los demás lo que no desees que te hagan a ti», y admiraba el contenido moral de la cita evangélica de poner la otra mejilla, pero en la Alemania que le había tocado vivir, el principio fundamental era que quien da primero, da dos veces.

Liese y su esposo sabían que al enviar ropas de abrigo al frente ruso no estaban contribuyendo a las ansias bélicas de su gobierno, sino simplemente estaban auxiliando a los pobres soldados que sufrían sus decisiones. Ambos conocían a unos cuantos jóvenes que estaban destinados allí, y compartían los temores de sus padres.

Hitler y los suyos habían previsto que la Unión Soviética caería en sus manos antes de la llegada del invierno, pero ya estaban en Navidad y los ejércitos alemanes habían quedado bloqueados por la nieve a las puertas de Moscú.

A las que causaban las balas y las bombas soviéticas, había que sumar las bajas por congelación. Los soldados alemanes no habían ido preparados para soportar las bajísimas temperaturas de Rusia, y pronto comprobaron que los abrigos y las botas que eran aptos para el invierno alemán, no lo eran tanto para el ruso.

El 20 de diciembre, el gobierno difundió un comunicado en el que se demandaba al pueblo alemán su colaboración con las tropas del frente oriental. Abrigos de piel, guantes y todo tipo de prendas para combatir el frío serían bien recibidos por el ejército.

Erika quería contribuir al donativo, pero sus prendas eran demasiado pequeñas para que las pudiera utilizar ningún soldado.

–¿Puedo enviarles esto? –le preguntó a su madre.

Su madre la miró sonriente y vio que sostenía entre sus dedos una insignia de las Juventudes Hitlerianas con la cruz gamada. La reconoció enseguida: era aquella que le había dado Heinrich Burkhard el día que les hizo las fotos.

–Esto les gustará a los soldados –dijo la niña–. Es de chicos.

Liese sonrió al recordar a su esposo, el bueno de Matthias, cuando vio aparecer a su pequeña con la esvástica prendida en el tirante de su delantal. Al día siguiente le regaló un broche dorado, azul y rojo en forma de mariposa.

–Toma –le dijo–. Las niñas deben llevar mariposas de colores y no arañas negras.

–Claro, cariño –asintió ahora Liese–. Seguro que les gusta. Será lo más importante del paquete.

Liese no pudo evitar recordar a Heinrich, el hijo de los señores Burkhard, y la evocación le dejó un regusto amargo, sobre todo porque ella había admirado sus bellas facciones y su porte atlético cuando le veía entrar y salir del portal vestido con su uniforme de las juventudes del partido. Recordó que cuando se encontraron el día del desfile y él la tomó por la cintura, había sentido una vergüenza que achacó a su naturaleza pueblerina, pero que después, cuando vino a visitarla tras el nacimiento de Wolfi y se ofreció a traerle medias y lencería de París, supo que el defecto no era suyo, sino de él. Después había recibido cartas suyas desde Francia, pero no las había leído. La primera se la entregó su marido.

–Te ha enviado una carta el joven Burkhard –le dijo–. Qué amable.

–Tírala –sentenció ella.

Matthias no le preguntó a su esposa qué razón podía tener para reaccionar así y prefirió no conocerla, si ella no se la decía. El señor Schneider distribuía la correspondencia de los vecinos y pudo comprobar que el atrevido Heinrich escribía con bastante más frecuencia a su esposa que a sus propios padres. Él se limitaba a anunciar a Liese que había recibido una nueva carta y a continuación la arrojaba a la basura, siguiendo sus indicaciones. No sabía qué habría sucedido entre ellos, pero le llenaba de satisfacción ver que ella le despreciaba.

Liese terminó sus pensamientos sobre Heinrich recordando que él no estaba en Rusia, sino que su padre, jerarca del partido, le había conseguido un cómodo destino en París, en algún hotel de lujo, como solía decir su esposo.

Cuando, por la tarde, Erika regresaba con su madre y su hermano Wolfi de entregar el paquete para el frente, se cruzaron con varios soldados que paseaban cogidos de las manos de sus novias o abrazados a ellas. Sus rostros rebosaban felicidad. Eran los afortunados que habían logrado un permiso para disfrutar durante unos días de la paz.

Entraron en el portal y no encontraron al señor Schneider en su garita. Al entrar en la vivienda la encontraron oscura, pero un tenue resplandor llegaba desde el comedor. Erika se acercó hasta allí tanteando las paredes, envuelta en el dulce olor a bollo de mazapán que escapaba de la cocina. Sobre la mesa había una corona de adviento de ramas de abeto con cuatro velas rojas encendidas, y detrás, junto a la sonriente figura de su padre, un árbol de Navidad, cargado de manzanas rojas y velas blancas, sostenía entre sus verdes ramas una cinta roja en la que, pintada con purpurina, brillaba la palabra «Friede», paz. El árbol entero se convertía en una mera excusa para sujetar la cinta, un pedestal para el motivo principal de las fiestas: la paz, un deseo vehemente que todos en la casa estaban dispuestos a celebrar durante el tiempo que les permitiesen, una paz en la que Alemania ofreciese al mundo abetos navideños en vez de tanques y bombarderos.

Normandía (Francia)

MARZO DE 1942

Llegó el momento de la primera acción del MJNLF, la antigua OJLBN, que hasta entonces había tenido como principal misión mutar su nombre en una docena de ocasiones y cuyas siglas actuales se correspondían con las palabras de Movimiento Juvenil de Normandía para la Liberación de Francia. Teniendo en cuenta su escasa actividad, parecía discordante que se hubiese optado por denominar al grupo «Movimiento», pero así se había aceptado por unanimidad en la última asamblea.

Durante el recreo, Pascal, con aire misterioso y confidencial, llevó a Jean Pierre, Claude, Étienne y André a un rincón del patio y, abriendo sutilmente su cartera, mostró un bote cilíndrico que había sacado del almacén de su padre.

–Hoy vamos a llevar a cabo nuestra primera acción de sabotaje –les anunció muy serio y en voz baja.

–¿Qué tienes ahí? –quiso saber Jean Pierre.

–No puedo enseñároslo ahora –dijo sigiloso y echando furtivas miradas a su alrededor–, pero con esto podemos detener el avance de las tropas alemanas.

La clase de monsieur Leblanc transcurrió con la monotonía habitual y Jean Pierre fue incapaz de concentrarse en las explicaciones del profesor. No dejaba de preguntarse qué era aquel objeto que Pascal le había mostrado durante el recreo y qué se proponía hacer con él. ¿Sería algún tipo de explosivo lanzado en paracaídas por los aliados, o quizá robado a los propios alemanes? A la salida de la escuela, Pascal se acercó a Jean Pierre con el mismo aire misterioso y clandestino que había mantenido durante toda la mañana.

–Deshazte de tu hermano –le susurró.

–¿Qué?

–No querrás mezclarlo en un asunto en que nos jugamos la vida.

Jean Pierre lo meditó durante un instante y luego accedió, aunque insistió en acompañar a Jacques hasta la casa y dejarlo seguro allí con la tía Elvire.

–Así nos aseguramos de que no nos sigue –añadió Jean Pierre para disimular su afán protector.

–Vale –reconoció Pascal–. Te esperaremos en el molino. Vigila que no te siga nadie.

Jacques protestó cuando se quedó en casa, molesto por no poder acompañar a su hermano y porque este no le quisiera decir adónde se dirigía.

–Es mejor que no lo sepas –se limitó a decirle con aire superior.

Jean Pierre atravesó el pueblo con la cabeza encogida entre los hombros y las manos hundidas en los bolsillos, confiando en que, contraído de esa manera, pasaría desapercibido. Al tomar la carretera de Cherburgo, se cercioró de que nadie lo seguía y fue andando con sigilo, por fuera de la calzada, ocultándose entre los densos setos del boscaje que delimitaban la vía. Al llegar ante las ruinas del viejo molino, no halló a ninguno de sus compañeros. Soplaba un viento frío y el cielo estaba oscuro. Tras las ruinas del molino abandonado, las ramas desnudas de los árboles perfilaban siniestras líneas sobre las nubes grises. El paraje le pareció entonces turbador. Iba a decidirse a gritar el nombre de Claude cuando, de repente, de las sombras surgieron bruscamente cuatro oscuras figuras. Eran Claude, Pascal, André y Étienne.

–¿Dónde estabais? –quiso saber Jean Pierre.

–¡Vámonos de aquí! –ordenó Pascal–. Es importante que no nos vean juntos.

Los cinco muchachos se adentraron en la arboleda. Pascal abría la marcha y todos, excepto Jean Pierre, parecían seguros del camino a seguir.

–¿Adónde vamos? –le preguntó a Claude.

–Al camino del castillo –contestó.

Al obtener esta respuesta, a Jean Pierre ya no le cupo ninguna duda de cuál era la misión del MJNLF. Aquel camino solo conducía al viejo castillo, convertido en acuartelamiento de los alemanes. El objetivo, por tanto, sería la colocación de una mina, el objeto cilíndrico que Pascal guardaba en su cartera, que hiciese volar por los aires al primer vehículo de la Wehrmacht que pasase por allí.

Esta acción le pareció a Jean Pierre de sumo riesgo y alto valor estratégico. Quizá fuese un tanque o un semioruga el vehículo inutilizado por el MJNLF, y esto daría a sus miembros la categoría de héroes.

La marcha se interrumpió en el momento en que el camino del castillo apareció serpenteante entre los árboles. Todos se tendieron en el suelo y, agazapados entre las altas hierbas y matorrales, atisbaban en ambas direcciones del camino hasta cerciorarse de que nadie los observaba. Entonces Pascal extrajo el cilindro metálico que llevaba en su cartera y dijo:

–Manos a la obra.

Con sigilo, los cinco muchachos convertidos en guerrilleros abandonaron sus posiciones y rodearon a Pascal, quien giró la tapa del artefacto y le descubrió a Jean Pierre la verdadera naturaleza del arma: una lata de tachuelas.

–¿Tachuelas? –preguntó sorprendido.

–¿Qué creías que era, dinamita?

Jean Pierre no contestó. Estaba decepcionado. No le parecía que esparcir unos cuantos clavos por la carretera le pudiese merecer a nadie la Legión de Honor, pero comprendió que lo de llevar una mina antitanque en la cartera de colegial no dejaba de ser una fantasía infantil.

Pascal iba a volcar el contenido de la lata sobre la carretera, pero Claude metió la mano en ella antes de que pudiera hacerlo. Étienne, André, Jean Pierre y el propio Pascal tomaron puñados de tachuelas y las echaron sobre el asfalto. Así todos habrían participado por igual en el acto de sabotaje.

–Ya es suficiente –dijo Pascal guardando la lata en su cartera.

Todos abandonaron la carretera y volvieron al bosque, donde echaron a correr.

–Un momento –dijo Claude deteniéndose en seco.

–¿Qué pasa? –quiso saber Jean Pierre.

–Yo no me voy –contestó Claude, decidido.

–¿Estás loco? –preguntó André–. Si nos cogen los alemanes, nos matarán.

–No me dan miedo –fanfarroneó Claude–. Quiero comprobar el resultado de nuestra acción. Entiendo que si alguien tiene miedo, puede retirarse.

Los otros cuatro chicos intercambiaron miradas. Bien pensado, sería emocionante ver un camión de suministros detenido en la carretera, o quizá fuera el coche del comandante el que quedase inutilizado con las cuatro ruedas pinchadas. Retrocedieron hasta un lugar en el que podían esconderse y observar al mismo tiempo la carretera y aguardaron allí, agazapados entre la hierba.

El sonido de las ramas batidas por el frío viento era cuanto se podía oír en el silencio del atardecer. Nadie hablaba ni osaba quejarse del frío que escapaba del suelo y se iba introduciendo en sus cuerpos. Eso era lo que se esperaba de los soldados en las trincheras, y en ese momento ellos eran soldados. Transcurrió más de media hora y Jean Pierre ya estaba pensando en cómo plantear a los demás que esperar allí era una estupidez cuando, en la parte baja de la carretera, sonó el débil chirrido de unas bicicletas. Al poco rato, una frase corta pronunciada en alemán les heló la sangre en las venas. Dos soldados subían la cuesta pedaleando con esfuerzo. Uno de ellos se irguió sobre los pedales y les imprimió mayor fuerza para superar la pendiente. El segundo pareció tomárselo con más calma. Apenas hubo pasado el primero de ellos ante los guerrilleros ocultos, cuando se detuvo en seco, al tiempo que dejaba escapar una interjección sonora e indescifrable. Descendió de la bicicleta y miró con fastidio la rueda delantera. Su compañero se detuvo divertido a su lado y pareció bromear con el accidentado camarada. Luego pareció decirle algo así como que le esperaría cenando en el cuartel y empujó el pedal con el pie derecho, para detenerse de nuevo al cabo de un instante y soltar la misma imprecación que había proferido minutos antes el otro soldado. Fue este quien rio entonces de buena gana y soltó alguna broma que no hizo la menor gracia al nuevo accidentado, quien con modales bruscos comenzó a examinar la rueda pinchada. Al poco rato extrajo de ella una tachuela, que arrojó con rabia hacia el campo. Escupió nuevas maldiciones mientras avanzaba a largas zancadas hacia su compañero.

El sol ya apenas alumbraba, de modo que el soldado encendió una linterna y enfocó con ella el asfalto de la carretera para lanzar nuevos improperios mientras barría con sus botas el suelo sembrado de clavos. Su furia iba en aumento e incluso se descolgó el fusil del hombro, apuntándolo en todas las direcciones. El otro, aún risueño, trataba en vano de calmarlo. El mecanismo del cerrojo del máuser sonó lúgubre al ser accionado por el resentido alemán, que, tras cargar el arma, avanzó unos pasos en el bosque, en dirección hacia donde se encontraba Jean Pierre con sus amigos. El soldado escudriñó la oscuridad en busca de saboteadores y Jean Pierre, antes de aplastar su cara contra el húmedo suelo, percibió en la mirada del alemán el deseo de hallar a alguien a quien culpar y castigar, incluso con la muerte.

Sonó más cerca la voz conciliadora del otro soldado y, por fin, los pasos de los dos hombres abandonaron la hierba para volver al asfalto. Cuando llegaron los sonidos metálicos de las bicicletas rodando penosamente por el camino, Jean Pierre se atrevió a levantar ligeramente la cabeza. Los dos alemanes seguían su camino empujando sus vehículos averiados. Tras unos pocos pasos, el alemán que había impedido a su compañero continuar la búsqueda de los saboteadores y que se había despojado del casco, echó un vistazo hacia atrás y Jean Pierre reconoció en él al «futbolisto» que había querido jugar con su hermano Jacques.

Aquella noche, a salvo ya en el cálido refugio de la cama, Jean Pierre pensó en su desaparecido padre, a quien los dos hermanos se negaban a considerar muerto, optando por creerlo prisionero en algún lugar de Alemania.

Jean Pierre se preguntaba qué pensaría su padre de aquel reciente acontecimiento. ¿Se trataba de una buena acción?

Cuando vivían en Beauvais, su padre se habría avergonzado si hubiera sabido que su hijo había sembrado de clavos una carretera, pero ahora estaban en guerra y lo malo se convertía en bueno. Su acción no impediría que los alemanes siguieran ocupando Francia, pero convertía esa ocupación en algo molesto. Seguramente su padre, que había estado en el frente, se sentiría orgulloso de que su hijo, con solo doce años, hubiera derrotado a dos malvados soldados alemanes. Pero ¿eran malos todos los alemanes? Así lo parecía aquel bárbaro dispuesto a matar a quien le había pinchado la rueda, pero no el otro. Pasado el primer momento de rabia, no había reaccionado con furia, sino como quien acepta el hecho como una consecuencia, como si se considerase merecedor de aquel castigo. Además, y eso era lo peor, Jean Pierre sintió entonces que aquel alemán era un conocido. Alguien que se había esforzado por entablar un contacto cordial con el pequeño Jacques, que había querido jugar con él y hacerle un regalo. Sin guerra, seguramente habrían sido amigos. Pero estaban en guerra, y en la guerra lo bueno es malo. Es malo que una persona sea buena, porque esa persona es el enemigo y el enemigo es siempre malo. Es malo sentir lástima por alguien bueno; es bueno sentir odio por alguien malo.

La hazaña de las tachuelas tuvo resonancia entre sus autores. Por supuesto que todos sintieron tentaciones de hacerla pública y disfrutar así del reconocimiento y la gloria de los héroes. Cada uno pensó en que la proeza fuera conocida, al menos, por alguna persona cercana: algún amigo, alguna chica; pero comprendieron que aquello era imposible antes del advenimiento de la victoria, lo cual parecía muy lejano, incluso aunque cada francés pinchara la rueda de una bicicleta alemana. André les comentó a sus amigos que había anotado la acción en su diario secreto, pero fue obligado por el resto del comando a arrancar y quemar esas páginas, pues constituían un documento comprometedor que quizá algún día acabara en manos de la Gestapo.

Una semana después, tras haber comprobado que el golpe no había tenido consecuencias nefastas para ellos ni para la población, el MJNLF en pleno decidió llevar a cabo una segunda operación de sabotaje. El plan era muy sencillo. La primera operación había sido un éxito y a Pascal le quedaba más de la mitad de los clavos en el bote.

Una vez más, Jean Pierre dejó a Jacques en casa, y una vez más se reunió con sus amigos en el molino. Llegaron al camino del castillo y esparcieron las tachuelas en el suelo. Aquella vez decidieron no esperar a ver el resultado de los acontecimientos. Con una vez que te apunten con un fusil es suficiente.

A la mañana siguiente, la incertidumbre les reconcomía las entrañas.

–¿Habrían vuelto a pinchar los mismos soldados?

–¿Habría caído un coche o un camión?

No parecía que hubiese manera alguna de acreditar el éxito o el fracaso de esta segunda operación.

–Solo se me ocurre una forma de comprobar si hemos tenido éxito –dijo Claude–. Volver esta tarde al camino y comprobar si las tachuelas siguen en su sitio.

A todos les pareció una buena idea y repitieron la estrategia de las veces anteriores. Cuando Jean Pierre llegó al molino, sus amigos le esperaban en los ennegrecidos muros, sin ocultarse, ansiosos por llegar a su destino.

–¿Por qué has tardado tanto? –le recriminó Pascal.

–No había nadie en casa y Jacques no quería quedarse solo –se justificó.

–O se es niñera o se es guerrillero –dijo Pascal.

Jean Pierre se sintió ofendido por esa amonestación y notó como enrojecían sus mejillas, sin que encontrara ninguna réplica para poder atacar a su compañero. André intervino para calmar los ánimos.

–Venga –dijo–, no discutamos entre nosotros. Eso es precisamente lo que quiere el enemigo.

Las afirmaciones de André, salidas de las novelas que acostumbraba a leer, les parecieron a todos más que razonables, de modo que Pascal y Jean Pierre hicieron las paces con un viril apretón de manos. Luego se internaron en el bosque y recorrieron seguros el camino que ya les resultaba tan familiar. Durante la marcha, Pascal encontró un recio palo, cuya longitud le hizo pensar en un fusil. Le pidió a André que llevase su cartera y él empuñó el arma leñosa. En pocos minutos estuvieron ante el camino del castillo.

–No parece que haya nadie por los alrededores –dijo Pascal tras otear brevemente el camino y saltar a la carretera armado con su palo.

Los otros guerrilleros lo siguieron e inspeccionaron el lugar en busca de signos de algún accidente. El camino estaba igual que siempre. No había restos de ningún tanque incendiado ni ninguna motocicleta estrellada en el arcén. Tampoco aparecían los clavos por ningún sitio.

–Si no hay clavos –dijo Jean Pierre–, es porque los han quitado.

–Sí –afirmó Étienne–, pero para quitarlos, antes tienen que encontrarlos.

–Es fácil encontrarlos cuando se clavan –añadió Claude.

–Pero puede que hayan sido soldados a pie –dijo Jean Pierre–. El que no aparezcan las tachuelas no demuestra nada.

–¿Te quedan más clavos? –preguntó Claude a Pascal.

–Unos cuantos –dijo este, y le ordenó a André que abriera su cartera de cuero.

André comenzó a destrabar las hebillas de la cartera, pero no con la destreza deseada por el propietario.

–¡Trae aquí! –dijo Pascal, irritado por la tardanza de su compañero.

Pascal forcejeó levemente con André para arrebatarle la cartera, este se resistió y entre los dos zarandearon el portafolios, que ya se había abierto, de modo que un par de libros, los cuadernos, el plumier y el bote de los clavos salieron volando para estrellarse con estrépito sobre el asfalto.

Inmediatamente escucharon el feroz ladrido de un perro.

–Achtung!

El grito del invisible soldado sorprendió a Jean Pierre, Claude, Étienne y André cuando ya se habían lanzado a una frenética carrera a través del bosque. Pascal, que se había arrodillado ante su cartera para recoger el material esparcido en la carretera, se demoró unos instantes, hasta que los ladridos de los perros y los gritos de los soldados le decidieron a abandonar sus pertenencias.

Cada uno corría sin preocuparse más que de su propia salvación, y antes de que Jean Pierre, Claude, Étienne y André llegasen al molino, ya se habían sumado a los gritos en alemán y a los ladridos de los perros unos escalofriantes alaridos y gemidos, en los que resultaba más fácil reconocer el terror y el dolor de un niño anónimo que la familiar voz de su compañero Pascal.

Pascal, tendido en el suelo, gritaba de dolor y de miedo mientras dos enormes perros adiestrados le mordían con saña salvaje las piernas y los brazos. Al poco rato llegaron corriendo dos soldados alemanes dando voces imperiosas, no sabía Pascal si dirigidas a él o a los perros. Los soldados, armados con un fusil y una metralleta, apuntaron a Pascal antes de quitarle los perros de encima. El antes bravucón Pascal lloraba y gemía como el niño que era. Lloraba y gemía también como un soldado herido y vencido. Lloraba y gemía como un ser humano que, joven y sano, ve acercarse la muerte.

–Ayúdenme –imploraba entre sollozos–, por favor.

Cuando los soldados comprobaron que no era más que un niño, sujetaron y apartaron a los feroces perros e intentaron levantar a Pascal, pero este no se tenía en pie. Enseguida llegaron más soldados y condujeron a Pascal hasta su acuartelamiento.

Entre la aparentemente uniforme masa gris que conducía a Pascal a su guarida, como entre el gentío que acompañó el camino de Cristo hacia el Gólgota, se despertaban sentimientos opuestos y contradictorios. Había quienes, espantados por el dolor y las heridas del chiquillo, demandaban la presencia del médico; otros se compadecían en silencio de la suerte de Pascal; algunos sonreían y se alegraban por no haber tenido que enfrentarse a un grupo de partisanos; por último, estaban también los que se mofaban con crueldad de la víctima.

Más atrás, rezagado del grupo, un soldado colmaba de afectuosos besos y caricias a su perro, felicitándolo por la captura, por el trabajo bien desempeñado.

Ante la puerta del cuartel, un sargento hizo esperar a Pascal y sus improvisados camilleros hasta que obtuvo respuesta de un oficial superior. ¿Adónde debían dirigir al prisionero, al calabozo o a la enfermería? El oficial examinó de reojo al muchacho y en tono displicente ordenó que lo condujeran a la enfermería. Allí, el médico militar examinó sus lesiones e intentó ponerles remedio. Las heridas eran múltiples y en algunos casos graves, pero insignificantes comparadas con las que había atendido en el frente. Una cura de urgencia le llenó las extremidades de puntos de sutura y vendajes, y como recuerdo perenne de aquella aventura le quedarían a Pascal unas feas cicatrices y una cojera, fruto de un tendón desgarrado por los colmillos de un pastor alemán.

Jean Pierre y Claude se separaron de André y Étienne a la entrada del pueblo. Los dos primos entraron en casa y corrieron a sus habitaciones. A pesar de la sofocante carrera estaban lívidos. Jacques, que los vio entrar, los siguió al dormitorio y se acercó alarmado a su hermano.

–¿Qué te pasa? –le preguntó–. ¿Estás malo?

Jean Pierre tenía los ojos húmedos, a punto de estallar en lágrimas. No pudo contestar a Jacques, por lo que este insistió:

–¿Qué te pasa?

Claude, de espaldas a Jacques, se tumbó boca abajo en la cama, sofocando así sus sollozos.

–¿Os habéis peleado? –preguntó Jacques.

Jean Pierre asintió por no dar más explicaciones y estrechó a su hermanito entre sus brazos.

Al día siguiente, Pascal no acudió a la escuela. En todo momento, sus cuatro amigos se mostraron taciturnos. A los pocos minutos de iniciarse la clase, Claude recibió una nota de André, escrita en un pequeño trozo de papel, que fue pasando de mano en mano hasta llegar a su destinatario. La nota era escueta: «Saurio 2 está vivo». Ese era el nombre de batalla de Pascal. Claude respiró aliviado y le pasó el papel a Jean Pierre, con quien compartía pupitre, y luego lo hicieron llegar hasta la última fila, donde se sentaba Étienne. Aún faltaban dos horas para el recreo y André estaba sentado en el otro extremo de la clase. No había otra posibilidad de pedirle más explicaciones que por este lento y rudimentario medio de comunicación. Claude y Jean Pierre escribieron en otro trozo de cuartilla un par de preguntas para André: «¿Cómo lo sabes? ¿Dónde está?». El correo, pendiente de las miradas del profesor en cada una de las estaciones, no era el más rápido que podía esperarse. Casi una hora tardaron Jean Pierre y Claude en obtener respuesta de André. Al menos esta vez no se trataba de un mensaje telegráfico, sino que se había esmerado en dar explicaciones. Resultaba que André había pasado tan mala noche como sus dos amigos, y a las dos y veinte de la madrugada aún no había conseguido dormirse. A esa hora oyó un coche que se desplazaba por su calle y que iba a detenerse a poca distancia de su ventana, ante la casa de Pascal. André descorrió ligeramente las cortinas y contempló por el estrecho resquicio un automóvil de la Wehrmacht, sobre cuyas aletas viajaban encaramados dos gendarmes, que se apearon apenas se hubo detenido el coche. Uno de ellos abrió la puerta trasera y entre los dos ayudaron a bajar a Pascal, que tuvo que dejarse llevar a cuestas por los policías hasta la puerta de su casa, donde ya habían aparecido los padres y hermanas de Pascal. El coche se fue y los gendarmes entraron con Pascal en su domicilio, para salir solos instantes después.

–Bueno –dijo Jean Pierre–, al menos lo han soltado.

–Sí –afirmó Claude–, pero después de torturarlo.

Jean Pierre no había pensado esa posibilidad, pero Claude tenía razón. Si Pascal era incapaz de andar por sí mismo era porque los nazis lo habían sometido a tortura. De eso no cabía la menor duda.

–¿Por qué crees que lo torturaron? –preguntó Claude.

La pregunta tenía bastante de retórica. Claude sabía lo que su primo le iba a contestar, aunque en el fondo de su corazón guardaba un gramo de esperanza, que le conducía a anhelar una respuesta diferente. No fue así.

–Lo torturaron para que delatara a sus compañeros –contestó Jean Pierre, terriblemente abatido.

No menos sombría fue la conclusión de Claude:

–Y si lo han soltado, es que ha cantado.

¿Qué espantoso castigo aguardaba a los cuatro guerrilleros? Si los alemanes conocían sus nombres y sus direcciones, como parecía evidente, no tardarían en prenderlos, y cuando esto ocurriera, las posibilidades eran a cada cual más temible: tortura, deportación, campo de concentración, fusilamiento... Solo les quedaba una opción: la huida, pero no tenían tiempo para planearla. Ya deberían haber abandonado el pueblo, y allí estaban, en la escuela, como cuatro ratones en su agujero, rodeados por gatos.

–Si nos vamos al mar –susurró Jean Pierre–, podríamos llegar a Inglaterra.

Claude no se molestó en considerar la propuesta de su primo. ¡El mar! Estaban solo a un kilómetro y medio de la playa, eso era verdad. Pero las playas estaban protegidas por alambradas y sembradas de minas. En los puertos, el control de las embarcaciones era férreo y, además, Inglaterra no se alcanzaba nadando. El mar era peligroso incluso en tiempos de paz, y ahora estaba plagado de patrulleros y submarinos alemanes. No. Lo mejor era echarse al monte o desaparecer en una gran ciudad : ¿Ruan? ¿París? Pero las carreteras y caminos también estaban saturados de patrullas alemanas.

También pensaron los dos que, si escapaban, los nazis podrían tomar represalias contra sus familiares. Esta idea le vino enseguida a Jean Pierre. No podía abandonar a Jacques. Su madre se lo había confiado y fue lo último que le pidió en su vida. Tenía que cuidarlo para devolvérselo sano y salvo a su padre al final de la guerra. Si se marchaba, Jacques quedaría condenado a una vida de persecuciones. No, él se quedaría. Quizá los alemanes se conformasen con darles una paliza, un escarmiento. Él bien podría sufrir eso con tal de salvar a Jacques.

–Yo me quedo –anunció a su primo.

–¿Estás loco? –exclamó Claude–. Te torturarán, como a Pascal.

–Pediré perdón y me arrastraré si es necesario –reconoció Jean Pierre, sufriendo esta humillación ante su primo por salvar a Jacques.

–Cobarde, traidor –musitó Claude, decepcionado por la actitud de su primo.

–No os delataré –dijo Jean Pierre–, pero tampoco pondré en peligro la vida de otras personas.

Claude no sabía a quién se refería. Las vidas en peligro eran las suyas propias, aunque tampoco estaba muy seguro de que las tentativas de huida pudieran tener éxito. Refunfuñó y protestó por la actitud de su primo y, consciente de que la cobardía de Jean Pierre le había dejado en una situación ventajosa, pudo fingir un heroico valor que en realidad estaba lejos de poseer.

–Estás equivocado –sentenció–, pero me quedaré contigo.

La conversación no pudo continuarse porque, al poco rato, la puerta del aula se abrió sin que nadie pidiera permiso, contra lo que se tenía por costumbre en la escuela, y entraron en la clase dos oficiales alemanes. La alarma fue general, pero el pánico se reflejó exclusivamente en los rostros de Jean Pierre, Claude, André y Étienne. Al menos eso es lo que transmitió este último con su desamparada mirada a sus amigos, apartados en el otro extremo del aula y que optaron en aquel momento por agachar la cabeza e intentar pasar así desapercibidos, agazapándose tras los compañeros que ocupaban los pupitres más próximos.

Los dos militares avanzaron con paso lento y arrogante a través del pasillo que quedaba entre las filas de pupitres. El primero de ellos, que parecía de rango superior y que portaba una fusta de cuero en su mano derecha, saludó en francés con un «buenos días, señor profesor». El señor Leblanc devolvió el saludo con la misma voz sorprendida y asustada con que hubiese respondido cualquiera de sus alumnos. Los oficiales se encaramaron a la tarima que ocupaba la mesa del profesor y que se alargaba bajo el encerado, y desde allí, el de la fusta comenzó a hablar en alemán, haciendo pausas para que el otro tradujese al francés sus palabras.

–Es posible que algunos alumnos de esta escuela hayan olvidado que Francia ha firmado la paz con Alemania. Es posible que hayan olvidado que el ejército francés ha sido derrotado y se ha rendido a la Wehrmacht. Es posible que sus profesores se hayan olvidado de explicar estas sencillas lecciones.

Al sentirse aludido, el señor Leblanc palideció, y solo el miedo le impidió interrumpir al oficial para proclamar su inocencia. Más tarde se avergonzaría, también en privado, de aquel pensamiento.

–Es posible –continuó el oficial– que algunos alumnos crean que pueden hacer el trabajo que no fueron capaces de afrontar sus padres. Es posible que crean que pueden jugar a soldados cuando sus padres no son más que una banda de cobardes desertores. Es posible que piensen que un francés puede enfrentarse en solitario a un alemán. Yo os digo que no y os lo dice también la experiencia. Son necesarios más de diez franceses para pensar siquiera en igualar a un alemán.

Aquí el oficial hizo una pausa más larga que las acostumbradas y, tras preguntar a su compañero algo de lo que no se ofreció traducción, volvió a dirigirse a la clase.

–Diez francesitos para que sirvan de lección a sus compañeros.

La frase retumbó en los oídos de los estudiantes como una losa al cerrar un sepulcro. El alemán miró inquisitivo al viejo profesor y este tembló al sentirse conminado a un acto reprobable.

–Yo... –titubeó–, yo no...

El señor Leblanc no había caído tan bajo como para enviar a diez de sus pupilos al cadalso, y en aquel instante lo que más le horrorizó no fue la visión de diez niños masacrados por un invasor despiadado, sino la insufrible vergüenza de verse convertido en siervo del verdugo.

Tuvo suerte el profesor, porque el oficial alemán no esperaba de él que confeccionase una lista. De hecho, no esperaba nada de él.

–Diez estudiantes –prosiguió, alzando la voz– van a acompañarnos ahora.

El militar bajó de la tarima y señaló a Anatole con su fusta, indicándole que se alzase.

–Tú –dijo, y el muchacho se levantó lenta pero sumisamente.

Étienne creyó percibir que la mirada del oficial se dirigía a él y, antes de que lo llamase, se levantó de su asiento.

–Bien –dijo el oficial en un francés con fuerte acento–. Aún hay valientes en Francia.

Claude y Jean Pierre se levantaron entonces de sus asientos, para no dejar a Étienne solo. André los imitó. El oficial pareció sorprendido y esperó a que se levantaran otros cinco voluntarios, pero no hubo más héroes en la clase. Tras un silencioso minuto, el oficial consideró que ya había perdido bastante tiempo y señaló con su fusta a los cinco alumnos que ocupaban las últimas filas. Nunca ha sido buena esa posición.

Los dos oficiales dirigieron a los diez escogidos por los pasillos del colegio como si fueran ganado y, cuando salieron a la calle, se encontraron con cuatro soldados armados de fusiles y metralletas que los condujeron hasta un camión que los aguardaba aparcado en la esquina. Los oficiales subieron en su Kubelwagen mientras los estudiantes se acomodaban en la parte trasera del camión, custodiados de cerca por sus guardianes. El corto convoy arrancó y salió del pueblo para dirigirse al camino del castillo.

La noche anterior, Pascal, una vez curado, había pasado de la enfermería a una sala pequeña del castillo convertida en oficina, en la que le invitaron a sentarse frente a una mesa tras la que se escudaban dos oficiales alemanes que daban buena cuenta de una botella de coñac. A la izquierda del prisionero, un soldado sentado ante una pequeña mesa mecanografiaba las palabras que le dictaban los oficiales. Nada más sentarse, Pascal tuvo que escuchar una alocución en alemán por parte de uno de los oficiales. Por supuesto, no entendió ni una sola palabra. No parecían furiosos, ni siquiera enojados, sino más bien divertidos, aunque solo fuera por los efectos del alcohol.

Cuando terminó el breve discurso, vino una charla, salpicada de carcajadas, entre los dos oficiales, como si Pascal no estuviese allí presente. La sensación hubiera sido humillante de no haber sido por el dolor de sus heridas, que no hacía sino generarle el deseo de descansar, de dormir, tal vez para siempre.

Por fin, uno de los oficiales pasó a hablar en francés, y fue para preguntarle su nombre, dirección y edad.

–No está bien lo que has hecho –le recriminó, una vez obtenidos los datos–. Has sido un chico malo. El ejército alemán está aquí para protegerte de los comunistas y de los judíos. Ellos son tus enemigos.

Unas cuantas frases más como esas, en las que Pascal apenas podía concentrarse, y terminó la amonestación. El oficial que permanecía sentado sirvió dos copas más de coñac y se estiró mientras bostezaba. El otro, mientras paladeaba la última copa, ordenó al furriel dar fin al documento que copiaba en su máquina de escribir. Cuando lo hubo terminado, sacó la hoja del rodillo y la llevó a la mesa de los oficiales. El que estaba de pie le tendió una pluma estilográfica a Pascal y este firmó un documento en alemán, en el que igual podía poner «tonto el que lo lea» que declararle culpable de un delito de espionaje e intento de magnicidio.

El Kubelwagen, seguido por el camión de los prisioneros, traspasó la barrera que daba acceso al acuartelamiento alemán y se detuvo en una amplia explanada ante la antigua mansión señorial, conocida como el castillo, y los barracones de reciente construcción. Los soldados que custodiaban a los estudiantes saltaron del camión con presteza y conminaron con sus armas a hacer lo mismo a los jóvenes prisioneros. Cuando todos se hubieron reunido en la explanada, fueron empujados a punta de fusil hasta una cuadra, donde los obligaron a coger escobas y cepillos. Pertrechados con estos útiles, los soldados los condujeron a la carretera. Entonces, los dos oficiales que habían visitado la escuela se dirigieron a ellos con el mismo sistema que habían utilizado en el aula. El de mayor graduación hablaba en alemán y el otro traducía sus palabras al francés.

–Quiero que dejéis la carretera tan limpia como los salones de Versalles. Hacedlo bien, porque sabemos que los franceses, aunque no son capaces de combatir como hombres, saben barrer como mujeres.

Los muchachos estaban demasiado asustados como para sentirse ofendidos y comenzaron a barrer antes de que se fuesen los oficiales. Sin embargo, su ritmo lento no pareció satisfacer al sargento que mandaba el pelotón que los custodiaba, quien vociferó órdenes ininteligibles a los prisioneros. Como sus palabras no obtuvieron éxito, avanzó decidido hasta uno de los muchachos y le arrebató el cepillo con furia, para tendérselo a un soldado. Este se colgó el fusil a la espalda y agarró el recio cepillo de raíces para restregarlo con brío furioso sobre el áspero asfalto, a la manera militar. A una orden del sargento, el soldado devolvió el cepillo al estudiante y este lo frotó como le acababan de enseñar. Nunca habían supuesto los estudiantes semejantes aptitudes pedagógicas en los alemanes. Tampoco habían imaginado que barrer pudiera resultar tan fatigoso. A los pocos minutos de actividad, el miedo fue cediendo terreno al cansancio y paulatinamente se fueron relajando, dejando sonar débiles protestas en voz baja, las cuales fueron acogidas con evidentes síntomas de desagrado por parte de sus carceleros.

–¡Silencio! –entendieron todos que les decía un guardián.

Los prisioneros enmudecieron y la fricción de los escobones se convirtió en el único sonido que se escuchaba, aparte de las ocasionales y cortas conversaciones entre los militares.

Apenas una hora después de comenzar la faena, los estudiantes ya habían barrido toda la carretera, pero el sargento no se mostró satisfecho con el resultado, de suerte que volvieron a barrerla, esta vez comenzando por el extremo opuesto a la entrada del cuartel. Llevaban más o menos la mitad de la segunda barrida cuando llegó el relevo de los guardianes, que parecían exhaustos de ver cómo trabajaban sus prisioneros. Las tropas de refresco estaban deseosas de ver sudar a los muchachos, de modo que no escatimaron en órdenes e improperios para animar a los chicos a no dar descanso a los cepillos y escobas.

Un poco más tarde, llegaron tres soldados con la comida para los prisioneros. Dos de ellos portaban una pesada marmita llena de agua, mientras que el tercero cargaba con un saco que contenía diez raciones de pan y otras tantas de fiambre. A una señal del sargento, los muchachos pudieron descansar y sentarse para comer. Las viandas no eran exquisitas, ni mucho menos abundantes, pero los estudiantes agradecieron tener un momento de descanso, aunque fuera vigilado. La fatiga se dejaba notar en quienes no estaban acostumbrados a ese tipo de trabajo, aunque no era tanto el esfuerzo físico lo que los agotaba como la tensión de estar sometidos a una vigilancia y una disciplina opresivas. A ello se unía la incertidumbre por lo que los aguardaba.

–¿Nos soltarán hoy? –preguntó Auguste.

–Yo creía que nos podríamos ir en cuanto termináramos de barrer la carretera –dijo otro.

–¿Por qué nos habrán cogido? –preguntó Anatole.

–Ya oíste al comandante –respondió Auguste–. Alguien echó clavos en la carretera.

–Pues que la limpie él –refunfuñó François–. ¿Quién habrá sido el imbécil?

Jean Pierre, Claude, Étienne y André se miraron en silencio. Al cabo de un instante, André habló:

–Ha sido la Resistencia.

El resto de compañeros acogió la afirmación en silencio, con respeto patriótico hacia la lucha contra el invasor y con miedo por las represalias que este pudiera tomar.

La charla no se alargó mucho. Apenas hubieron terminado sus raciones, el sargento los exhortó a continuar su tarea de barrenderos.

Cuando llegaron ante las garitas y la barrera que daban paso al cuartel, al nuevo sargento tampoco le pareció que la carretera estuviera limpia. Una vez más, los estudiantes se dispusieron a barrerla.

El trabajo se hacía cada vez más pesado y aburrido. Les dolían los riñones y las manos se les fueron llenando de ampollas. De vez en cuando, algún soldado se acercaba a un prisionero y, amenazándolo con el fusil y su voz extranjera, le hacía renovar el brío.

Jean Pierre no dejaba de pensar en su padre y se lo imaginaba en esa misma situación: prisionero, haciendo algún trabajo forzado bajo la mirada atenta de los centinelas alemanes. En aquellos momentos, la experiencia le hacía sentirse fuertemente unido a su añorado progenitor, y aunque esos pensamientos le daban fuerzas para acometer el trabajo sin lamentos, también le inundaban el corazón de deseos de ver a su padre y abrazarlo, no ya tanto como un niño desamparado, sino como un compañero, como un camarada de lucha y cautiverio. Ambos tenían muchas cosas que contarse. Si cumplieran juntos la condena, compartirían sus experiencias y aventuras mientras saboreaban el pan negro de los alemanes.

Vino a sacarle de sus ensoñaciones un terrible grito del sargento, al que siguieron los movimientos mecánicos y unísonos de los soldados al cuadrarse. Había llegado el oficial que los había sacado de la escuela, que escuchaba flemático el parte de novedades que le ofrecía el sargento. Cuando este hubo terminado su breve discurso, el oficial dirigió una ojeada despectiva a los prisioneros y arrastró la suela de su reluciente bota sobre el asfalto. Emitió luego un gesto de desaprobación ante el suboficial y, tras llevarse la mano a la visera en un saludo maquinal, dio media vuelta y volvió hacia el acuartelamiento. Aún no había dado tres pasos cuando el sargento, dirigiéndose a los prisioneros, ladró una soflama colérica que, a pesar de lo incomprensible de las palabras para los chicos franceses, todos entendieron como una orden de aplicarse con más fuerza y tesón en su trabajo. Los soldados acompañaron las órdenes del sargento con voces imperiosas y amagos con las bocachas de sus fusiles, y hasta hubo uno, más celoso de sus funciones, que propinó un culatazo en la espalda a André, bien porque lo tenía más cerca, como consideró Jean Pierre, bien porque le pareció el más débil, como pensó el propio André.

Comenzaba a anochecer cuando el grupo de prisioneros y soldados recibió la visita de otro oficial, quien se limitó a gritar desde lejos unas pocas palabras. El sargento transmitió las órdenes a los soldados y estos hicieron comprender a los franceses que debían dejar el trabajo y dirigirse al cuartel. Una vez llegados al recinto militar, los soldados los guiaron hasta la cuadra y allí depositaron las escobas y cepillos. Al salir, el sargento les dijo en francés:

–Marchaos a vuestras casas.

No hizo falta repetir las palabras. Todos se encaminaron mudos y cabizbajos hacia la salida, en grupo, casi en rebaño. Los soldados de guardia levantaron la barrera y los despidieron con bromas: «Hasta pronto». «Volved a visitarnos». «No os olvidéis de escribirnos»...

Antes de llegar a la carretera general, el rebaño se había deshecho y ya marchaban a la carrera, olvidándose del cansancio. Nada más rebasar la primera casa del pueblo, la noticia voló más rápido que ellos y todos encontraron a sus padres, hermanos y abuelos, recibiéndolos con besos y abrazos, con risas y llantos.

Cuando Jacques vio llegar a Jean Pierre y a Claude, corrió a abrazar a su hermano. Claude llegó hasta el portal, donde su madre lo colmó de besos y le regó el cabello de lágrimas. Después lo dejó en los brazos de su esposo y se acercó a su sobrino, para quien también había reservado una buena ración de besos y lágrimas.

Frente del Volchov (Rusia)

Junio de 1942

La fatiga y el hambre pesaban como una losa sobre los hombros de Pavel Tachenko. Apenas había dormido una hora y media aquella noche, y puede que entre todos los períodos de sueño que había acumulado a lo largo de la última semana, de día o de noche, lograse completar las ocho o nueve horas que cualquier ser humano necesita a diario para encontrarse descansado. A la falta de sueño se unían las marchas agotadoras, el movimiento continuo en un bosque pantanoso y plagado de mosquitos. Incesantes caminatas que le hacían avanzar y retroceder, deambular en círculos para evitar, en un enloquecido juego del escondite, a un enemigo que cada día parecía más fuerte y numeroso. Y sobre el cansancio y el forzoso ayuno se apoyaba la tensión, la presión que el miedo ejercía sobre cada uno de los huesos, músculos y órganos del joven soldado. Cada ruido, cada sombra, imprimía un estado de inquietud que disparaba el sudor y los latidos del corazón, arrancando una buena parte de la energía de su cuerpo, para desaparecer instantes después con la certeza de que nada sucedería en aquella ocasión.

A su lado estaba el tío Kolya, que, en realidad no era tío suyo ni de nadie que él conociera, aunque todos lo llamaban así. Se habían conocido el verano anterior, en el bosque, cuando Pavel ya había dejado de vivir, porque Pavel consideraba que su vida había durado once años; el resto, los últimos meses, no eran sino mera supervivencia. En ese tiempo, sin duda, Pavel había apreciado estar vivo, pero se encontraba muy lejos de amar la vida. Desde que empezó la guerra, en junio de 1941, Pavel se había limitado a huir de una muerte que le había estado acechando disfrazada de soldado, de invierno y de hambre.

En el último amanecer estaba acompañado por dieciséis hombres. Cinco de ellos habían caído muertos o malheridos bajo el fuego de mortero; otros tres, al menos, habían muerto en un enfrentamiento con los alemanes, y a los otros seis parecía como si la tierra se los hubiera tragado.

A través de los árboles les llegó el eco de la explosión de una granada, al que siguió un sordo petardeo de fusilería, ni muy lejano ni tampoco demasiado próximo, pero sí lo suficiente como para ponerse a cubierto. El tío Kolya tocó el hombro de Pavel y le señaló unos troncos derribados en un claro del bosque. Parecía un buen refugio. Ambos corrieron hacia allí.

No habrían transcurrido más de cinco minutos cuando Pavel, que se había quedado adormilado con la cabeza apoyada en el cañón de su subfusil, escuchó un ruido que le hizo abrir los ojos. A unos cincuenta metros, un soldado enemigo avanzaba cautamente entre los árboles del bosque. Sobresaltado como se hallaba, Pavel apuntó su arma y disparó una ráfaga.

Apenas lo hizo, comprendió su error. A su lado, el tío Kolya mostró su irritación con una mirada colérica y tragándose una blasfemia. Pavel se había precipitado, no había alcanzado a su presa y además había descubierto su escondrijo.

Lo cierto es que Juan no sabía de dónde habían partido los disparos que le habían obligado a tirarse al suelo, tratando de hundirse en él.

Con la habilidad de una culebra, reptó hasta sentirse seguro entre las raíces de un poderoso árbol, con los pies y las rodillas hundidos en el agua cenagosa. Levantó la cabeza con precaución y divisó unos troncos de árbol caídos a un centenar de pasos. Aquel parecía el mejor refugio de los alrededores, apto incluso para instalar un nido de ametralladoras, aunque la experiencia le dictaba que le habían disparado con un subfusil ruso, un «naranjero», como los llamaban los voluntarios españoles, un arma temida y apreciada por los combatientes de ambos bandos, y que a Juan le hacía pensar en las metralletas de los gánsteres de las películas americanas.

Juan Delgado se había quedado aislado de su patrulla hacía unos pocos minutos, cuando, cargado de cantimploras, había partido en busca de agua para todos, mientras el operador de radio alemán que los acompañaba trataba de establecer contacto con sus líneas. Justo entonces había explotado una granada, a la que había seguido un furioso tiroteo en el que, sin duda alguna, habían participado sus compañeros. No sabía si a esas alturas quedaría alguno con vida, pero tenía que volver hasta donde los había dejado o acabaría perdido irremisiblemente en aquel bosque infinito. De momento, el problema inmediato no era que estuviesen vivos o no, sino si él llegaría vivo y entero hasta allí. Para lograrlo, no tenía más remedio que cruzar ante el puesto desde el que le habían disparado. Desconocía cuántos rusos podía haber. No muchos, desde luego, pero tras aquellos troncos podía esconderse hasta una decena de hombres.

Eligió un camino que le permitiese acercarse más o menos cubierto y, tras abandonar las cantimploras, comenzó a arrastrarse sigilosamente, hasta detenerse tras un abeto mutilado por la artillería, a unos quince metros del refugio soviético. No podría avanzar más sin que le descubrieran, de modo que sacó una granada de su cinturón, desenroscó la tapa del mango que protegía la anilla y tiró de esta antes de lanzarla tras la barrera de árboles derribados.

La granada explotó a los pocos segundos. Un grito surgió desde el refugio. Juan no podría haber jurado si había precedido a la explosión o se había producido tras ella. En cualquier caso, aquel no era el momento de pensarlo. Corrió agachado y asomó con precaución el fusil por encima de los troncos de abedul. Surgiendo del suelo encharcado se pudrían trozos de árbol arrancados por la artillería, y entre ellos, vuelto de espaldas y cubierto de barro y sangre, Juan descubrió el cuerpo de un soldado, de un soldado soviético, o lo que quedaba de él. Saltó por encima de los troncos, se acercó al cadáver y no le quedó más remedio que examinarlo. No llegaba a estar tumbado, pues había caído de bruces sobre un recio tocón y unos bajos matorrales que lo sostenían como arrodillado, con la espalda doblada y los brazos colgándole a los lados. La cabeza, tocada con casco de acero, pendía hacia un lado, incapaz de sostenerse sobre el cuello. Los pantalones habían desaparecido en su parte superior y los jirones de tela se confundían con una masa sanguinolenta de carne y vísceras. Dominando una náusea, Juan estaba a punto de retroceder cuando se vio asaltado por un pensamiento repentino. Le habían disparado una ráfaga de balas desde aquella posición, pero al lado del cadáver solo había un fusil, incapaz de disparar de ese modo.

Silencioso y con el cuerpo encogido para dificultar el blanco a cualquier posible tirador, Juan mantuvo alerta todos sus sentidos. Sus ojos escudriñaron cada rincón de la casual empalizada; en su mano izquierda sentía la resistente madera del guardamanos del máuser y percibió la curvatura del dedo índice de su mano derecha apoyado levemente en el gatillo, presto a ejercer una mortífera presión; su olfato distinguía entre la mezcla de aromas propios del bosque y los ya familiares hedores de la guerra. Su oído captó un ruido, un ruido que no provenía de las partes del bosque en donde los pájaros, los zorros o las ranas se atrevían a moverse, sino de mucho más cerca. Era un sonido de ritmo sofocado, roto, que en pocos segundos Juan llegó a identificar como una respiración silenciosa que su autor trataba de reprimir.

Siguió el tenue sonido y creyó localizarlo en el cadáver, o más bien bajo él, porque no era preciso ser forense para poder certificar que en aquel cuerpo no cabía el más mínimo hálito de vida.

Lentamente, pero con decisión, Juan se acercó al soldado evitando fijarse en su descarnado lomo, mirando por encima de sus hombros, por debajo de sus axilas. Al rodear el cadáver descubrió, oculta entre las altas hierbas, la culata de un subfusil que acababa desapareciendo bajo los arbustos. Apuntó su arma hacia allí y, luego de que la débil respiración pareciese haberse detenido, sonó un ahogado gimoteo.

–¡Quieto! –dijo en español, y se acercó rápidamente hacia el cadáver. Con un pie pisó la culata del subfusil, al mismo tiempo que daba un golpe con el cañón de su arma en el costado del soldado muerto, moviéndolo levemente. Bajo el encorvado cadáver y entre las tupidas ramas del arbusto, descubrió unos asustados ojos que le observaban. Los apuntó con el fusil y los ojos se cerraron como caracoles refugiándose en sus conchas. Juan agarró la culata con la mano y tiró de ella, dejando al descubierto una metralleta con cargador de tambor. La arrojó hacia atrás y empujó después el cadáver con su pie, haciéndole perder su apoyo en el tocón, de manera que cayó pesadamente a un lado y dejó a la vista el pequeño cuerpo de otro soldado, que rápidamente se llevó las manos a la cara para ocultarse.

–Manos arriba –exclamó Juan, y acompañó su orden con un leve golpe de su fusil en el brazo del soldado.

A Juan le llamó la atención antes que nada el reducido tamaño de su cuerpo, y luego, sus manos finas y pequeñas. Pensó que se trataba de una chica. Sabía que había mujeres en el Ejército Rojo, pero cuando lentamente el soldado separó las manos de la cara y las fue elevando sobre su casco, comprobó que su prisionero era un niño, de no más de doce o trece años.

Pavel Tachenko había nacido en 1930, en una granja próxima a Novgorod, y allí estaba cuando, una tarde del último verano, un camión cargado de soldados nazis apareció en el camino. Escondido bajo una trampilla disimulada en el suelo, escuchó los gritos de sus padres y sus abuelos cuando los alemanes acabaron con ellos. Allí permaneció durante un día entero, regado por la sangre que se colaba entre los tablones del suelo y por la orina que no pudo retener. Cuando abandonó el agujero, se había transformado en un viejo de ciento cincuenta centímetros. Pasó sobre los cadáveres sin dejar de mirarlos, pero sin atreverse a tocarlos. Salió al exterior. Allí estaba su perro, muerto, al igual que la vaca. El ternero había desaparecido. Pavel cruzó el camino y se internó en el bosque, caminando siempre en línea recta.

Durante su segunda noche en el bosque le encontraron unos partisanos, que le preguntaron su nombre y su origen. Pavel no contestó nada. Solo despegó los labios cuando le dieron un trozo de salchicha, que devoró como un lobo. Así le llamaron, «Bolk», y pasó a convertirse en algo así como la mascota de la partida, integrada por un oficial y varios soldados separados de sus unidades, así como algunos paisanos que habían huido a los bosques.

Cuando, en lo más crudo del invierno, los rusos lograron abrir una brecha en las líneas alemanas, la partida se integró en el cuerpo de ejército que llegó a alcanzar la línea de ferrocarril que unía Novgorod con Leningrado, pero los alemanes contraatacaron y consiguieron cercarlos durante la primavera, de suerte que más de cien mil hombres quedaron embolsados en un terreno pantanoso, sin posibilidad de avanzar ni retroceder. El hambre, la aviación y la artillería los machacaron durante semanas, hasta que la infantería alemana, apoyada por su división española y los SS flamencos, se internaron en el bosque hostigándolos hasta la rendición o la muerte. En aquella situación desesperada, el niño dejó de ser una mascota para convertirse en un soldado más.

En cierta ocasión hicieron tres prisioneros alemanes y, al tener que reanudar el movimiento, decidieron que era necesario ejecutarlos. Pavel se presentó voluntario y, aunque el tío Kolya trató de evitarlo, él se zafó de sus brazos como una alimaña perseguida y, ante el estupor de sus camaradas, disparó su metralleta sobre los alemanes. El muchacho no había querido impresionar a nadie ni demostrar nada. Sus motivos eran mucho más primitivos. Quería matar, acabar con aquellos extranjeros que habían llegado hasta su casa para aniquilar a su familia y arrasar su mundo.

Cuando Pavel abandonó su casa pasando sobre los cadáveres de sus padres, sintió surgir, entre el miedo y el horror que embargaban su corazón, una extraña sensación que pudo identificar con una suerte de alivio, incluso de alegría. Una insana euforia por estar vivo. Durante aquel terrible invierno, siempre al lado del tío Kolya, que parecía quererle como a un hijo sin que él le mostrase nunca afecto ni ningún otro sentimiento, volvió a revivir en varias ocasiones esa sensación que le hacía sentir remordimientos, una tenue vergüenza por seguir con vida que le obligaba a preguntarse si realmente valía la pena

esforzarse por continuar viviendo. Ahora, junto al cadáver del tío Kolya y ante el soldado enemigo que lo amenazaba, consideró que seguramente habría sido mejor morir junto a sus padres, pero una vez más se sorprendió acatando sumiso las gestuales órdenes del alemán. No quería morir.

–¡Arriba! –le ordenó Juan, acompañando su voz con movimientos del fusil–. ¡Levántate!

Con nuevos gestos, le obligó a desprenderse del ceñidor y los cargadores que le colgaban. Juan nunca se había visto, ni siquiera imaginado, en una situación semejante, a solas con un prisionero. No sabía qué hacer con él, y aunque fuese un niño, le temía. Estaba seguro de que había sido él quien le había disparado, y probablemente lo volvería a hacer si le daba una oportunidad.

Le quitó el casco y le obligó a sentarse con las manos sobre la cabeza. Luego miró a su alrededor, tratando en vano de no reparar en el muerto, su muerto. No quiso verle la cara, temía recordarla en pesadillas durante el resto de su vida. Así, de espaldas, no era más que un soldado, un soldado enemigo. Si veía su cara se convertiría en una persona, en un ser humano como él. Volvió a mirar al prisionero. Las lágrimas habían desaparecido de sus ojos, aunque habían dejado unos surcos blanquecinos entre la mugre que cubría su cara. No le quitaba la vista de encima, quizá estudiándole, buscando un punto flaco o esperando un descuido que le permitiese actuar.

Juan le obligó a vaciarse los bolsillos. No llevaba gran cosa, un par de papeles arrugados e impresos en cirílico, una caja de cerillas medio vacía, un paquete de vendas alemanas y un reloj de bolsillo. Juan miró el reloj. No parecía muy bueno. Era alemán. Pensó que si los alemanes le encontraban con eso, no le iban a tratar precisamente bien.

Juan trató de analizar la complicada situación. Su obligación era conducir al prisionero hasta sus líneas, allí se vería lo que se hacía con él. Eso ya no era asunto suyo. Los españoles trataban bien a los prisioneros. Los empleaban en trabajos corrientes y hasta charlaban y bromeaban con ellos; pero los alemanes eran distintos: odiaban a los rusos, igual que a los judíos que había visto en su camino hacia el frente. Y ahora estaban

con alemanes. Serían ellos quienes se hiciesen cargo del prisionero. La idea le resultó repugnante. Los alemanes odiaban a los rusos tanto como unos españoles a los otros españoles, a los que no pensaban como ellos. Una vez más, recordó a su padre en la cárcel de Valdenoceda. Él había llegado hasta Rusia para liberarlo, no para convertirse en uno más de sus carceleros.

Se sentó en el suelo, apoyando la espalda en los llagados troncos de abedul. Dejó el fusil sobre sus piernas extendidas y sacó un trozo de pan de la bolsa de lona. Lo partió y le arrojó la mitad al muchacho ruso. Este lo recogió del suelo con movimientos lentos, para no alarmar a su captor, y se lo llevó a la boca sin dejar de mirarle. Juan advirtió que no había gratitud en su mirada, ni tampoco odio. Sencillamente, no había nada. Quizá cautela y precaución. Parecían los ojos de un animal salvaje.

Juan mordisqueó el pan sin dejar de pensar. Si se lo llevaba, tendría que atarle las manos, quizá incluso amordazarlo, pues si se encontraban con otros rusos podría gritarles. Había otras dos opciones. Una era dejarlo libre, darle la oportunidad de que se reuniese con sus camaradas y volviera a empuñar un arma contra los suyos, contra él. La otra opción era matarle. Parecía la más sencilla, la más prudente, pero ni siquiera pudo considerarla.

–Juan –dijo señalándose el pecho, sorprendido de querer entablar una conversación con aquel ser aparentemente indefenso–. Juan –repitió con el mismo gesto, y señaló después hacia el muchacho, esperando una respuesta que no se produjo.

Volvió a intentarlo un par de veces y, quizá porque la última de ellas lo hizo en un tono más alto, el chico intuyó cierta irritación que le obligó a responder con un hilo de voz. Juan no entendió nada de lo que dijo, le pareció demasiado largo para un nombre, pero en cualquier caso era absurdo ponerse a hablar con él. Tan absurdo como combatirle. ¿Qué hacía que dos jóvenes desconocidos se matasen sin ni siquiera entenderse? ¿Cómo podrían discutir? ¿Cómo podrían ofenderse? Y si llegasen a comunicarse, ¿acaso no sería más fácil que compartiesen sentimientos e incluso aficiones? Un hombre puede ser comunista, o fascista, o republicano –pensó Juan–, igual que puede

ser español, o ruso, o alemán, pero por debajo de ello, un hombre es un hombre. La cuestión sería poner esta condición por encima de todo lo demás.

La mirada se le desvió desde el prisionero hasta el muerto. Las moscas se cebaban en su cuerpo. Lo miró con amargo dolor.

–¿Tu amigo? –preguntó al chico–. ¿Tu tovarich?

Esa palabra la habían aprendido todos los españoles, lo mismo que *panienka*, que es como se referían a las campesinas. El joven asintió desconcertado, mientras Juan juntaba las palmas de sus manos e inclinaba la cabeza, en un torpe gesto que pretendía solicitar su perdón.

El español recordó la escaramuza y trató de imaginarse cómo habían sucedido las cosas a este lado de los árboles derrumbados. Seguramente había sido el niño, más inexperto, quien le había disparado. El otro soldado habría esperado a tenerlo más cerca, o quizá le hubiese dejado pasar para no descubrir su posición. El acto del chico le había costado la vida, incluso Juan sospechó que la había sacrificado para salvar al niño. Por la posición en que había encontrado a ambos, Juan imaginó que, cuando la granada cayó dentro de su escondite, el hombre tiró al niño al suelo y saltó sobre él para protegerle. Le había salvado la vida. ¿Sería su padre? Desde luego, podría serlo. ¿Qué mierdas estaban haciendo ellos en aquella guerra? Si la paz hubiese continuado, aquel niño estaría en el colegio, o cuidando las vacas de sus padres, jugando. Él mismo estaría estudiando en una academia, tal vez en la universidad, o a lo mejor trabajando. No sabría nada de armas ni amputaciones. Sabría de chicas, incluso podría tener novia, una novia con la que ir al cine y a bailar, una mujer que lo amase y lo consolase cuando precisase llorar. Si no hubiese guerra, no necesitaría llorar.

Un sonido le sacó de sus ensoñaciones. El ruso también lo había escuchado.

Juan levantó la cabeza y escudriñó el bosque por encima de los troncos. Por fin divisó un casco alemán moviéndose entre los arbustos. Más allá vio otro soldado, parapetándose en un árbol. Otro más. A este le reconoció. Era Barrientos, de su patrulla.

Se volvió hacia el ruso y, con un rápido gesto, le indicó que se tumbase. Luego disparó al aire. Los movimientos cesaron en

el bosque. No quiso dar tiempo a que una nueva granada estallase en el mismo lugar.

–¡Teniente! –gritó–. ¡Viva España!

–¡Arriba España! –le contestaron a lo lejos.

Juan se levantó y se dejó ver.

–¡Soy Juan! Esperadme, voy con vosotros.

Juan volvió a agacharse y se dirigió al ruso.

–Vete –le dijo, y le señaló el camino que debía seguir, al lado contrario por donde avanzaban sus compañeros.

El niño permanecía inmóvil, perplejo.

–Vete, vete –susurró Juan, y le empujó.

Pavel recorrió un par de metros a gatas y se volvió sin dar crédito a lo que estaba viviendo.

–Vete, vete –le volvió a decir el soldado nazi.

No se lo pensó más y, de nuevo, su instinto de supervivencia le arrastró lejos de allí. Juan se levantó y saltó la empalizada para distraer a los suyos. Pasados unos minutos, volvieron a cruzar sobre los troncos. Solo había un ruso muerto. Juan respiró, feliz, satisfecho, convencido de haber obrado bien por una vez.

TREBLINKA (POLONIA)

NOCHEBUENA DE 1942

Una desvaída y patética formación, más que moverse, se arrastraba entre los oscuros barracones y el alambre de espino, dejando tras de sí una sucia estela de nieve, ennegrecida quizá por el sufrimiento y la tristeza.

Un centenar de mujeres chapoteaba en una nieve que se licuaba bajo sus andrajosos zapatos. Cien mujeres avanzaban con la cabeza agachada en actitud de sumisión y en condición de seres aterrorizados.

Lenta y suavemente, entre las toses esporádicas y el castañeteo de los dientes, el melodioso sonido de una flauta fue filtrándose entre las filas de anémicas prisioneras, haciéndose más nítido según avanzaban.

Algunas notas penetraron en los oídos de Agniezska Kalinowska y trataron de abrirse camino hacia su dañada memoria, hasta que la desdichada mujer sintió un chispazo en su interior que la obligó a esforzarse por escarbar en sus recuerdos, en lo que había sido su vida antes de la guerra, antes del infierno.

La dulce melodía la ayudó a rescatar de entre los nebulosos agujeros de su mente la imagen de su querida hija Hanna con cuatro años, sentada en la alfombra, ante el árbol de Navidad, embelesada con sus brillantes adornos.

De pronto, la imagen se desvaneció, triturada por una imperiosa voz en alemán que les ordenaba detenerse. La columna de harapientas se inmovilizó entre la pared de un infecto

barracón y la valla de alambre electrificado que las separaba de un distante e infinito bosque que rodeaba el campo de exterminio y alejaba a la humanidad de su contemplación.

La música de la flauta había cesado, pero la señora Kalinowska se aferró a su imagen navideña. «Oh Tannenbaum, oh Tannenbaum...», la misma música, interpretada ahora por un coro infantil, partía del gramófono. Allí estaban el abeto decorado y la pequeña Hanna, con sus admirados ojos soñadores, deseando que la sencilla felicidad de ese instante se mantuviera por toda la eternidad.

En su recuerdo interferían retazos de una conversación distendida e incluso afable, que llegaban en el temido idioma teutónico hasta los oídos de las prisioneras en uno de esos raros momentos de tranquilidad en el campo.

Agnieszka Kalinowska, de pie, inmóvil en medio de la nada, soñó por un momento que estaba recostada en una pared y que sostenía una humeante taza de té en las manos. Casi pudo ver a su hija, feliz, a su lado. Una tierna y débil sonrisa brotó en su interior sin que llegase a asomarse a sus labios. La mirada vagó a su alrededor y la devolvió a la realidad.

Mujeres, cadáveres anticipados que por algún extraño sortilegio se sostenían en pie, miraban la sucia nieve del suelo que empapaba sus pies mal calzados y disfrutaban del placer de no moverse, de no recibir golpes ni insultos, y soñaban con no existir, al menos durante unos segundos.

La flauta volvió a sonar. Esta vez, Agniezska reconoció las notas al instante. Era *Noche de paz*. Se atrevió a levantar los ojos por encima de las cabezas de sus compañeras y su mirada voló hasta lo alto de una torre de vigilancia. El guardián, bien alimentado y abrigado, con su fusil colgado al hombro, era quien tocaba una flauta travesera.

La señora Kalinowska volvió a agachar la cabeza y cerró los ojos. Sus pensamientos vagaron a lo largo de su vida, si es que es vida la ausencia de muerte. La vida de verdad, la que creía haber llevado antes, parecía haberse detenido el día que comenzó la guerra, el día que perdió a su hija Hanna. Después solo hubo lágrimas, dolor de corazón, desconsuelo, soledad, aflicción. Luego vino el traslado forzoso a un gueto de judíos.

Ella no era judía. Al principio no dijo nada, se dejó conducir, se sentía sin fuerzas; pero más tarde protestó, o lo intentó. Ella era católica, debía de tratarse de algún error burocrático. Las autoridades no perdieron mucho tiempo. La solución era bien sencilla: ella era judía porque estaba allí. Para el resto de los judíos, de sus nuevos congéneres, se convirtió en una extraña. Resignación: en realidad no es necesario pertenecer al pueblo elegido de Dios para ser uno de los elegidos por los nazis.

Vino, por último, el traslado a aquella siniestra estación de ferrocarril, Treblinka. Allí palabras como dolor, sufrimiento, hambre, enfermedad... alcanzaban dimensiones apocalípticas.

Allí también había otras que no eran judías, pero qué más le daba: ella era tan judía como gentil. El único ser que había hecho realmente feliz a su hija era judío. «Yo también quiero ser judía». Estaba segura de que le había dicho eso a alguien, pero no sabía a quién. Desde que llegó a Treblinka, quizá desde antes, su debilitada mente no le permitía discernir con claridad lo que era real de lo que solo podía producirse en la más terrible de las pesadillas. Pensó que en aquel momento lo más cristiano era ser judío.

Un coro de escasas pero melodiosas voces llegó de nuevo a los oídos de la señora Kalinowska: «Noche de paz, noche de amor».

¡Cuántos recuerdos! ¿Por qué unos recuerdos tan bellos la hacían llorar de esa manera? Porque la pobre Agnieszka estaba llorando sin lágrimas, que ya se habían agotado, y sin convulsiones. No le quedaban fuerzas para tanto movimiento.

«Anunciando al niño Jesús brilla la estrella de paz», las cálidas voces flotaban en el gélido aire. Hanna sonreía ante el pesebre, Hanna abría un regalo, Hanna cantaba noche de paz, Hanna le ayudaba a poner la mesa, Hanna decoraba la tienda con guirnaldas y adornos adquiridos por catálogo, Hanna...

–Pass auf! –la imperiosa voz de uno de los guardianes y los ladridos de un amenazante perro sacaron a Agnieszka Kalinowska de su ensoñación, pero aquella voz, aquella voz cargada de furia y odio, era una de las que unos segundos antes habían compuesto el coro navideño.

Obedeciendo a la oscura disciplina que imprime el instinto de supervivencia, caminó en la misma dirección que el resto de momias andantes, mientras trataba en vano de fijar en su mente las imágenes de su queridísima Hanna. Nada le había dolido más que su muerte y, sin embargo, se sorprendió a sí misma agradeciendo al cielo que no le hubiese permitido a su amada hija vivir para aquello.

Los soldados que conducían el rebaño de vidas consumidas se despidieron jovialmente del guardián de la torre: «¡Feliz Navidad!».

Krasny Bor, Frente de Leningrado (Rusia) - Hof (Alemania)

FEBRERO-ABRIL DE 1943

Todos los que habían partido con Juan hacia Rusia hacía meses que habían regresado ya a España. De su compañía solo quedaban el teniente Elizalde y él; los demás habían cumplido un año o poco más de servicio en la División Azul y, tras ese período, habían preferido dejar que a los del nuevo reemplazo les cupiese el honor de formar parte de ese ansiado y victorioso desfile en la Plaza Roja con el que habían soñado al alistarse como voluntarios, y que parecía retrasarse cada vez más.

Nada de lo que les habían dicho cuando se alistaron parecía cumplirse. El arrollador rodillo alemán, que todos consideraron imparable, se había atascado en la nieve de Rusia. Sí, era cierto que los alemanes avanzaron a su ritmo acostumbrado en el verano de 1941, y en pocos meses llegaron a las puertas de Moscú; pero luego vino el invierno, el terrible invierno ruso –las primeras nevadas las soportó Juan en el mes de octubre–, y hasta la gasolina de los tanques se congelaba. Al inmenso frío se sumaban los caminos impracticables por la nieve o el fango de los deshielos, las inmensas distancias a cubrir, enormes extensiones de bosque imposibles de dominar y la tenaz resistencia de una población poco dispuesta a convertirse en esclava.

Lo que la División Azul se encontró en Rusia no tenía nada que ver con la guerra relámpago que había caracterizado las anteriores campañas alemanas, sino con un frente estable, plagado de trincheras y nidos de ametralladoras, más similar a los

que habían definido la guerra de desgaste durante la Primera Guerra Mundial.

Aquellos apasionados idealistas de la Falange que tantas ansias tenían de acabar con la Rusia comunista hacía tiempo ya que se habían vuelto a casa, y en España ya no se encontraban voluntarios para sustituirlos, de modo que se había recurrido a voluntarios forzosos: soldados de reemplazo que cumplirían su servicio militar obligatorio en Rusia, así como legionarios que traían entre su bagaje cultural las técnicas aprendidas en África y ejercitadas en la guerra civil, tales como cortarles las orejas a los prisioneros.

Juan podría haber regresado a España cuando se efectuó el reemplazo, pero dudó y acabó por reengancharse. Su padre seguía en la cárcel, y él consideró que aún debía acumular más méritos para lograr su libertad.

Pero aquel nueve de febrero, todos sus sacrificios se revelaron como inútiles. Recibió una carta de su madre, a la que no veía desde hacía más de un año y medio. «Querido hijo: estoy bien». Así empezaba la carta, y Juan se preguntaba cuánto tiempo y cuánto dolor le habría causado a su madre empezar a escribirle de ese modo. La carta seguía con los deseos y consejos acostumbrados. «Espero que tú también te encuentres bien». «No te expongas». «Cuídate mucho». Había algunos borrones, la tinta corrida y disuelta. Juan intuyó después que se trataba de lágrimas. Tras un punto y aparte, el noveno renglón comenzaba: «Tu padre ha fallecido». ¡Qué duro tenía que haber sido escribir esas palabras en la más infeliz de las soledades! Estaba seguro de que si él hubiese estado allí, habría recibido la noticia con un abrazo, con la cara de su madre hundida en su pecho, y las palabras habrían sido: «Papá ha muerto». Pero mamá no tenía costumbre de escribir y no sabía expresarse en un papel con la naturalidad con que hablaría a su hijo, al imbécil de su hijo, que la había abandonado para marcharse a Rusia y extender la obra de los verdugos de su marido.

Juan y su familia habían sufrido el asedio del ejército de Franco a Madrid. Un asedio que duró desde el otoño de 1936 hasta la primavera de 1939. Ahora él formaba parte de la maquinaria de asedio a Leningrado, en el otro extremo de Europa, en una guerra que no era la suya, en el ejército enemigo.

Las contradicciones eran tan grandes que en aquel momento de la noche gélida y negra de Rusia, Juan acariciaba la idea del suicidio.

Un ruido a sus espaldas le hizo reaccionar, olvidando momentáneamente sus negros pensamientos.

–¿Quien va? –preguntó maquinalmente.

–¡España! –una voz familiar le contestó a escasa distancia, desde el interior de la trinchera.

Poco a poco, la figura del teniente Elizalde fue emergiendo entre las sombras, avanzando entre las blanquecinas paredes de nieve helada y sucia que formaban la trinchera.

–Sin novedad en el puesto, mi teniente –dijo Juan.

El teniente asintió despreocupado y echó una mirada hacia las líneas rusas. En la oscura noche sin luna, solo se intuían la nieve y los gráciles troncos de un bosquecillo de abedules, ya en la zona soviética. Se volvió hacia Juan y le puso una mano sobre el hombro. A pesar del guante del teniente, del grueso abrigo de mutón y de las diversas prendas con que Juan pretendía combatir el frío, percibió en su piel el calor de un gesto amigable.

–Lo he sabido todo –dijo el teniente sin apartar la mano–. Me lo han contado los chicos.

Juan asintió con la cabeza y el teniente pasó la mano por sus hombros, tratando de transferirle su compasión y su cariño.

–Aunque pueda parecer una simple frase de cortesía –continuó el teniente–, quiero que sepas que te acompaño en el sentimiento, que de verdad lo siento.

–Gracias, mi teniente.

A Juan se le humedecieron los ojos. El dolor, la pena y la rabia se agolparon en su pecho, ahogando las palabras. Se llevó el fusil al hombro y disparó contra las invisibles líneas rusas. Disparar durante las guardias era una rutina. Servía para indicar al enemigo que el centinela estaba en su puesto, que no intentase acercarse. En noches más claras, algunos hacían punte-

ría con las estacas de las alambradas o incluso con los cadáveres que quedaban congelados en tierra de nadie.

Enseguida, una ráfaga de ametralladora contestó desde el otro lado. Las balas se estrellaron en el duro hielo a pocos metros de la trinchera, inyectando en Juan una dosis de adrenalina que le hizo agacharse instintivamente. Probablemente no estaba tan dispuesto a morir como había creído.

–¡Tratamos de mantener una conversación! –gritó el teniente–. ¡Hijo de Stalin!

Una nueva ráfaga partió del puesto soviético, acompañada esta vez por unas cuantas palabras gritadas en la lengua de Dostoievski, aunque probablemente menos refinada.

–¿Ispanski sobaka, ha dicho? –preguntó el teniente a Juan–. Si ispanski es «español», sobaka querrá decir «de mierda».

Juan no estaba de humor para reír las temerarias ocurrencias del oficial, aunque apreciaba de verdad su gesto. Sabía que era sincero. A simple vista, nada en ellos, salvo el uniforme alemán, parecía unirlos, pero Juan conocía la historia personal del teniente. Sabía que, aunque de distintos bandos, ambos eran, más que nada, víctimas de la guerra.

El teniente Elizalde tenía veinticuatro años y había permanecido como militar profesional después de participar en la guerra civil como alférez provisional. Juan había cumplido los diecisiete en Rusia y en la vida civil era aprendiz de mecánico. El teniente pertenecía a una rica familia de la burguesía vasca y, antes de que lo destinasen a Sevilla, había tenido fijada su residencia en Bilbao, aunque también conocía Madrid y otros muchos lugares de España e incluso de Francia, Italia e Inglaterra. Por el contrario, Juan era hijo de un modesto funcionario y no había salido de Madrid hasta que partió hacia Rusia como voluntario de la División Azul.

Algo que Juan no sabía, aunque pudiese intuir, es que antes de que empezara la guerra ninguno se había definido políticamente. En el caso de Juan era lógico, pues no era más que un niño en 1936, pero el joven Elizalde, de dieciocho años entonces, no incluía la política entre sus inclinaciones, las cuales se volcaban básicamente sobre las chicas casquivanas, los toros, las fiestas de toda clase, el fútbol y el frontón. La sublevación

militar sorprendió a Ignacio Elizalde en San Sebastián, donde se había reunido con sus padres después de pasar las fiestas de San Fermín en Pamplona. Una rápida actuación y un sustancioso soborno a los oficiales de aduanas permitieron a su padre cruzar con la familia la frontera de Francia. Los tres se instalaron en un hotel de Biarritz hasta que, apenas dos meses después, San Sebastián cayó en manos del ejército nacional. Los padres de Ignacio regresaron a su casa de verano, mientras que el futuro militar se quedaba en Francia para esquivar una posible incorporación a filas. Pero fue entonces cuando la familia recibió noticias acerca de Begoña, la hermana de Ignacio, quien apenas un año antes había ingresado como novicia en las clarisas. Una banda de milicianos marxistas había asaltado el convento y había dado muerte a todas las monjas. Ignacio Elizalde regresó a España y a los pocos días se había alistado como voluntario en el requeté. Un joven enamorado de la vida, que por propia decisión había cambiado el vino eucarístico por el vermut con aceitunas, que había tratado de eludir su compromiso con España desde las playas de Biarritz y al que lo mismo le daba la monarquía que la república, se vio gritando «¡Dios, patria, rey!» en los campos de batalla, en una decidida búsqueda de la muerte. Quienes lo conocieron en esos años lo definieron como loco, y locura era lo que asomaba a sus ojos, por donde trataban de huir también las terroríficas imágenes que se forjaban en su cerebro, imágenes de una hermana preciosa y bondadosa cruelmente violada, atormentada y asesinada por una caterva de monstruos.

A pesar de haber recibido dos balazos, cuando terminó la guerra en España la muerte no le había admitido entre sus huestes. Cuando supo que se pedían voluntarios para luchar en Rusia, decidió intentarlo otra vez.

El teniente Elizalde a caballo y Juan Delgado a pie habían atravesado juntos territorios polacos y rusos camino de Moscú, cuando la División Azul recibió órdenes de tomar el camino de un frente secundario, el del río Volchov, y después, en 1942, el de Leningrado.

A Juan no le quedó más remedio que hacerse a su nueva vida y soportó con valor los ataques de los rusos y las tempera-

turas de hasta treinta grados bajo cero a los que todos tuvieron que enfrentarse, y si los resistió fue gracias a la ayuda de sus nuevos camaradas, los criminales fascistas que tenían encarcelado a su padre y que, con su humilde colaboración, estaban dispuestos a dominar el mundo.

Pronto comprobó Juan que, en la guerra civil, la mayoría de los españoles habían abrazado uno u otro bando más por razones geográficas que ideológicas. Así, la mayor parte de la gente que vivía en Madrid o en Barcelona había sido ferviente defensora de la República, mientras que los que vivían en Sevilla, en Burgos o en las otras zonas donde había triunfado la rebelión militar, se habían declarado desde el principio como entusiastas seguidores de Franco y los suyos. También aprendió que, cuando los tiempos así lo mandan, las ideologías más perversas son capaces de impregnar a todos los seres humanos, y depende ya de la calidad humana de estos el que penetren a mayor o menor profundidad en sus corazones.

Recordó cuando, después de Skidel, se cruzaron con columnas de judíos y prisioneros rusos. Ni él ni nadie hicieron nada por siquiera suavizar de alguna manera la situación de aquellos desdichados. Parecían sentirse como invitados en una fiesta, en la que no parecía educado criticar las costumbres del anfitrión. Su amigo Agustín había ideado recoger firmas para escribir una carta de protesta a Hitler, pero, pasados los momentos espantosos de la visión de los presos, la idea se desvaneció, e incluso hubo quien aseguró que esos eran métodos republicanos.

Tiempo después, cuando se establecieron en suelo ruso, trataron con los nativos y todos se enorgullecían de mantener buenas relaciones con ellos, especialmente con las chicas jóvenes y bonitas. No, ellos no eran iguales que los alemanes. De hecho, parecían congeniar mejor con los rusos, generalmente sumisos y acobardados, que con los altivos alemanes, así que pronto todos se convencieron de que ellos estaban allí para ayudarlos, para liberarlos del comunismo que Stalin les imponía desde el Kremlin de Moscú, sin darse cuenta de lo extraña que resultaba una liberación que se lograba por medio del bombardeo de sus ciudades y la quema de sus campos.

Aquella noche de febrero de 1943, Juan maldecía su decisión. ¿De qué había servido venir a Rusia a pasar miedo y frío? ¿De qué vestirse con un uniforme nazi y mezclarse con los falangistas? Su padre había muerto en la cárcel, en aquella terrorífica prisión de Burgos. Muerto de tuberculosis, según el informe oficial. Asesinado en la realidad. Su padre estaba sano cuando se lo llevaron. Solo las torturas y las condiciones infrahumanas en que le habían hecho vivir sus verdugos le habían provocado la muerte.

El teniente Elizalde no podía pasar mucho tiempo sin fumar, de modo que se sentó en la nieve, hundido entre los muros de la trinchera, para evitar que los centinelas rusos vieran el resplandor de su cigarrillo. Al encender el mechero descubrió una hoja caída en el suelo, junto a las gruesas botas de fieltro de Juan. Le bastó el rápido destello de su encendedor para reconocer el papel. Se trataba de una de las octavillas que los soviéticos les lanzaban escritas en español, y que animaban a los divisionarios a desertar y pasarse al Ejército Rojo. El teniente no llegó a encenderse el cigarrillo. Se levantó rápidamente con el papel en la mano y se lo enseñó a Juan. Este permaneció en su mutismo.

–Sé que nos odias –dijo Elizalde.

Juan no le odiaba, ni a él ni a otros muchos, pero sí odiaba la división, y al ejército alemán y al español, y a la Falange, y al gobierno y al criminal de Franco.

–Y te comprendo –continuó el teniente–. No te lo reprocho, pero no cometas una insensatez. Pasarte a los rusos es una locura. Incluso aunque lograras llegar con vida a sus líneas, no sabes lo que te esperaría. Es dar un salto a oscuras a un abismo desconocido. Ellos dicen que tratan bien a los que se pasan, pero yo lo dudo. Seguramente los fusilan o los mandan a Siberia.

Eso lo decían los mandos para evitar deserciones, y seguramente no les faltara razón. En ningún sitio se aprecia a los traidores. Otros, en cambio, sostenían que los rusos trataban bien a los pasados y que los admitían como camaradas. Estos tam-

bién creían en la victoria final de los aliados y en que, derrotadas Alemania e Italia, pasarían a encargarse de la España fascista y acabarían reinstaurando la República.

Juan había pensado en pasarse a los rusos, porque a esas alturas había pensado en todo, pero ni siquiera había tomado en serio esa posibilidad. Y no lo haría, más que nada, porque sabía que los rusos querrían probar sus intenciones interrogándole sobre las posiciones de su sector, y bombardearían los puntos clave que él les indicara. Juan no quería que muriesen sus compañeros, y menos por su culpa.

–Si entre los rusos –dijo el teniente Elizalde– encontraras la paz, o lo que andes buscando, yo mismo te ayudaría a cruzar las líneas, pero allí estarías peor. Lo sé. Además, piensa en tu madre.

Juan miró al teniente. Claro que pensaba en su madre. También esa era una razón para permanecer en la División Azul. La paga que recibía del ejército alemán era muy superior a lo que cobraba como aprendiz de mecánico en Madrid, pero el teniente no se refería a eso.

–Si te pasas al enemigo...

No terminó la frase. La vergüenza pareció impedírselo. Respiró y lo intentó otra vez.

–Si te pasas, estoy seguro de que tomarían represalias. Hemos creado un monstruo...

Iba a añadir: «... igual o peor que al que combatimos», pero eso ya no fue capaz de pronunciarlo.

El teniente Elizalde se quedó con Juan hasta que llegó el relevo y luego lo acompañó hasta la «chabola», el angosto búnker que hacía las veces de refugio y vivienda. Una vela Hindenburg ardía junto a la estufa de trinchera e iluminaba a duras penas la estancia subterránea. Un soldado se levantó de la litera mientras se rascaba con violencia el cabello en busca de piojos. Saludó a los recién llegados, que se calentaban en la estufa, y destapó una marmita de campaña en la que había guardado un cuarto de litro de café para depositarla sobre la estufa antes de echar en ella un generoso chorro de coñac. Cuando humeó,

lo retiraron del calor y bebieron por turnos de la misma marmita de aluminio.

El teniente dejó a sus soldados y partió hacia el búnker donde se hallaba instalado el puesto de mando. Mientras caminaba torpemente sobre la nieve helada, redactaba mentalmente la solicitud de permiso para el soldado Juan Delgado, a ser posible en España, y si no lo fuera, en Vilna, Riga o Berlín.

Terminado su café, Anselmo ayudó a Juan a deshacerse de las pesadas vestimentas que se utilizaban para evitar congelaciones durante las guardias y ambos se tumbaron y se abrigaron como pudieron en las literas. Viejos recuerdos de la infancia, atesorados en lo más profundo de su cerebro, se fueron desplegando tras los párpados cerrados de Juan. Su padre sonriendo, su padre contándole un cuento, su padre con una bandeja de pasteles, su padre haciendo bromas en medio de los bombardeos, su padre demacrado en la prisión de Valdenoceda. Viejas fotografías en blanco y negro, en las que el rostro juvenil de su padre se transmutaba en aquella cadavérica faz...

El agotamiento logró que Juan descansase por fin, apenas unos minutos, porque transcurrido ese tiempo la chabola subterránea se estremeció como un hormiguero pisoteado por las pezuñas de un buey. Los soldados saltaron de sus literas y, chocando unos contra otros mientras se calzaban las botas, cogieron sus armas y sus cascos y corrieron fuera del refugio, que parecía moverse como un barco en una tempestad.

Fuera del búnker, Juan se encontró con una tormenta de proyectiles como nunca había visto ni imaginado que pudiese existir. El resplandor de las explosiones eclipsaba la luz del sol del amanecer, y un incesante terremoto hacía vibrar el suelo helado por donde los españoles corrían o se arrastraban sin saber en qué dirección moverse.

–¡Vosotros! –gritó un sargento al grupo de soldados que acababa de salir de la chabola–. Conmigo.

Todos siguieron al suboficial hacia el cuerpo de mando. Les costó encontrarlo. Lo habían alcanzado de lleno. Con las palas y las manos, retiraron tan aprisa como pudieron la nieve y los bloques de hielo amontonados como escombros, hasta que lograron hacer un agujero. Encontraron tres cuerpos. El oficial y dos soldados yacían muertos bajo la nieve, la tierra y las vigas de madera. Por fin la muerte se había llevado al teniente Elizalde, cuya mano se aferraba a una hoja de papel que parecía contener su última voluntad y a la que nadie prestó atención. No era más que un trámite burocrático, una solicitud de permiso extraordinario para uno de sus soldados.

Las bombas y los cohetes estallaban a su alrededor y el sargento dio la orden de retirada. Juan y otros cinco hombres se refugiaron en una zanja antitanque. No habían recobrado el aliento cuando, de repente, cesó la tormenta de metralla. El eco de las explosiones dejó escuchar órdenes contradictorias y los gritos de los heridos.

Un capitán en calzoncillos apareció ante el grupo. Un oficial ataviado con casco, guerrera, calzoncillos y botas altas podría haber resultado cómico, de no ser porque los calzoncillos estaban rojos de sangre, lo mismo que las piernas. Al reparar en ellos, el capitán les ordenó acompañarle gesticulando con la mano derecha, en la que sujetaba una pistola. La otra mano la llevaba pegada al vientre y trataba con ella de impedir que se le saliesen las tripas.

–¡Adelante! –les gritó de nuevo.

–¡Vamos! –ordenó el sargento.

Mientras los soldados abandonaban la zanja, un sonido aterrador heló la sangre en sus venas. Decenas de miles de voces rugían con un grito de guerra escalofriante: «¡Hurra! ¡Hurra!». Los rusos se lanzaban al asalto. Enseguida resonaron las detonaciones de los fusiles y las ráfagas de ametralladora. Una de estas alcanzó al capitán en el pecho y, cuando se desplomó sobre la nieve, su piel ya había adquirido su misma lividez.

El sargento reculó hasta la zanja antitanque y los soldados lo imitaron. Volvieron a estallar las granadas a su alrededor. Esta vez era su propia artillería la que abría fuego.

–¿Qué hacemos, mi sargento? –preguntó uno.

–Nos vamos echando leches –contestó el suboficial mientras se precipitaba en la zanja, en dirección contraria a los rusos.

Corrieron sin mirar atrás, huyendo de las explosiones, los tiros y los gritos. Cuando llegaron al fin de la zanja y del refugio que les proporcionaba, el griterío parecía haber quedado atrás, pero no por ello se detuvieron.

Alejándose hacia el sur, se toparon con una carretera construida con troncos de árbol, que se mantenía más o menos limpia de nieve. Recobraron el aliento y revisaron el equipo, mientras el sargento dudaba acerca de qué dirección tomar.

Un automóvil apareció en la carretera e hizo sonar el claxon para que le dejasen vía libre. Todos se retiraron a un lado de la carretera y dirigieron sus envidiosas miradas hacia el vehículo, en cuyo interior distinguieron a un coronel y varios oficiales apretujados.

El sargento hizo un gesto con el brazo en pos del vehículo y siguieron la misma dirección, pero cuando el coche apenas les sacaba un centenar de metros, lo vieron explotar y saltar por los aires. Inmediatamente, Juan sintió un terrible golpe que le hizo caer al suelo y gritar de dolor.

Mientras caía tuvo tiempo de ver un tanque ruso que avanzaba hacia ellos, disparando sus ametralladoras. Agazapados tras la mole de acero, envueltos en sus ropas de camuflaje invernal, embestían y disparaban los soldados de infantería. Juan no pudo prestarles atención. Sus compañeros se habían echado cuerpo a tierra y respondían con la impotencia de sus fusiles al ataque del T-34. Él, sin dejar de gritar, se llevó ambas manos a la pierna derecha. La rodilla echaba humo y un reguero de sangre fluía de su pantalón para congelarse sobre la nieve. Bajo la tela rasgada del pantalón, pero sobresaliendo de su piel y sus huesos, distinguió, cubierta de sangre, una bujía de automóvil, una inofensiva pieza mecánica transformada en metralla.

Juan percibió que alguien lo agarraba por el correaje y tiraba de él con fuerza, arrastrándole por el helado suelo. Su fusil quedó tendido en la nieve. Mientras se desplazaba de esa burda manera, vio estallar el blindado, alcanzado por una pieza antitanque. Furiosas ráfagas de ametralladora pusieron en fuga a los

soldados soviéticos. Fue entonces cuando sus camaradas pudieron atenderle.

–¡Mierda! –oyó exclamar al primero que examinó su herida.

Enseguida notó que varios pares de manos se deslizaban sobre sus ropas, sujetando y palpando su cuerpo, que empezaba a desobedecerle. Escuchó cómo desgarraban con fuerza la tela del pantalón y sintió un fuerte vendaje empapándose de sangre sobre su rodilla. Sin dejar de sentir el frío terrible, notó que su cuerpo se bañaba en sudor febril. Un pinchazo de morfina y las fuerzas le abandonaron. Dejó de gritar y la presión que sus manos ejercían sobre los brazos de alguien se debilitó.

–Te pondrás bien.

–Te has ganado un permiso.

Las frases de siempre, los ánimos que otras veces él había tratado de infundir, se perdían en su cerebro. El estruendo de la batalla se disolvía en un rumor vago y sordo. Juan abrió los labios.

–Papá, papá.

«Querida mamá:

Vuelvo a casa».

Juan miraba esas cinco palabras escritas en una hoja de correspondencia que, junto a una bonita pluma estilográfica, le había proporcionado Fräulein Gretchen, una amable y rolliza enfermera alemana.

Cerró los ojos y levantó la cabeza para permitir que el sol primaveral acariciase sus párpados. Soñó por un momento permanecer allí a perpetuidad, lejos de la blanca Rusia manchada de sangre, lejos también de la grisácea España teñida de luto. En aquel lugar de Alemania que nunca habría sabido localizar en un mapa, donde le cuidaban y alimentaban, donde no sabían pronunciar su nombre, donde no le conocían, donde

no se comunicaba. Deseó detener el tiempo, subsistir eternamente lejos del irremediable pasado y más lejos aún del predecible futuro. Sin embargo, la vegetación renaciente y el aroma de las flores tempranas provocaron que la memoria le traicionase. Soñó despierto que se encontraba en el Retiro, en alguna de aquellas plácidas mañanas dominicales de antes de la guerra, pedaleando sobre una bicicleta de alquiler mientras su padre corría a su lado sujetando el sillín y su madre los contemplaba sonriente, entre divertida y orgullosa.

La sonrisa de su madre, afectuosa y juvenil, era uno de los tesoros que había perdido para siempre.

Juan abrió los ojos y se enfrentó de nuevo a la carta que había de escribir y que, por delante de sus palabras iniciales, se extendía blanca e inhóspita como la inconquistable llanura rusa.

Pasó un largo rato contemplando el papel, introspectivo, hasta que una gota de agua se estrelló sobre él. Juan recogió la hoja y el sobre y los guardó entre la guerrera del uniforme y el pijama. Enseguida, una solícita enfermera empujó su silla hasta una amplia galería acristalada que el sol había caldeado hasta la súbita irrupción del chubasco.

Al poco rato, otra enfermera trajo una nueva silla de ruedas y la dejó a su lado. Su ocupante también era español, pero tenía la mayor parte de la cabeza vendada, incluidos los ojos, de suerte que no pudo reparar en Juan, algo que este celebró, pues hacía tiempo que no se sentía atraído hacia la conversación. Pensando que el oído del invidente se habría agudizado, Juan desistió de escribir, no fuera a ser que, al arañar el papel con la pluma, el recién llegado advirtiese su presencia. Se dedicó a observar la lluvia que caía sobre el jardín y doblegaba las ramas reverdecidas de los árboles.

Nuevos recuerdos de la infancia empañaron su memoria. Esta vez, quizá porque hacía unos días que acababa de cumplir los dieciocho, se vio trasplantado a su undécimo cumpleaños, el 16 de abril de 1936.

Si en aquel remoto hospital no encontraba ningún motivo de celebración, no ocurría lo mismo cuando cumplió los once.

Entonces sí que le hacía ilusión cumplir años, crecer, encaminarse hacia la vida adulta que se figuraba dichosa y radiante. O quizá fuese simplemente la ilusión de los regalos. En aquella ocasión le regalaron una caja accesoria del Meccano, el juego de construcciones con segmentos metálicos, tornillos y tuercas que le permitían crear sus propios juguetes. Así se lo había explicado a sus padres el año anterior, después de volver de la casa de Sebastián Montero, el único compañero de su clase que tenía también el Meccano. Juan sabía que era un juguete caro; por eso se esforzó tanto en el estudio aquel año y, por lo mismo, supo agradecérselo a sus padres cuando, el día de Reyes de 1936, se encontró con la apaisada caja de cartón que contenía el juego.

El Meccano había resuelto muchas tardes de invierno y sirvió para unirle aún más a su padre, en quien pronto descubrió unas dotes constructivas que ni él mismo se había imaginado. Juntos montaron el primer camión y luego le siguieron balancines, grúas y todo tipo de artilugios. Con la caja accesoria que recibió por su cumpleaños lograrían construir el puente en ménsula, con el que ambos venían soñando desde hacía cuatro meses. Sin embargo, en julio estalló la guerra y, aunque Juan siguió jugando con el Meccano, como recordaba ahora, solo lo utilizó para pergeñar aviones, tanques y otras máquinas bélicas.

En la guerra, los cumpleaños de Juan siguieron existiendo, pobres, sin regalos ni tartas, pero festivos en la medida de lo posible. En 1939, Juan cumplió catorce años quince días después del fin de la guerra. Había cesado el terror a los bombardeos, pero no así el miedo a las detenciones y a los fusilamientos. Un año después, cuando cumplió los quince, sabían que el miedo estaba justificado. El padre de Juan ya había sido detenido y condenado. Aquel día, aunque su madre se esforzase por rescatar su sonrisa perdida, fue tan triste y miserable como los demás y Juan decidió vender su Meccano a Sebastián Montero, cuyo padre empezaba a enriquecerse con los negocios turbios que prosperaban al abrigo del nuevo régimen. Juan fue a la casa de su antiguo amigo, donde le recibió la madre mientras Sebastián jugaba con sus hermanos en otra habitación. La guerra

había cambiado tanto las cosas que dos compañeros de la misma edad se habían convertido en desconocidos, en seres casi opuestos. El hijo del vencedor seguía siendo un niño de quince años, preocupado por sus estudios y sus juegos. El hijo del vencido era un adulto de quince años, agobiado por la vida, cuya acuciosa inquietud era regatear con la señora de la casa para sacar unas pesetas que le permitiesen llevar algo de comida a su madre.

Antes de que la enfermera le condujese de nuevo a la cama, Juan había apuntado en el sobre el nombre completo de su madre y la dirección del hogar familiar en Madrid, así como el remite completo con sus señas en la División Española de Voluntarios. No había tardado mucho en hacerlo, a pesar de haberse esmerado en utilizar una caligrafía bonita y aunque no contase con una superficie dura para apoyar el papel.

Recostado ya en el confortable lecho, antes de que apagasen las luces, creyó reunir el valor suficiente para dirigirse a su madre. Pero qué decir y, sobre todo, cómo decirlo era lo que ocupaba sus pensamientos desde hacía ya un buen cuarto de hora. Por fin, se decidió a continuar su mensaje.

«Estoy en un hospital alemán, en Hof, en Alemania, muy lejos del frente. Me han herido, pero no te preocupes por mí, estoy bien. Los médicos son eficientes y las enfermeras muy abnegadas y guapas».

Lo de guapas lo escribió no porque fuera verdad o dejara de serlo –las había guapas y feas–, sino porque pensó que sería una manera de tranquilizar a su madre. Supuso que ella pensaría que su estado no sería muy grave si era capaz de fijarse en las mujeres. Pero lo mejor fue que su alusión a los médicos y las enfermeras le dio pie a escribir una serie de líneas sobre el hospital, sus camas limpias, sus comidas abundantes, e incluso describió algún plato alemán y pensó en enviarle la receta, pero consideró que si en España ya era difícil encontrar los ingredientes más corrientes de la cocina tradicional, buscar los propios de la cocina alemana sería labor de detectives, de detectives millonarios.

Por fin, sin darse cuenta, llegó al final de la cuartilla. Le quedaba el espacio justo para expresarle a su madre sus mejores deseos y decir que volvería a escribirle.

«Un beso muy fuerte y hasta pronto. Tu hijo, que te quiere. Juan».

Se acabó la carta. Juan respiró aliviado. Aliviado, sí, pero no satisfecho. Antes de regresar a España tendría que decirle a su madre que no volvería entero, que su pierna derecha se había quedado en Rusia.

Normandía (Francia)

AGOSTO DE 1943

La tía Elvire entró sulfurada y presurosa en la casa. Por aquellos días se comentaban los avances de los rusos en Ucrania y los éxitos de los angloamericanos en Sicilia, pero el mal humor de la tía Elvire nada tenía que ver con las victorias aliadas. En aquel momento le importaba bien poco lo que pasase fuera de su pueblo, de su casa.

Llegó hasta la cocina y soltó en el suelo la bolsa con la escasa compra.

–¡Margot! –gritó con toda la fuerza que le permitieron sus pulmones.

El tono de la invocación no dejó lugar a dudas a Claude y sus primos. Se avecinaba una bronca, y no era muy frecuente que tales voces se dedicasen a alguien que superase su edad. Los tres aparecieron en la cocina, sin que la tía Elvire pareciese reparar en su presencia.

–¡Margot! –la voz de la tía Elvire tronó como un cañón.

El abuelo asomó a la puerta arrastrando sus pantuflas, sin poder evitar que su hija volviese a tronar el nombre de la nieta. Por fin, esta apareció en la escalera, secándose el cabello con una toalla.

–¿Que pasa? –preguntó la chica, sin dejar de frotarse el pelo–. ¿A qué vienen esos gritos?

La madre no respondió. Su rostro estaba rojo de ira. Avanzó hacia la escalera con paso decidido mientras la joven Margot se

detenía, intimidada, sobre el primer escalón y cesaba en su higiénica actividad.

–Has estado coqueteando con soldados alemanes –el tono de la tía Elvire comenzó siendo interrogativo, pero la frase concluyó en una inflexión afirmativa.

Margot no tuvo tiempo sino para sentirse indignada y fue a dar una respuesta que no pasó de una sílaba incomprensible.

–¿Sí o no? –preguntó su madre, aún más encolerizada, que parecía esperar una negación más imposible que improbable.

Margot calló y, mordiéndose los labios, agachó la cabeza.

Una sonora bofetada resonó en la cocina. Los chicos se encogieron sintiéndola como recibida en sus propias carnes. El abuelo gritó «¡Elvire!» desde la puerta. La chica se dio la vuelta y trató de correr escaleras arriba, pero su madre tuvo tiempo de sujetarla con fuerza por el brazo. Sus ojos se encontraron y los de la joven rehuyeron la furiosa mirada que la examinaba bajando los párpados, aunque su rostro, cruzado por los revueltos y húmedos cabellos, quedó frente al de su madre. Las flácidas mejillas de la tía Elvire temblaron y sus ojos se tornaron acuosos. Volvió a tirar del brazo de su hija y ya no encontró resistencia. La tía Elvire perdió todas sus fuerzas, trató de abrazar a su hija, pero esta se zafó de ella y corrió llorando escaleras arriba.

El abuelo aprovechó el momento para conducir con la garrota a los niños fuera de la cocina.

–No he coqueteado –escucharon defenderse a la muchacha entre sollozos–. Ni siquiera me he parado.

Después de cenar, cuando los jóvenes deberían haberse acostado, Jacques, Jean Pierre y Claude espiaban desde la parte alta de la escalera hacia la claridad de la cocina, donde el abuelo y los tíos parecían tener una conversación más que transcendente.

A Jacques, que se moría de sueño e identificaba el crimen de su prima con el que él mismo había cometido al hablar con aquel soldado futbolista que le ofreció chocolate, le parecía que los tíos y el abuelo abusaban de las palabras «jóvenes», «juven-

tud», «chicos» y «chicas». A lo mejor un viejo habría aceptado el chocolate de un alemán, si se lo hubiese regalado.

A Claude y Jean Pierre les pareció que la conversación tenía que ver con que su hermana y prima, respectivamente, era una chica muy atractiva y que los alemanes deseaban a todas las francesas guapas.

Lo que en realidad se hablaba en la cocina era mucho más extenso. Tenía un poco que ver con la belleza de Margot, bastante con su juventud y la de los soldados alemanes, y mucho más con las consecuencias que un contacto entre invasores e invadida podía tener en la vida de esta.

Al parecer, el incidente se había limitado a que Margot había pasado en bicicleta ante unos soldados alemanes de guardia cuando un golpe de viento le había levantado la falda dejando al descubierto sus piernas, lo que pareció encender el ánimo de los jóvenes, que no tardaron en dedicarle unos cuantos piropos en alemán y francés.

Alguna chismosa se había dado buena prisa en contar en la panadería lo sucedido, y para cuando la tía Elvire lo oyó en la pescadería, el chismorreo ya se había adentrado por la senda de la calumnia, afirmando que la chica se había detenido sonriente junto a los soldados para coquetear con ellos.

–¿Quién te lo ha dicho? –preguntó el abuelo.

–Hortense, la pescadera –respondió la tía Elvire.

–Eso es envidia –bromeó el tío Joseph– porque sus hijas son más feas que Picio.

Puede que el tío Joseph estuviera en lo cierto, nadie se lo negó, pero no era esa la cuestión. No se trataba de que Margot fuese una joven atractiva ni de que hubiese despertado deseos naturales en unos chicos apenas mayores que ella. El problema residía en que esos chicos eran alemanes, soldados invasores, aunque probablemente ellos no se hubiesen sentido como tales en aquel momento.

Lo cierto es que no había pasado nada. Margot y los fogosos muchachos olvidarían rápidamente el incidente, pero quizá otros no. Tal vez otras personas estuviesen inclinadas a considerar a Margot como una enemiga de la patria, como una colaboracionista dispuesta a regalar sus favores al invasor a cam-

bio de un trato privilegiado. Se empieza aceptando una pastilla de jabón a cambio de una sonrisa y unas palabras amables y se acaba vendiendo un secreto militar a cambio de protección. Evidentemente, eso era algo que estaba en la mente de todos, pero también cabía la posibilidad de que una buena chica francesa se enamorase de un buen chico alemán –que los había– y que su único sueño fuese escapar a Suiza o algún lugar neutral de la selva africana, si es que lo había, donde su amor no constituyese un crimen.

Pero precisamente ese amor sincero era lo que más podía alarmar a las familias honradas. El mando alemán, desde luego, no consentía matrimonios entre sus soldados y las mujeres de un país ocupado, pero los civiles de esos países veían aún peor las relaciones con los invasores, y todos, de una u otra manera, estaban convencidos de que la ocupación acabaría algún día y de que todos los que hubiesen tenido tratos con el ocupante serían castigados.

Nadie podía tolerar que los franceses se beneficiasen de la ocupación alemana, aunque era evidente que los comerciantes no podían negar sus productos ni sus servicios a los invasores. Muchos hicieron negocio de ese modo. Pero el sexo, o el amor, eso era muy distinto. Eso era lo peor. Como siempre, eran las mujeres las que salían peor paradas. Si hubiesen existido soldadas alemanas en demanda de guapos civiles franceses, quizá se hubiese visto de otra manera.

La conversación comenzaba a desviarse por derroteros sin fin.

–El amor está prohibido por la ley de la guerra.

El abuelo pronunció esa frase con absoluto convencimiento, y con ella quería referirse a que ningún joven alemán con buenas intenciones podía ver correspondidos sus sentimientos por ninguna chica francesa, ni viceversa. Sería repetir la historia de Romeo y Julieta. Si el alemán es Montesco, la francesa será inevitablemente Capuleto. Podrán sentir el amor más puro del mundo, pero a la fuerza habrá de convertirse en tragedia.

Kiev (Ucrania)

SEPTIEMBRE DE 1943

Cuando Heinrich Burkhard fue destinado a Kiev, tras lograr ser evacuado de Stalingrado pocas semanas antes del fin del VI Ejército de Von Paulus, su fe en la capacidad bélica del ejército alemán y su convicción de pertenecer a una raza superior no habían disminuido. Por el contrario, su odio hacia la mezcolanza de razas que formaban la masa soviética había aumentado considerablemente.

Stalingrado se había convertido en una herida que sangraba en su corazón. Nadie, ni siquiera su padre, había podido impedir que su unidad fuese destinada a aquel remoto lugar en los confines de Europa.

Él no había participado en los sanguinarios combates que se celebraban día tras día en la ciudad, en las escaleras de los arruinados bloques de viviendas, en las devastadas naves de las fábricas. Nunca había intervenido en las inhumanas refriegas de las alcantarillas, sótanos y demás subterráneos iluminados con linternas, ni peleado con bayonetas, palas y granadas.

Pero sí que había vivido el aislamiento de un ejército entero necesitado de material, de munición, de víveres, sin que nada pareciese funcionar en el insufrible invierno y con un cerco soviético que se estrechaba por momentos.

Heinrich se consideraba un mártir de la patria y estaba dispuesto a asumir su sacrificio a cambio del reconocimiento de su pueblo, pero le reconcomía el pensamiento de que nadie en Alemania se pudiera imaginar siquiera el frío que podía llegar a sentirse en aquel país inhóspito. Cuarenta bajo cero

y una casucha miserable de madera para cobijarse y trabajar. Se precisaba agujerear los guantes para poder escribir a máquina, e incluso la tinta se congelaba.

Nadie en Berlín ni en Múnich, ni en Hamburgo ni en Viena, se hacía una ligera idea del aspecto de los soldados bolcheviques, de aquellas hordas de salvajes que degollaban y mutilaban a los alemanes entre los escombros y que aparecían a millares cada día.

Una tarde, una granada de obús cayó junto a la cabaña que ocupaba Heinrich. Una pared entera desapareció y gran parte del tejado se desplomó. Dos soldados de intendencia fueron heridos y él se salvó milagrosamente. A su alrededor, jirones de notas y expedientes, el trabajo de una semana, revoloteaban envueltos en llamas. Con un pitido ensordecedor que se le metía en el cerebro desde los dos oídos, Heinrich vio el extenso campo nevado a través del enorme hueco que había sustituido al muro de madera de la cabaña. Un vehículo ardía entre violentas llamas rojas y amarillas, mientras un nutrido grupo de prisioneros rusos se agolpaba a su alrededor, tratando de calentarse con el fuego, sin que los guardianes alemanes fueran capaces de reaccionar. Sintió cómo la rabia inundaba todo su cuerpo y, tropezando con los escombros humeantes, salió de la cabaña y a grandes zancadas se dirigió hacia los rusos, mientras desenfundaba y amartillaba su pistola. Aquellos desgraciados, famélicos y harapientos proletarios mongoles se estaban aprovechando de la adversidad de Alemania. Sus artilleros habían destruido un vehículo propiedad del Reich y ellos estaban, tras las líneas alemanas, festejándolo. El primer tiro lo descerrajó Heinrich sobre la nuca de un ruso al que no llegó a ver la cara, el segundo impactó en la sien de otro que se volvía hacia él, un tercer prisionero le miró sonriente, sin apartar del fuego sus manos extendidas. Ese le sacó de quicio. Su mano tembló de rabia y la bala alcanzó al ruso en la pierna. El disparo le hizo trastabillar, pero, atónito y medio congelado, continuó con su indolente gesto. Heinrich volvió a disparar y esta vez los nervios le hicieron fallar. Rojo de ira, agarró la pistola con ambas manos y vació el resto del cargador en el pecho de aquel ser inmundo, que finalmente cayó muerto sobre la nieve, sin perder su estúpida sonrisa.

El resto de prisioneros se habían levantado y trataban de apartarse del lugar con caras horrorizadas y movimientos entorpecidos por el frío y la falta de alimentos. Heinrich gritó a sus guardianes que les disparasen. Algunos lo hicieron con gusto, otros se dejaron llevar, pero dos se negaron a hacerlo. La cólera de Heinrich estalló como una granada. Eran soldados de las SS, de su propia división. Se enfrentó a ellos, sin lograr que le obedeciesen, y finalmente les hizo declarar sus nombres. Heinrich los memorizó, a falta de papel donde apuntarlos.

Aquella misma noche tramitó la denuncia pertinente, aunque su oficial superior le obligó a retirarla.

–No vale la pena, Heinrich –le dijo–. Es cierto que han desobedecido su orden, pero habían recibido instrucciones de conducir a los prisioneros. No trato de justificar la actitud de esos soldados, pero tenga en cuenta que se están jugando el pellejo todos los días...

Heinrich habría protestado, habría calificado a aquellos soldados de cobardes, habría argumentado que su comportamiento ponía en peligro a sus camaradas, pero prefirió callarse. Su máxima consigna era no discutir nunca a un superior. Eso le había servido siempre para mantenerse en su puesto privilegiado y ascender en el escalafón.

Había pasado más de medio año desde aquello y Heinrich había recuperado un destino más o menos tranquilo en Kiev, casi a mitad de camino entre Stalingrado y Berlín, adonde esperaba partir con un permiso no muy lejano. Mantenía una correspondencia más o menos fluida con sus padres, y por ellos, y también por otras fuentes, estaba al corriente de las criminales incursiones aéreas de ingleses y americanos sobre la indefensa población civil alemana. Sabía que sus padres y sus hermanos estaban bien. Ninguna bomba había alcanzado su casa. Eso le servía también para suponer que Liese sobrevivía, aunque no había respondido a ninguna de sus postales. Heinrich consideraba que el hecho de no contestar a las cartas de un soldado en el frente debería considerarse delito contra el Reich. Si así fuese, Liese respondería a sus cartas, e incluso le suplicaría que la perdonase por no haberlo hecho antes. En sus fantasías más perversas, le gustaba imaginarse a su portera medio desnuda,

encerrada en una lúgubre celda, esperando el cumplimiento de una sentencia fatal. Acompañado por unos guardianes de aspecto feroz, él aparecería entonces con su flamante uniforme, para perdonarla y liberarla de un castigo justamente merecido. En ese momento ella, deslumbrada, recibiría la revelación de la verdad nacionalsocialista, que la conduciría irrevocablemente al respeto y la admiración por su magnánimo salvador, a quien se abrazaría con una pasión más propia de las censuradas películas de Hollywood que de lo que el régimen esperaba de una matrona alemana.

Aparte de estos delirios infantiloides, lo cierto es que la fotografía que se tomara junto a Liese, en el lejano 1939, seguía en su cartera, algo ajada por el paso del tiempo y por el continuo uso, y le ayudaba como ninguna otra cosa a levantar el ánimo y a mantener fresco no solo el recuerdo de las formas deliciosas de la portera y su precioso rostro, sino también de todo cuanto había dejado en Berlín.

En las últimas semanas había adquirido la costumbre de pasear en solitario por la capital ucraniana. No despreciaba el ambiente desenfadado del pabellón de oficiales en el cuartel, pero en aquellas tardes cálidas –todas le parecían cálidas después de Stalingrado– le gustaba disfrutar del aire libre y, sobre todo, de los humillados habitantes de Kiev, quienes se apartaban a su paso y le dirigían soslayadas miradas cargadas de recelo y pavor.

Si alguien le hubiese preguntado acerca de su presencia ese día en aquel barrio apartado, no habría sabido qué responder, pero lo cierto es que pasaba ante un oscuro portalón cuando escuchó en su interior unos gritos femeninos, envueltos en ásperos gruñidos en alemán.

Aún no había anochecido, pero las sombras ya se habían adueñado del profundo zaguán, por lo que Heinrich encendió la linterna que siempre llevaba consigo y la colgó del botón de su guerrera para conservar las manos libres. Apoyó una de

ellas en la funda de su pistola y avanzó cautamente, precedido por las ratas que corrieron a cobijarse entre los escombros amontonados junto a la pared.

La luz de la linterna debió de advertir de su presencia también a los humanos, pues inmediatamente se apagaron las voces masculinas, no así la femenina, que Heinrich acertó a localizar bajo la rampa de una escalera. Burkhard se dirigió hacia allí y enseguida se topó con tres soldados alemanes que, no había ninguna duda, trataban de violar a una mujer.

Como oficial encontraba degradante ese tipo de actuación, y como alemán consideraba repugnante el contacto sexual con miembros de razas inferiores.

Un par de órdenes emitidas con la suficiente energía bastaron para que los soldados detuviesen su actuación. Los observó incorporarse y retraerse, antes de que el foco de su linterna alumbrara unos muslos blancos y torneados que rápidamente se ocultaron bajo la burda tela de unos pantalones hombrunos.

Los soldados estaban ebrios, lo suficiente como para tratar de justificar su acción, pero no tanto como para enfrentarse a un superior. Uno de ellos portaba una bayoneta en la mano, pero la envainó dócilmente cuando Heinrich le miró fijamente a los ojos.

El oficial no sabía cómo comportarse en aquella situación. El silencio sería absoluto de no ser por los sollozos, cada vez más mitigados, de la mujer. Los soldados parecían esperar unas palabras, una orden. Quizá debería amonestarlos, soltarles algún discurso sobre los peligros de las enfermedades venéreas, sobre las ordenanzas y sobre los burdeles del ejército, sobre la moral y el comportamiento con las razas inferiores.

–¡Fuera! –gritó, y con esa palabra solventó el discurso.

Los tres hombres se escabulleron recomponiendo sus uniformes. Sus pasos presurosos resonaron tropezando con los escombros del zaguán, sin que Heinrich dejara de alumbrar a la presa de su cacería.

–Déjame ir, por favor –imploró la muchacha.

Heinrich la observó con sorpresa y curiosidad.

–¿Hablas alemán?

Ella asintió mientras se ponía en pie y se ajustaba el cinturón que sostenía sus pantalones. Vestía además un jersey de lana

y una gorra de obrero que le quedaban tan grandes como los pantalones y se mantenía agachada, obligada a ello por la forma del hueco de la escalera. Heinrich tomó la linterna en su mano y retrocedió un par de pasos, animándola a salir de su forzoso cobijo. Cuando la muchacha abandonó el hueco, se irguió y Heinrich se sorprendió por su estatura. Era casi tan alta como él y, aunque resultaba imposible hacerse una idea de sus formas con aquellas ropas prestadas, recordó sus muslos esbeltos y bien formados.

Titubeante, la chica avanzó y, cuando pasaba ante el oficial sin dejar de observarle, este, con un rápido movimiento, le arrancó la gorra. Un cabello dorado y corto relució bajo la luz de la linterna.

Heinrich repasó mentalmente la imagen de sus piernas y admiró ahora el color de su pelo y de sus ojos. En Francia, en Rusia y ahora en Ucrania había visto muchas mujeres hermosas y atractivas, rubias y de ojos claros, como a él le gustaban, pero, especialmente en el este, había buscado en ellas, en sus rasgos faciales, algún defecto, alguna característica que las apartase del genuino perfil ario del que tanto les habían hablado en las Juventudes Hitlerianas. No parecía encontrar ningún defecto en este ejemplar.

–¿Por qué vas vestida de hombre? –preguntó mientras ella recogía un chaquetón de cuero raído y pisoteado por sus agresores.

–No es fácil encontrar ropa –dijo ella con un marcado acento ucraniano.

Al llegar a la calle, Heinrich apagó la linterna y la guardó en el bolsillo.

–¿Dónde vives?

–Cerca –contestó la muchacha, evitando voluntariamente una mayor precisión.

–Te acompañaré a casa.

De nada le había servido su respuesta evasiva, pero no tenía más opciones y obedeció sumisa.

Caminaron juntos y él quiso satisfacer su curiosidad preguntándole por las razones de su conocimiento del alemán.

–Mi madre era alemana –mintió.

–¿Se lo dijiste a esos cerdos? –la voz de Heinrich sonó ahora verdaderamente indignada.

–No me dejaron.

En el camino hacia la casa de Anastasia, Heinrich supo su nombre e intentó persuadirla de que era alemana y de que podía exigir sus derechos como súbdita del Reich. No se le ocurrió preguntar si la muchacha deseaba aquel dudoso honor.

Llegados al portal, ella le dio las gracias y trató de desembarazarse de una compañía que, si no llegaba a manifestarse como peligrosa, no dejaba de ser, como mínimo, molesta. Él insistió en acompañarla hasta su piso. Sabía que estaba abusando de su autoridad, pero eso era algo que le atraía y ella no pudo oponerse. A esas alturas, ya la había comparado con su preciosa Liese y la ucraniana no salía mal parada.

Entraron en un pobre apartamento, provisto de un mobiliario incongruente a los escrutadores ojos del oficial de intendencia. Un armario desvencijado, tres camas, una de ellas revuelta, una única silla, una mesa plegable adosada a la pared bajo una estantería con diez o doce libros y, por último, una consola de madera labrada a la que se había sustituido una pata por un barrote de metal roñoso. Sobre ella, un basto marco cercaba una fotografía familiar: un matrimonio, un niño y una niña posando en lo que parecía un parque, con las cúpulas bulbosas de una iglesia ortodoxa destacándose en el fondo sobre las copas de los árboles. Heinrich supuso que la niña era Anastasia, pero no sintió curiosidad por ver su rostro infantil. Todos tenían aspecto de proletarios bolcheviques. Una cortina de tela estampada daba acceso a otra pieza minúscula en la que un fogón, una pila y una repisa de obra repleta de platos, vasos, cubiertos y cacharros, indicaban que se trataba de la cocina.

–¿Quién más vive aquí? –preguntó Heinrich al abandonar la diminuta cocina.

–Vivo sola –respondió Anastasia–. Ahora.

Heinrich no quiso indagar en su pasado. No quiso escuchar historias de padres, hermanos o maridos muertos, desaparecidos o deportados. Se acercó a la estantería. Tomó un libro en sus manos y echó un vistazo a los lomos de los demás.

–¿No tienes libros en alemán? –quiso saber.

–No, ya no –contestó Anastasia, y casi sonrió al advertir que el libro que sostenía el oficial en sus manos llevaba por título

Curso de alemán moderno, claro que escrito en ruso y en caracteres cirílicos.

Heinrich advirtió que la muchacha estaba tensa y que ni siquiera se había despojado de la gorra. Por un lado le gustaba la situación, disfrutaba con ella, pero por otro sentía una irresistible atracción por Anastasia, sobre todo desde que había decidido considerarla como aria, y desearía trocar parte de su miedo en admiración. Llevaba tanto tiempo lejos de Alemania...

–Los alemanes estamos aquí... –iba a decir «para protegeros», pero recordó las circunstancias en que la había conocido y no le parecieron las palabras más adecuadas–. Estamos aquí para libraros del bolchevismo que os oprime.

Pensó, aliviado, que había hallado una buena salida.

–Tú tienes sangre alemana y no debes preocuparte –prosiguió–. Cuidaremos de ti. Los rojos habrán metido ideas raras en tu cabecita.

Los ojos de Anastasia seguían siendo los de un cervatillo asustado. Heinrich sabía que no lo estaba haciendo muy bien.

–Habrás visto cosas... –dijo–, pero es la guerra. Todo cambiará, sobre todo siendo alemana. Voy a denunciar a los granujas de esta tarde.

Quizá la palabra «granujas» no sonaba demasiado contundente. Lo cierto es que no se había molestado ni siquiera en amonestarlos, en apuntar sus nombres o su unidad, y ella, lógicamente, lo habría advertido.

–Los conozco –mintió–. Mañana estarán arrestados.

Al decir «mañana», una nueva idea le vino a la mente. Miró su reloj con premura, sin llegar a ver la hora, y fingió prisa.

–Tengo que marcharme –dijo, como si aquello pudiese suponer un inconveniente para Anastasia, y torpemente tomó su mano para besarla con afectación.

Se retiró hasta la puerta y dio un taconazo mientras se llevaba la mano a la visera como si estuviera ante un mariscal.

Apenas una hora después, Heinrich deambulaba por el acuartelamiento preguntando a todos por un compañero que vendía una estola de visón. Estaba decidido a comprarla y rega-

lársela a Anastasia. Con un regalo así, estaba seguro de conquistarla. Hacía mucho tiempo que no estaba con una chica aria. A decir verdad, nunca había estado con una chica del modo en que pensaba estar con aquella.

Encontró al teniente Schropp jugando a las cartas con otros oficiales. Esperó a que terminaran la partida y luego acompañó a su camarada, quien escondía bajo la cama un par de maletas repletas de las más lujosas mercancías. Botellas de champán y coñac franceses, chocolate suizo, latas de caviar, cigarrillos ingleses, medias de seda...

Heinrich contempló la estola de piel, pero sus ojos se fueron detrás de un camisón de seda azul, que acabó adquiriendo junto con una botella de coñac.

Al día siguiente, el teniente Heinrich Burkhard partió hacia su paseo vespertino con un paquete bajo el brazo. Cuando estuvo lejos del acuartelamiento, se metió la mano en el bolsillo y extrajo de él una cruz de hierro, la prestigiosa condecoración que nunca había alcanzado. Era difícil conseguir medallas en el grupo de intendencia, aunque no tanto los ascensos. Para paliar este déficit, Heinrich se había hecho con una cruz de hierro que guardaba siempre en su bolsillo, presta a abandonar su escondite para impresionar a cuantas mujeres ocupadas y racialmente aceptables estuviesen dispuestas a dedicar algo de admiración a su apuesto y ario ocupante.

Cuando Anastasia regresó a su casa con una patata arrugada en el bolsillo de su chaquetón, encontró sentado en la escalera al teniente Burkhard, quien la esperaba sonriente agitando una botella de coñac en la mano.

–Creo que necesitas una pequeña compensación por parte del ejército alemán.

Anastasia solo pensó que hubiera preferido que la compensaran con una lata de carne o incluso con un buen pedazo de pan. Aunque si de verdad querían ayudarla, lo mejor que podían hacer los soldados alemanes era marcharse de su país o, mejor aún, suicidarse colectivamente.

Mientras abría la puerta de su casa, escuchó mentir al oficial.

–Los criminales que te atacaron ayer ya están en prisión.

Nada más entrar, Heinrich se dirigió a la cocina, como si estuviera en su casa. Cogió un par de vasos y, tras descorchar la botella, escanció el licor.

–Es francés –dijo mientras le tendía uno de ellos a la chica.

Bebieron en silencio. Heinrich se sirvió una segunda copa.

–¿Sabes? –preguntó sin esperar respuesta, al tiempo que volcaba el contenido del vaso en su boca–. No deberías vivir aquí. No me refiero a otro piso en Kiev, sino a que tu lugar es Alemania. Podrías vivir en un piso de Múnich, o en una casa de campo –se la representó con el vestido tradicional de Liese, aquel que llevaba cuando la abrazó hacía ya cuatro años–. No te imaginas lo bien que te sentaría la campiña bávara, sus montañas. Casi te veo asomada a un balcón adornado con flores silvestres, con tus cabellos rubios crecidos y recogidos en trenzas.

Heinrich se acercó a Anastasia y tomó un mechón de sus cabellos entre los dedos.

–Del color del trigo en verano –dijo ante la cara cada vez más asustada de la ucraniana–. No te lo creerás, pero hay muchas mujeres en Alemania que no tienen un cabello tan rubio como el tuyo. Todavía hay mucho que mejorar.

El militar se sirvió otra copa y echó más licor en el vaso de Anastasia, que aún no estaba vacío. Luego le ofreció la única silla que había en la estancia. Desde luego, se sentía el dueño de la casa. La chica apoyó su mano en el respaldo, pero no se sentó.

Heinrich sacó la billetera y extrajo de ella la fotografía en que posaba con Liese.

–Mira –le dijo el oficial mientras se ponía a su lado y le enseñaba la foto–. ¿Habías visto antes un vestido de Baviera?

Anastasia miró la fotografía mientras, con terror, apreciaba que el soldado se acercaba a ella y le ponía la mano sobre la cintura. En la fotografía no distinguió el vestido de la mujer, sino el uniforme y, sobre todo, el brazalete con la esvástica en el brazo del muchacho. Heinrich comprobó que la estatura de Anastasia era muy similar a la de Liese, claro que él había crecido desde entonces.

–Sois de la misma altura –dijo satisfecho, y ejerció una leve presión sobre la cintura de la muchacha para añadir–: ¡Y de la misma talla!

Anastasia dio un respingo y se apartó del alemán.

Heinrich la soltó y volvió a hablar de las cualidades que se esperaban en las mujeres del tercer Reich y que parecía cumplir su joven amiga.

–Por cierto –interrumpió su discurso–, ¿cuántos años tienes?

–Dieciséis –contestó Anastasia.

–Esa edad tenía yo cuando empezó la guerra –dijo entusiasmado el teniente, como si esa efeméride fuera digna de celebrarse–. Mi primer destino fue en Francia.

Una copa más y Heinrich empezaría a relatar las batallas de las que nunca fue testigo, dos más y hablaría de sus fulgurantes ascensos, sin mencionar que sus méritos se debían sobre todo a complacer los escasos escrúpulos de sus superiores y a economizar gastos sisando las raciones de los soldados del frente; pero, por el momento, se limitó a alabar las cualidades de la raza aria y a aplicarlas al físico de su nueva amiga ucraniana, mientras se desprendía el cinto y desabrochaba los botones de su guerrera.

–¡Ah! –exclamó como si de repente hubiera recordado la verdadera razón que le había llevado a visitar a la guapa jovencita–. Te he traído esto.

Le tendió un paquete de papel de estraza a Anastasia y, por el peso, esta advirtió enseguida que no se trataba de comida. Lo desenvolvió con un cuidado que se tornó en aprensión cuando, al vislumbrar el fino tejido, adivinó el contenido. Finalmente, el envoltorio se deshizo y el camisón se desplegó entre las manos de Anastasia.

–Pruébatelo –dijo Heinrich mientras se dejaba caer de espaldas en la cama–. Recuerda que ayer te salvé la vida.

Puede que Heinrich se sintiese como un caballero rescatador de doncellas, pero ella, llena de asco, le veía ahora como una hiena que había robado la carroña a los buitres.

–Venga –la apremió–, pruébatelo.

Anastasia esbozó una sonrisa torcida en un gesto que indicaba claramente perplejidad y miedo.

–Pruébatelo –insistió el oficial con un ademán de la mano–. Es un regalo. Un regalo de Alemania.

Heinrich ya había advertido el temor en su nueva amiga, y eso le gustaba. Le excitaba. Pero el miedo no conducía a la muchacha al pánico histérico, sino más bien a un recelo asumido y sosegado.

–Claro –dijo Anastasia, y echó más coñac en la copa de su invitado forzoso.

–¡Nasdarovia! –exclamó el exaltado teniente brindando en un ruso aprendido entre la soldadesca germana.

Anastasia se dirigió con la ligera prenda hacia la cocina y dejó la botella en la consola que estaba junto al vano de la puerta, donde Heinrich había depositado su cinto.

Heinrich debería haber advertido que su muñeca ucraniana no le complacía, sino que se sometía, y que en su corazón el odio comenzaba a superar al miedo. Enamorado como creía estar de aquella beldad medio germana, medio eslava, no supo ver en sus ojos el desprecio y la repugnancia que transmitieron cuando le pidió que se probara el camisón.

El teniente tendió su espalda sobre el colchón escuálido y se pasó la lengua por los dientes para saborear el regusto del coñac francés, hasta que escuchó cómo se descorría la basta cortina que separaba la habitación de la cocina.

Entonces, el joven oficial se incorporó hasta quedar apoyado sobre los codos y se encontró con la muchacha más hermosa que hubiese podido imaginar. Anastasia le miraba sin que pareciera verle y con las manos en la espalda. Durante la espera, Heinrich había imaginado la entrada de otra manera, más estimulante, más provocativa. En cualquier caso, Anastasia estaba preciosa con aquella seda azul que se ceñía a sus pequeños pechos, a su vientre y a sus muslos, en aquella pose, levemente recostada en el marco de la puerta, al lado de la consola con su cinto y la funda abierta de su pistola. ¿Por qué estaba abierta? Parecía vacía. Heinrich trató de enderezarse y no pudo evitar una explosión de asombro y miedo cuando vio unas lágrimas asomar a los ojos de Anastasia. Los labios de la chica temblaron y necesitó oprimirlos con los dientes hasta lograr detenerlos. Lentamente pero con decisión, las manos emergieron de detrás

de su cuerpo, empuñando temblorosas la pistola que Heinrich había echado en falta.

–¡Zorra! –gritó el teniente, y apenas hubo escupido la palabra, una bala se incrustó en su corazón, junto a la inmerecida cruz de hierro.

–Cerdo –dijo ella, y volvió a apretar el gatillo.

La segunda bala impactó en el colchón, pero a Heinrich ya no le hacía falta ninguna dosis más de plomo. Estaba tan muerto como los miles de soldados que habían caído ese mismo día en el frente.

Anastasia volvió a la cocina y corrió la cortina para evitar, mientras se vestía, la mirada de los ojos opacos del que se llamó Heinrich Burkhard. Luego, con sus ropas de hombre, abandonó su vivienda con la pistola oculta en el bolsillo de su chaquetón. Aún la podría necesitar, quizá para suicidarse. Había decidido que nunca más estaría a merced de un soldado alemán.

París (Francia)

24 DE DICIEMBRE DE 1943

El sonido del timbre de la puerta rompió el lúgubre silencio que oprimía el hogar de los Dupont, un hogar donde antes no parecía posible alcanzar un minuto de tranquilidad, donde muchas veces el timbre no se había dejado oír sobre las canciones que Nathalie escuchaba a todas horas en la radio, las voces de su madre exigiéndole que bajase el volumen, o las sonoras protestas de la abuela. Pero hacía ya un tiempo que el hogar se había roto con la falta de uno de sus miembros, precisamente el único callado de la familia, el taciturno e idealista Jacques, que acostumbraba a pasarse horas enclaustrado en el silencio de su cuarto, encerrado en el impenetrable caparazón de sus pensamientos, y que desde junio de 1940 había asumido la obligación de liberar a su patria de la opresión alemana.

Aquel joven que en el automóvil familiar, en su precipitado y breve exilio en Normandía, soñaba con ingresar en la Legión Extranjera y defender como soldado el suelo patrio. Aquel sufrido joven que no supo expresar con palabras la compasión y la solidaridad que sentía hacia los dos niños que los acompañaron en parte del trayecto. Aquel irreductible joven que, de regreso a París en aquel mismo y lejano verano, con su país ya vencido y derrotado, maquinaba en silencio formas de expulsar al ocupante. Aquel idealista joven que escuchaba con fidelidad y devoción las proclamas del general De Gaulle y los mensajes de la Francia Libre en las emisoras inglesas. Aquel denodado joven que se había unido a la Resistencia y había animado a todos sus

compañeros de colegio a la insurgencia. Aquel heroico joven que intervino en la elaboración y distribución de una hoja clandestina. Aquel sufrido joven que fue encarcelado y juzgado por aquel delito. Aquel leal joven que no delató a sus camaradas ni facilitó dato alguno sobre su organización. Aquel desgraciado joven que fue elegido como víctima en represalia por un atentado contra las fuerzas alemanas. Aquel infortunado joven que cumplió los diecisiete años en prisión. Aquel joven que murió fusilado el 18 de diciembre de 1943.

Cuando Nathalie abrió la puerta se encontró al cartero, póstumo emisario, con su bolsa de cuero cargada al hombro y una carta en la mano. En la otra sostenía torpemente su gorra, de la que se había despojado en muestra de respeto. Los ojos del viejo hombre brillaban tras sus gruesas lentes y el cano bigote se veía humedecido bajo la nariz.

Saludó con un escueto «señorita», sin más, incapaz de pronunciar un «buenos días» ni, mucho menos, un «feliz Navidad».

La chica contempló en silencio su rostro, y desde allí su mirada resbaló hasta la mano que sostenía, temblorosa, el sobre. Llevaba matasellos de París y la letra era la de su hermano. El cartero extendió la mano y ella recogió la carta como quien sostiene una reliquia sagrada.

–Viva Francia –dijo el viejo cartero con un hilo de voz, y la última sílaba se hundió en un profundo sollozo.

Nathalie apenas pudo contestarle con un gesto de la cabeza y cerró la puerta para apoyarse en ella con los ojos clavados en la escritura de su hermano Jacques: «Señores Dupont. Rue de l'Arbre Sec, 12. París». Dio la vuelta al sobre y en el remite encontró escrito el nombre de su hermano de su puño y letra, seguramente la última vez que lo escribió: «Jacques Dupont. Prisión de Cherche Midi. París».

En otras circunstancias, apremiada por las noticias que pudiera contener la misiva, Nathalie habría corrido hacia su madre, gritándole que habían recibido una carta de Jacques, pero esta había llegado demasiado tarde. Recorrió el pasillo lentamente, en sufrido silencio, hasta el dormitorio de la abuela, donde esta

permanecía en cama y donde su madre dejaba pasar las horas hundida en un butacón.

Las tres mujeres dudaron si esperar a que regresara el señor de la casa para leer la carta, pero finalmente la ansiedad pudo más y fue la madre, quien, valiéndose del más afilado de sus cuchillos, rasgó el sobre con reverente respeto, como un cirujano se serviría de su bisturí, para extraer la hoja y desdoblarla ante los ojos de su madre y su hija. Fue también ella quien se enfrentó a las primeras líneas:

«Queridos papá y mamá, querida Nathalie, querida abuela:

Antes que nada, quiero pediros perdón».

La señora Dupont no pudo continuar leyendo y le entregó el papel a su hija, quien prosiguió la lectura con voz vibrante. Jacques pedía perdón a todos por todo lo malo que había hecho y por todo lo bueno que había dejado de hacer. Les pedía perdón por el dolor que su muerte podía causarles.

Hubo un punto y aparte y Nathalie aprovechó para beber un sorbo de agua del vaso que siempre había sobre la mesilla de la abuela. Habría preferido que el vaso contuviese un licor de alta graduación, o haber fumado un cigarrillo, o quizá tomarse una aspirina, o una medicina que contuviese opio; algo, si es que existía, que le aliviase el dolor, que le ayudase a prestar su voz con dignidad a las últimas palabras que su hermano les había dedicado.

Se pasó el dedo índice bajo los ojos y reanudó la lectura.

«No guardo rencor a los alemanes», decía la carta, unas pocas líneas más abajo de donde Nathalie había hecho su pausa. La abuela apenas daba crédito a las palabras que oía en voz de su nieta. Cuando ella nació, eso lo supo más tarde, París estaba ocupado por el ejército del Káiser. En la Gran Guerra, los alemanes se cobraron la vida del mayor de sus hijos. Veinticinco años después, los alemanes habían encarcelado y condenado a su nieto. Aunque no lo creía, era posible que ella lograse sobrevivir a esta guerra, pero incluso si Francia resultara victoriosa, no perdonaría a los alemanes. No. Nunca los había apreciado, pero en esos momentos de su vida ya les había jurado un odio eterno.

«Solo he luchado por mi país y nunca he matado a nadie». Estas palabras actuaron como un bálsamo en la conciencia de

su madre. Ella entendía o creía entender las acciones de sabotaje y enfrentamiento que la Resistencia llevaba a cabo contra el invasor, pero no tanto los hechos que habían llevado a su hijo a la cárcel. Publicar panfletos y periódicos le había parecido a la señora Dupont un acto necio y ridículo. ¿Cómo podía ganarse una guerra con papel y tinta? En una ocasión, encontró unas octavillas en la escalera llamando a la huelga. Las recogió y las quemó con pavor antes de arrojar las cenizas al inodoro. Por supuesto, ella no sospechaba entonces que la mano de su hijo estaba detrás de aquello. También sospechaba ahora que aquellos papeles eran realmente importantes. Sí, debían de serlo, cuando los alemanes los temían tanto como para encarcelar y fusilar a sus autores. Aunque estaba acostumbrada a escuchar continuamente los patrióticos discursos de su hijo a la hora de comer, sus encendidas alocuciones durante las cenas, ella no se podía imaginar a su pequeño Jacques envuelto en actividades clandestinas hasta el momento en que los policías vinieron a buscarlo y se lo llevaron esposado como a un criminal. Ella trató de acompañarlo por la escalera, trató de convencer a los agentes de la Gestapo de que su hijo era inocente, pero cuando lo vio tan serio, tan callado como siempre, entre sus captores, supo que Jacques, su pequeño Jacques, era miembro de la Resistencia. Lo que como francesa la enorgullecía, como madre la aterrorizaba y, resignada desde aquel mismo momento a que la corta vida de su hijo acababa allí, solo temía, como católica, que su alma acabase en el infierno al que Dios condena a los que asesinan. Su confesor había tratado de tranquilizarla diciéndole que los soldados no asesinan y que no están sujetos a ese mandamiento, pero ella no llegaba a creerlo. ¿Por qué iban a ser distintos los soldados al resto de los mortales? En cualquier caso, su hijo no era soldado. No vestía uniforme ni pertenecía a ningún ejército nacional. «¡Oh, Dios mío! Es solo un niño, acógelo entre los tuyos». La señora Dupont se decía a sí misma que sus pensamientos eran demasiado simples, que para Dios todos los ejércitos eran iguales, incluso los desprovistos de uniformes, pero también pensaba que para Dios todos los hombres eran iguales, hijos suyos, hasta los nazis. ¿Se podía entrar en el cielo después de haber matado a un nazi?

La señora Dupont se debatía en sus negros pensamientos cuando le pareció escuchar a su hija que Jacques se había confesado.

–¿Se ha confesado? –preguntó, interrumpiendo la lectura.

–Eso he dicho –contestó Nathalie.

–Léelo otra vez –rogó su madre.

«Mamá, me han permitido ver a un sacerdote y me ha confesado». Nathalie siguió leyendo y poco después su voz se fue apagando. Su madre tomó la hoja entre sus manos y, recuperadas las fuerzas, leyó el resto de la carta, que pasaba a convertirse en una especie de testamento en el que rogaba a su hermana que distribuyese sus bienes entre sus amigos. «A Roger le encantarán mis libros de Jules Verne. Hazle llegar mi colección de "bichos" a Bastien, él sí los sabrá apreciar. Mi bicicleta y mis pocos ahorros son para ti, Nathalie. No te los gastes todos en helados».

Unas horas después, a solas en el salón, el señor Dupont releía por enésima vez la última carta de su hijo y una vez más trataba de comunicarse con él, dondequiera que se encontrase.

Observaba su letra y recordaba cómo había evolucionado desde los primeros palotes que había trazado en su cuaderno del parvulario. Acariciaba con sus dedos regordetes el frágil papel, siguiendo los renglones escritos a lápiz, como si pudiese contactar por última vez materialmente con su hijo. «Nos volveremos a encontrar», decía el pobre Jacques, y su padre se esforzaba por creerlo, pero hacía ya tiempo que su fe había enflaquecido, y había terminado por morir el mismo día que Jacques. ¿De verdad había una vida después de esta? ¿Acaso no había bastante con una? No. Nunca volverían a encontrarse, lo mismo que no volvería a ver al pequeño Jacques que le daba la mano para cruzar la calle, ni al joven que trataba de interesar a su descreído padre por las bondades de la democracia. «Muero por Francia», decía en su carta, y a su padre le entraban ganas de maldecir a la patria que le había robado un hijo. «Cuando era pequeño aprendí en la escuela las primeras lecciones sobre Francia, y las repetía como un papagayo, sin entender el significado. Hoy sí lo entiendo y lo comparto. Si he tratado de defen-

der mi país es porque soy francés, pero también porque creo que los valores de Francia deben hacerse extensivos a toda la humanidad. Por eso os pido que, cuando vuelva a instaurarse la democracia, luchéis como ciudadanos para defender siempre la Libertad, la Igualdad y la Fraternidad, que deberían reinar en todo el mundo».

El señor Dupont, derrumbado en un sillón, recibía con orgullo la última lección que le daba su hijo y juraba muda y solemnemente mantenerse fiel a aquellos ideales.

Le gustaría haber tenido una copa de champán o, mejor aún, un santo grial lleno de vino consagrado, pero simplemente se llevó los dedos hasta los labios y, besándolos, exclamó en tono quedo:

–Feliz Navidad, hijo mío.

Stuttgart (Alemania)

ENERO DE 1944

Kurt oyó abrir la puerta de la calle con violencia. Tuvo el tiempo justo para abandonar en el suelo su tren de juguete y correr hasta la ventana, que alcanzó con unos pocos pasos. De rodillas sobre el banco acolchado, apoyó su nariz en el frío cristal y tras él, en el pequeño jardín, vio a Mamá, que se abrazaba con furia a un soldado enorme y se colgaba de su cuello.

Empezaba a llover y pequeñas gotas chocaban con el cristal para escurrirse después formando finas líneas transparentes. Kurt exhaló el aire de sus pulmones y el cristal se empañó ante sus ojos. Las figuras de Mamá y el soldado perdieron su nitidez y avanzaron presurosas y borrosas hacia la puerta.

–¡Kurt! –la voz de Mamá sonó radiante dentro de la casa–. ¡Kurt! ¡Kurt!

La última vez, su nombre sonó desde la escalera. Podía escuchar los ágiles pasos de Mamá subiendo los peldaños. Tras ellos sonaban otros, mucho más pesados y no menos rápidos.

Se adivinaba alegría al otro lado de la puerta. Kurt intuía que se aproximaba una buena sorpresa, un pastel de chocolate quizá, o un juguete. La puerta de su habitación se abrió de golpe. Mamá se echó a un lado, sujetando el pomo con su mano derecha. Nunca había visto una sonrisa tan luminosa en la cara de Mamá. Enseguida, el vano de la puerta quedó ocupado en su totalidad por la imponente figura del soldado, quien también sonreía y clavaba sus ojos en los del niño. Luego, Mamá y el soldado se miraron para dirigir inmediatamente sus ojos hacia Kurt.

El soldado, que ya no llevaba gorro, avanzó un par de pasos vacilantes y se detuvo.

–Kurt –dijo.

El niño lo miró con recelo. El soldado conocía su nombre, pero él no sabía quién era. Como si no pudiera soportar su gigantesco peso, el soldado pareció desplomarse sobre una de sus rodillas.

–Kurt –dijo Mamá–, es Papá.

El niño miró con ojos dubitativos a Mamá y luego al soldado, quien permanecía con una rodilla apoyada en el suelo y la otra doblada hacia él. Su grueso abrigo gris se había abierto y dejaba ver una enorme bota negra que le cubría toda la pantorrilla. Tenía los brazos extendidos hacia él, con las manos abiertas y vacías.

–Dale un abrazo a Papá –sugirió Mamá.

Pero Kurt permaneció inmóvil, asustado, con sus grandes ojos fijos en la botaza. Mamá sorteó al soldado y se acercó despacito hasta Kurt, tendiéndole la mano. Kurt la tomó y se dejó llevar mansamente hasta el hombre uniformado, quien puso sus manazas sobre los pequeños brazos del niño y lo atrajo hacia su pecho. Las manos gruesas y toscas recorrieron su espalda y su cabeza. Kurt tuvo el primer encuentro con la áspera cara de Papá y con el desagradable olor a desinfectante que desprendían sus bastas ropas.

–Estás hecho un hombretón –le dijo separándose de él y sin dejar de observarle.

Cuando por fin lo soltó, Kurt corrió hacia Mamá y se abrazó a su falda.

–Papá va a quedarse una semana con nosotros –dijo Mamá.

A Kurt le pareció una barbaridad de tiempo, pero se alegró al saber que su estancia no sería perpetua. Los tres abandonaron la habitación del niño y entraron en la de Mamá. Allí ella ayudó al soldado a despojarse de su abrigo y de la guerrera llena de bolsillos y botones metálicos. Kurt observaba con mezcla de admiración y aprensión las ropas, los cintos, las botas. La conversación llegaba hasta sus oídos como desde una habitación lejana. No prestaba atención a lo que decían, pero sabía que hablaban de él.

–¡Qué guapo está!

–Y es muy bueno.

Kurt dedicó a su padre una mirada dócil, pero esquiva.

Hans Müller ya había advertido el rechazo que su figura causaba en el pequeño Kurt, un niño que había crecido sin padre. Se volvió resignado hacia su esposa.

–No me conoce –dijo abatido.

–Dale tiempo –le dijo Minna–. Enseguida se acostumbrará y te querrá muchísimo. Tanto como yo.

Hans esbozó una sonrisa triste, sumisa, y calló. No preguntó si dispondrían de tiempo como para que el niño se acostumbrase a su presencia. Desde luego, no lo habría en aquella ocasión. El permiso expiraba el próximo sábado.

Minna intuyó que el silencio de su marido estaba cargado de angustia y se sentó a su lado, en la cama. Kurt la miró y comprobó que su semblante ya no era tan feliz. Mamá pasó un brazo por los hombros del soldado y lo besó con dulzura. A lo mejor Papá estaba malito.

Mamá trajinaba en la cocina, envuelta en el aroma de las patatas y la col hervida. Kurt, sentado en una banqueta, con los pies balanceándose en el vacío, dibujaba tanques y banderas en un cuaderno cuando Papá entró en la estancia. Otra vez estaba sonriente. Aunque ya no vestía las malolientes ropas del uniforme y parecía haberse bañado y perfumado, Kurt seguía percibiendo un olor desagradable en él. Olor a cansancio y a abatimiento.

Comieron en el comedor y no en la cocina, como solía ser habitual. Eso fue suficiente para que Kurt sintiese que se celebraba algún tipo de fiesta; pero la alegría de sus padres, su anhelo de satisfacerse mutuamente y de incluir a Kurt en sus deseos, eran tan acuciosos que llegaban a devorar su propia felicidad.

Kurt aún no había terminado de comer cuando Papá se levantó de la mesa y trajo la pesada mochila de piel de vaca que había cargado a la espalda. Destrabó con premura sus correas y, tras unos cuantos calcetines y camisetas sucios, fue extra-

yendo diferentes paquetes que colocaba solícito sobre la mesa para ofrecérselos a Mamá. Eran conservas y alimentos del ejército, que vendrían muy bien en la racionada despensa de la casa. También sacó un paquete de papel arrugado, que entregó a Mamá con mayor mimo y que esta se apresuró a desenvolver.

–Es italiano –dijo él.

–Me encanta –exclamó ella mientras observaba un llamativo pañuelo de seda estampada.

Cuando Mamá se levantó y se colocó el pañuelo sobre el cabello, agachándose frente al espejo del aparador, Hans volvió a hurgar en su mochila y entregó a Kurt dos tabletas de chocolate y otro atractivo envoltorio que el niño trató de desembalar con sus torpes manos. Mamá le ayudó.

–¡Qué bonito! –exclamó mientras miraba la expresión del pequeño Kurt.

Kurt miraba con la boca abierta un enorme libro ilustrado y con muchos colores. Estaba algo estropeado y una gruesa arruga recorría portada y contraportada.

–Está en italiano –se disculpó Papá–, pero me pareció lo más fácil de transportar. Creo que me equivoqué.

–Es precioso –le alentó su esposa mientras trataba de alisar las pastas del libro.

Kurt la imitó y acarició la portada antes de abrir el libro y recorrer ávidamente las ilustraciones con la mirada.

–¿Cómo se llama? –preguntó–. ¿Me lo cuentas?

–Se llama Pinocho –le dijo Papá.

El niño ya se había dormido. Hans había asistido a la escena de despedida. Mamá le había quitado la ropa y le había puesto el pijama; luego le había metido en la cama y le había arropado. Una deliciosa rutina para quien pueda disfrutarla. Luego, Hans se había sentado en la cama de su hijo y le había intentado leer el libro de Pinocho, pero el pequeño Kurt prefirió que fuese Mamá quien se lo contase. Hans sujetó el libro para Mamá.

–Soy un atril automático –le dijo a Kurt y, abriendo y cerrando el libro, pasando sus páginas con movimientos extravagantes, logró por fin arrancarle una sonrisa.

Abajo, en el salón, acomodados en el sofá, Hans sostenía en sus piernas la cabeza de Mamá y acariciaba su cabello con los dedos, enredándolos en sus tenues y suaves ondas, mientras pasaba la mirada nostálgica por las paredes y los muebles de la estancia. Se parecía al sueño que tantas veces había perseguido, pero cuando la luz solar y los juegos del pequeño Kurt se retiraron, una nube de desconsuelo pareció anegar la casa. Ni siquiera el largo tiempo pasado lejos de su esposa le llevaba a Hans a considerar como íntima la mortecina iluminación que bañaba la estancia. No era más que la pobre y oprimente luz que imponía el miedo.

Y la amenaza no tardó en manifestarse. De pronto, el ulular de una sirena fue creciendo, primero envolviendo las casas del barrio, luego penetrando en ellas. Mamá se incorporó de un salto y corrió escaleras arriba hasta el cuarto de Kurt, de donde salió al momento con el niño lloroso en sus brazos. Hans lo agarró y lo sostuvo contra su pecho, con su cabecita apoyada en el hombro. Mamá cogió una pequeña maleta y una cesta que ya tenía dispuestas y abrió la puerta del sótano.

Fuera, decenas de potentes reflectores hendían la negra noche con sus focos en busca de aviones enemigos.

En el sótano había una cama preparada en la que Hans trató de acostar a Kurt, pero el niño estaba demasiado asustado y optó por acurrucarse en los brazos de su madre.

A lo lejos resonaron los primeros disparos de la artillería antiaérea, que poco a poco fueron amordazados por las más fuertes explosiones de las bombas de aviación, que se estrellaban en las calles y tejados de la ciudad.

Por fin se hizo el silencio y una nueva sirena anunció que el peligro había pasado. Todas las bombas habían caído lejos de la casa.

A pesar de lo ajetreado de la noche, Hans descansó como no lo había hecho en varios años, y su esposa tuvo que despertarlo. Fue el despertar más tierno de los últimos tres años.

Gastó el día entero en disfrutar de la presencia de su familia y en acondicionar con todo tipo de ingenios defensivos el refugio del sótano.

–¿Has matado a muchos malos? –le preguntó Kurt.

Hans dejó de reforzar con tablones el tablero de la mesa que a partir de ahora se convertiría, con el colchón colocado debajo, en la cama de Mamá y Kurt.

–Yo no he matado a nadie –y nada más pronunciarlo, le gustaría haber podido estar seguro de lo que acababa de afirmar.

Kurt pareció decepcionado.

–Pues el papá de Ernest ha matado a más de cien rusos.

–Rusos, ¿eh?

–Sí, rusos.

–¿Y tú sabes cómo son los rusos?

Kurt calló, en espera de una respuesta.

–Pues los rusos son como los indios, los pieles rojas. Gritan cuando atacan, así: «¡Hurra, hurra, hurra!» –Hans se ayudó de la mano, golpeándola sobre la boca mientras gritaba–. Y saltan y bailan por la noche alrededor de las hogueras.

–Y tienen metralletas –dijo Kurt.

–Ya lo creo, y cañones.

–¡Pum! ¡Pum!

Hans sonreía divertido, alegre solo de escuchar la dulce ingenuidad de su hijito. Se dispuso a asegurar con más fuerza una puerta sobre la mesa.

–Pero –dijo Kurt– tú no has matado a ninguno.

Su voz sonaba decepcionada. A Hans le gustaría haber tenido delante al padre de Ernest. ¿Era un superhombre, o un sanguinario, o un embustero?

–No –dijo–. Yo no he matado a nadie. Eso hace mucho daño.

–¿Más que cuando te pillas un dedo?

–Más. Más que cuando te pillas todos los dedos.

Kurt agitó las dos manos en aire y sopló imitando un gesto de dolor.

–Pero –le dijo su padre– ¿sabes lo que hice yo una vez?

–¿Qué?

–Les robé las botas a diez mil rusos.

–Robar es malo.

–Es menos malo que matar.

–¿Diez mil botas?

–Veinte mil. Cada uno necesita un par.

Kurt miraba asombrado a su padre.

–¿Y dónde las guardaste?

–Hice un agujero, un agujero muy grande. Verás, había un regimiento de rusos lavándose los pies en una charca. Eran diez mil. Los conté a todos y vi que habían dejado sus botas detrás. Me acerqué arrastrándome por el suelo, por debajo de sus tanques y sus caballos, y con una pala hice un agujero muy grande. Lo fui llenando con sus botas y lo dejé tan bien tapado que no pudieron encontrarlas.

Kurt seguía las explicaciones de Papá con gran atención.

–En Rusia no se puede estar sin botas. ¿Sabes por qué?

El niño negó con la cabeza.

–Porque hace mucho frío, los pies se congelan, se hacen de hielo, y como allí no había ningún zapatero, todos tuvieron que irse corriendo a sus casas.

–¿Y ganasteis la batalla?

–La ganamos.

–¡Hale! ¿Y te dieron una medalla?

–Me la dieron. Una cruz de oro muy bonita, pero la cambié en una librería de Italia por tu cuento de Pinocho.

Hans pensó que estaba llegando demasiado lejos, pero solo el contemplar el rostro de su hijo, iluminado y admirado, valía la pena. Pensó que si a él le habían arrancado la posibilidad de volver a ser feliz, debía impedir que su hijo y toda su generación heredasen la condena.

Por la tarde trató de jugar al fútbol en el jardín, pero a Kurt no le gustaba la pelota. Sentado en el comedor, le contó a su esposa que ningún niño de Europa había querido jugar con él.

–Nos odian –le dijo–. Y les hemos dado motivos para ello.

A la memoria de Hans llegaron escenas terribles, escenas que nunca habría querido presenciar, que nunca sería capaz de relatar; escenas de crímenes en los que habían tomado parte camaradas suyos, amigos suyos. Crímenes de los que se había considerado testigo, pero de los que ya se sentía, como mínimo, cómplice. Crímenes contra civiles inocentes e indefensos que miraban a sus verdugos con indescriptibles gestos de estupor,

incapaces de comprender la razón de tanto ensañamiento. Crímenes atroces, que en tiempos de paz serían castigados con las más duras condenas y que, sin embargo, carecían de importancia en la guerra y eran perpetrados por gentes que hasta entonces se habían considerado respetables, decentes, laboriosas y hasta sensatas y amables.

Aquella noche no hubo bombardeo. Acostado con su mujer, Hans creyó rozar los muros del paraíso. Para atravesarlos por fin, se levantó y se acercó hasta la alcoba de Kurt, que dormía plácidamente. Su mujer se reunió allí con él y estrechó su mano. Solo entonces, sintiendo en el costado los latidos del corazón de su mujer y percibiendo la respiración de su hijo, sintió que la paz era posible.

Volvió a la cama con su esposa, pero pasó en vela la mayor parte de la noche, responsabilizándose de una guardia que no era suya, alerta por si sonaba la alarma antiaérea, defendiendo lo que realmente le importaba.

Sin embargo, estaba dormido cuando notó que su esposa se incorporaba apresuradamente. Enseguida escuchó al niño, que llamaba a su madre con angustia desde su habitación.

Cuando llegó al dormitorio del pequeño Kurt, Mamá, sentada en su cama, lo abrazaba y besaba con maternal consagración. Apenas sus ojos legañosos repararon en el recién llegado, Kurt hundió la cara entre los protectores cabellos de Mamá.

–Ya pasó, ya pasó –musitaba ella.

–Había un bombardeo y los soldados nos tiraban bombas –Kurt trataba de narrar las imágenes que el sueño había moldeado en su mente.

Aunque bien nítidas, eran difíciles de ordenar. A pesar de ser una noche oscura, sin ningún tipo de iluminación, Kurt había visto bien perfiladas las sombras negras de los aviones dibujándose en el suelo. Mamá y él los veían desde la ventana. Querían bajar al sótano, pero no podían entrar en él porque dentro había un oso feroz. Los aviones no tenían techo y estaban reple-

tos de asientos iguales a los de los tranvías, aunque ocupados por soldados rusos con la cara pintada como los indios. Cada uno de ellos sacaba bombas de debajo del asiento y las tiraba con furia sobre su ciudad, buscando su casa. Las bombas eran redondas con una mecha encendida, como en las películas de dibujos animados, pero los efectos eran reales, como los que Kurt había visto ya en otras ocasiones en el centro de Stuttgart.

Kurt interrumpió su entrecortado relato para hacer una suplicante pregunta.

–¿Puedo ir a tu cama, Mamá?

Mamá tornó su cabeza, en busca de Papá. Encontró una sonrisa aprobadora.

–Pídeselo a Papá –le susurró al oído.

–Papá, ¿puedo ir a la cama de Mamá?

–Yo te llevo –le dijo extendiendo los brazos hacia él–. ¿Me dejas que me acueste con vosotros?

–Bueno –asintió Kurt.

Enseguida Kurt, tumbado y arropado entre sus padres, cerró los ojos con la cara vuelta hacia Mamá. Poco después, Hans notó unos piececitos que se apoyaban en sus piernas y lo empujaban, tratando de expulsarlo de la cama. Poco a poco, los esfuerzos de Kurt fueron debilitándose, hasta que se quedó dormido. Su padre se fue aletargando, dichoso, sintiendo el dulce contacto de aquellos pies sobre la suave tela de su pijama limpio.

Cuando Kurt se levantó y fue a desayunar a la cocina, encontró a Papá afanoso sentado a la mesa, sobre la que había desperdigado los más diversos materiales y herramientas.

–¿Qué haces? –le preguntó.

–Hoy vamos a hacer una marioneta –le dijo–. ¿Quieres ayudarme?

Kurt asintió y se dio toda la prisa que pudo en terminar su desayuno. Mamá había sacado un montón de retales y el costurero, dispuesta a hacerle las ropas al títere.

–Va a ser como Pinocho –le dijo Papá.

Después de considerarlo bien, Hans había determinado que el muñeco tendría menos articulaciones que el que apare-

cía dibujado en el cuento de su hijo. Aunque no se le daban mal las chapuzas caseras, andaba muy lejos de ser un Gepetto.

La obra avanzaba con moderada celeridad. Toda la familia parecía entusiasmada en el trabajo común. Papá serraba un palo de escoba para crear brazos y piernas; Mamá cortaba y cosía unos trozos de tela que servirían de pantalones; Kurt acercaba clavos, cola y cuanto le pedían.

De pronto sonó el timbre de la puerta. Mamá acudió a abrirla. Kurt la siguió. Un muchacho con uniforme y un brazalete del partido preguntó por el cabo Hans Müller. A Mamá se le demudó el rostro. El chico volvió a repetir el nombre de su esposo, quien finalmente apareció en el recibidor.

–Yo soy Hans Müller.

–Un telegrama para usted.

Hans alargó la mano para recoger el papel. No tuvo que abrirlo para conocer un contenido que, con funesto vaticinio, ya se imaginaba.

–Tiene órdenes de reincorporarse a su destino –dijo el joven cartero con tono marcial.

No obstante el mensaje del chaval, Hans desplegó el telegrama para leerlo y cerciorarse. No había ninguna duda en la escueta redacción del texto.

Mamá rompió a llorar.

–Lleva cuatro años en el frente –decía–. ¿Es que no tiene derecho...?

Papá parecía consternado. Mantenía la mirada fija en el documento, como si su vista fuera capaz de borrar las palabras allí escritas.

El mensajero, insensible, le tendió un nuevo papel.

–Firme aquí –dijo–. Es para confirmar que ha recibido el telegrama –para investirse de mayor autoridad, añadió–: Si no se presenta en el tiempo establecido, será considerado desertor.

Hans, maquinalmente, agarró el papel y la pluma que le tendían y garabateó su firma.

Vestido de nuevo con su uniforme gris, con sus altas y pesadas botas de caña, con la mochila de piel de vaca cargada a sus

espaldas, Hans Müller besaba y abrazaba con apasionados amor y temor a su esposa en el umbral de su casa en Stuttgart. Tras romper el abrazo, se agachó para tomar en sus brazos al pequeño Kurt, que sonrió alegre al sentirse elevado. Hans besó a su hijo y lo apretó contra su pecho. Kurt torció el gesto y trató de zafarse del abrazo. Le desagradaba el contacto con la cara curtida de aquel hombre al que debía llamar papá y el renovado olor a desinfectante que emanaba de unas ropas que ya creía desaparecidas.

A Hans le dolía aquello más que la herida que le había procurado el permiso, pero lo comprendía. El niño había crecido solo con su madre. Entendía que le viese como un advenedizo, como un usurpador que le robaba las atenciones de mamá.

No habían pasado juntos ni tres días en aquella ocasión y Kurt era demasiado pequeño para poder apreciar los enormes esfuerzos que su padre hacía por satisfacerle.

Aquel hombre se parecía muy poco al retrato que le había venido pintando de él Mamá durante toda su vida. Es cierto que guardaba cierta semejanza con el hombre retratado en las fotografías, pero tenía color y no se vestía como un futbolista, sino como un soldado. Es verdad que era cariñoso, como le había dicho Mamá, pero lo era en exceso. Todo el rato parecía querer besarle, acariciarle o simplemente mirarle. Las palmas de sus manos parecían hechas de madera, y sus mejillas, de papel de lija. Y, sobre todo, sus ojos, sus labios, sus poros, toda su persona parecía exhalar un tremendo olor a tristeza.

A bordo del tranvía que le llevaba a la estación de ferrocarril, Hans examinó una vez más el telegrama que le había entregado, en el recibidor de su casa y ante los desenfrenados llantos de su esposa, aquel muchacho fanático e insensible, y esperaba encontrar un error en las cuatro palabras que le dirigía el alto mando, en la fecha indicada; pero no lo halló. El mensaje era bien claro: debía presentarse en la estación de ferrocarril aquel mismo día y reincorporarse a su unidad a la mayor brevedad posible.

Intuía que el regreso al frente sería mucho más rápido que el lento viaje que, con paradas en dos hospitales, le había llevado a casa desde Italia. Su tren tendría ahora preferencia, los aliados estarían ansiosos por verle, por clavarle una bayoneta entre las costillas, por acabar con una parte del ejército alemán, la que él representaba y que los mantenía lejos de sus casas.

Hans Müller no se consideraba un hombre inteligente, ni lo había pretendido nunca. Pero hacía ya tiempo que se hacía demasiadas preguntas, que buscaba respuestas a su vida, a las razones por las que la habían destrozado.

Cuando, en 1939, el entrenador pronunció su arenga, Hans no solo corrió a alistarse, sino que animó a todos sus compañeros. Aquel había sido el mayor error de su vida. Se había dejado engañar, había admitido como ciertas todas las mentiras sobre la patria, la guerra y el ejército. No había nada de heroico ni de justo ni de romántico en todo aquello. La guerra no era más que el reinado de la más irracional de las barbaries, y ya no había vuelta atrás. Sin embargo, en los primeros tiempos combatió con valor y hasta con cierto optimismo, por Alemania, por unos ideales que fueron brillantes y que ahora apenas podía vislumbrar en medio de las turbias brumas de su dañada conciencia.

Nada estaba tan lejos del futuro que él siempre había soñado, de lo que él había deseado para sí mismo, para su esposa y su hijo. La guerra le había enseñado a pensar, a rebelarse en su interior, pero en la práctica seguía siendo sumiso, disciplinado. Le gustaría hablar con alguien que supiese de todo aquello. Cuando charlaba con sus compañeros, escuchaba aquello de «todo es una mierda». Alguna vez había tratado de hablar con un oficial. El capitán Grossmann, que tantas veces le había recordado sus éxitos deportivos, le había declarado: «No estamos aquí para pensar». Pero Hans no podía evitarlo, y sospechaba que las preguntas que se hacía no eran ni siquiera apropiadas para mencionar entre sus amigos. ¿Por qué no van al frente los ministros y se separan de sus hijos? ¿Por qué no reconocen que todo fue un error?

Lejos de sentirse feliz por su breve estancia con su esposa y su hijo, Hans se sentía terriblemente angustiado. Había visto

en las revistas que le llegaban al frente fotografías de los muchachos de las Juventudes Hitlerianas cuidando del ganado y las cosechas, pero deberían ser los pastores y los agricultores quienes se ocupasen de esas tareas. ¿Por qué se separaba a los padres de sus hijos, a los pastores de sus rebaños, a los estudiantes de sus profesores?

Cuando, días después, Hans Müller descendió del tren en el centro de Italia, no había logrado resolver ninguna de sus inquietudes, pero el sonido de las bombas le devolvió a su cruda realidad. Su deber era obedecer y no pensar, y no solo su deber para con la patria: también para con su familia, si es que quería volver a verla alguna vez.

Normandía (Francia)

7 de junio de 1944

Sonaban tiros y explosiones de mortero y granadas de mano cuando los vieron llegar. Soldados americanos. La dominación alemana se acababa.

Jean Pierre sintió como si la guerra fuera a terminar en breves momentos. Aunque en sus conversaciones había seguido durante años las operaciones de los soldados americanos, británicos y franceses, hasta que no vio sus uniformes, sus cascos tan distintos de los alemanes en mil detalles que no habría sabido explicar, le parecía que los soldados aliados eran seres irreales, pertenecientes al mundo de la literatura o la fantasía. Ahora, por fin, había visto dos soldados, quizá tres, moviéndose por la calle en dirección a donde él se encontraba.

El día anterior había amanecido con lo que parecía una terrible tormenta. Pero no eran truenos lo que había despertado a toda la comarca, sino una lluvia de mortíferos proyectiles que, desde el mar, barría toda la costa como una tempestad apocalíptica. Antes de que cesase el atronador bombardeo, decenas de aviones rasgaron el cielo sobre el pueblo.

La puerta del dormitorio de Jacques y Jean Pierre se abrió con violencia y bajo el dintel apareció la figura del tío Joseph en pijama, con los cabellos revueltos y visiblemente excitado.

Los dos niños estaban juntos, arrodillados sobre la cama del más pequeño, mirando por la ventana en busca de una respuesta a todo aquel estruendo. Rápidamente se volvieron

hacia el tío Joseph, esperando oír de sus labios la explicación al alboroto.

El rostro del tío parecía querer expresar tantas cosas que resultaba tremendamente difícil interpretar su gesto. La boca abierta y jadeante, los ojos llorosos y brillantes.

–¡Abajo! –dijo–. ¡Al sótano!

Miró a los niños, que se calzaban y le obedecían sin rechistar y sin dejar de interrogarle con sus enormes ojos, insatisfechos con sus palabras. Los siguió con la mirada, hasta que los tuvo a su lado, y entonces dijo:

–Hoy es un día grande para Francia.

Mientras descendían a la planta baja, una explosión hizo estremecerse la casa entera. Desde la escalera vieron cómo caía con estrépito la puerta del comedor y, a través del hueco que había dejado, una silla pasaba volando para estrellarse contra la pared.

El tío Joseph apresuró a los muchachos, y cuando pasaron ante el comedor atisbaron, entre una nube de polvo, que parte de la fachada de la casa había desaparecido.

Ya en el sótano, reunida toda la familia, los niños esperaban que los tíos dieran rienda suelta a su desesperación, a su desconsuelo por la casa arruinada, pero en vez de eso, una nerviosa alegría parecía embriagarlos.

–Ya están aquí –decía la tía Elvire.

–Los aliados, los aliados –repetía el tío Joseph.

Incluso el abuelo, sentado en una desvencijada butaca en un rincón del sótano y sumido en su acostumbrado mutismo, torcía los labios en una mueca sonriente y esperanzada.

Sintonizaron una emisora inglesa en la radio, y la voz de un locutor expresándose en perfecto francés repetía instrucciones constantemente. Debían abandonar sus casas y dirigirse con lo justo a campo abierto, sin formar grupos grandes.

Sin embargo, no se movieron de casa. Las bombas, de aviación o de artillería, seguían cayendo espaciadamente en los alrededores, y el sótano les pareció más seguro que cualquier prado en el campo. Cuando cesaron las explosiones, se aventuraron a salir de la bodega. Se dedicaron con presteza a reunir una muda, unos pocos alimentos y ropa de abrigo para abandonar

el pueblo. Mientras toda la familia se aplicaba a esta tarea, el tío Joseph salió a la calle para indagar entre el vecindario. Regresó al cabo de una hora.

El pobre Joseph no había logrado sacar nada en claro. Se sentó en una banqueta de la cocina y tomó un vaso de agua. Enseguida manifestó que no había acuerdo en el pueblo, que la mayoría de los agricultores y ganaderos habían ido a faenar al campo como cualquier otro día, que algunos proponían la marcha y otros se resistían a abandonar sus hogares. En su propia familia se debatió ahora la cuestión, y tuvo que ser él quien finalmente resolviera permanecer en la casa. Fueron la pereza y la incertidumbre, más que ningún razonamiento, las que le ayudaron a tomar la decisión.

Aquella noche durmieron todos juntos en el sótano. Aunque se oían disparos aquí y allá y explosiones lejanas, los niños se durmieron pronto. Los tíos Joseph y Elvire, tapados con la misma manta, se dieron la mano en silencio.

Apenas había amanecido cuando, mientras la tía Elvire y Margot calentaban leche en la cocina, unos golpes furiosos hicieron saltar el cerrojo de la puerta de la calle. Antes de que les diese tiempo a reaccionar, dos soldados alemanes las apuntaban con sus fusiles. Otros corrían por la casa, abriendo todas las puertas con violencia, y subían las escaleras con celeridad. El tío Joseph, el abuelo y los niños aparecieron en la puerta de la bodega.

–Raus! Raus! –les gritaba un hombre que cubría su uniforme con una amplia camisola de camuflaje.

Desde el piso de arriba llegaban ruidos violentos. Muebles derrumbados y cristales rotos.

El tío Joseph intentó preguntar algo al hombre del camuflaje, pero este le empujó hacia la puerta, sin dejar de repetir con tronante voz la única palabra que parecía conocer.

Enseguida toda la familia se encontró en la calle, bajo una tenue lluvia. La leche hirvió y se desparramó fuera de la cacerola, apagando el fuego del hogar.

Una granada de mortero estalló al principio de la calle. Una segunda lo hizo un par de metros más cerca. Todos corrieron por un pueblo que parecían desconocer. La calle estaba plagada de escombros. Muchas casas se habían transformado en ruinas, y las que aún parecían intactas mantenían todas las puertas y contraventanas cerradas. Soldados alemanes se deslizaban en fila india pegados a las fachadas hasta desaparecer en la casa del cura, por cuyas ventanas y balcones se vislumbraban taimadas armas y ojos avizor.

De repente todos escucharon el potente silbido de un proyectil que caía desde el cielo, y el grupo que formaba la familia se deshizo al escapar en diferentes direcciones. Jean Pierre se quedó absorto esperando el estallido, que no llegó a producirse. De pronto advirtió que el abuelo se aferraba con ambas manos a sus hombros y lo cogía casi en volandas hasta que su tío, desde el otro lado de una valla de piedra, le ayudaba a salvar el obstáculo. Allí estaba también la tía Elvire. El proyectil no había explotado, pero ahora se oían disparos de ametralladora muy cercanos. Entre las detonaciones, Jean Pierre escuchaba la jadeante respiración de su abuelo. El veterano de las trincheras de Verdún era ya incapaz de saltar un cercado de un metro de altura. Lo último que había esperado de la actual guerra era que le llevase de nuevo al campo de batalla. El tío Joseph trató de saltar de nuevo la valla para ayudarle, pero el viejo se lo impidió.

–¡Abuelo! –las voces de Margot y Claude sonaron al otro lado de la calle, veinte metros más adelante.

Jean Pierre asomó la cabeza por encima de la barrera de piedras y vio a sus primos, acurrucados bajo el umbral de una puerta.

–¡Jean Pierre! –Jacques llamó a su hermano desde la acera de enfrente.

Se había colado en el interior de la derruida pescadería y saludaba a su hermano a través del amplio vano que había abierto un obús.

–¡Al suelo! –le gritó Jean Pierre.

Jacques le obedeció, mientras su hermano y sus tíos miraban perplejos al abuelo, que con una mano en la garrota y otra en el pecho, arrastraba sus pies en dirección al refugio que

compartían Margot y Claude, sorteando las balas que corrían a lo largo de la calle en ambos sentidos y que parecían evitarle.

Pasito a pasito, con la mirada fija en sus nietos, el anciano llegó hasta el abrigo que le proporcionaba el modesto portal.

A pesar de las casas derruidas, del pueblo arruinado, Jean Pierre pensó que aquel día la guerra no iba con los franceses, que eran simplemente testigos de la batalla entre alemanes y americanos.

Alguien gritó tres o cuatro palabras en un idioma extranjero distinto del alemán. Era inglés. A Jean Pierre le sonaron a libertad. Inmediatamente, un estruendo de fusiles y ametralladoras llenó la calle y, al espaciarse los disparos, unos pasos presurosos sonaron sobre la calle enlodada. Jean Pierre vio claramente un uniforme marrón y un casco verde, brillante por la lluvia.

Un solitario norteamericano avanzaba como desorientado, como chapoteando en los charcos. Jean Pierre quiso gritarle, advertirle del peligro, pero los alemanes le vieron antes. Una bala silbó para estrellarse en el muro junto al soldado americano, quien inmediatamente se echó cuerpo a tierra, ocultándose tras el letrero derribado de la pescadería. Al fondo, entre el humo y la fina lluvia, se percibían otros uniformes iguales moviéndose entre los edificios devastados. El fuego volvió a cruzarse a lo largo de la calle. El que surgía del lado americano parecía mucho más potente.

En su imaginación, Jacques había visto mil veces a los soldados aliados llegando hasta su pueblo. Los había visto marchando en formación cerrada, con las banderas desplegadas ondeando al viento de un día soleado, subidos en tanques plateados, pisoteando a los alemanes, que se rendían en masa. Lo que tenía ahora ante sus ojos no era un ejército glorioso. Era simplemente un ejército.

Un cohete partió como un rayo desde el lado americano, estrellándose con furia en la casa del cura, que los alemanes habían convertido en bastión, de donde surgieron terribles gritos y humildes palabras en un preventivo y poco practicado inglés.

–No disparen. Nos rendimos.

Unos pocos soldados alemanes salieron por la puerta, con los brazos en alto y desarmados.

Jacques entendió que era el fin de la ocupación, el fin de la guerra.

–¡Hurra! –gritó abandonando su escondite–. ¡Viva...

No se pudo saber a quién iba dirigido el vítor. Una nueva ráfaga de subfusil se disparó guiada por el sonido, por el movimiento, por el miedo.

Jean Pierre había visto a Jacques salir de su escondrijo. Había oído los disparos, que le hicieron agachar instintivamente la cabeza. Al volver a alzarla, Jacques ya no estaba allí. Se habría vuelto a esconder. Por la mente de Jean Pierre cruzó veloz la idea de que Jacques quizá estuviese herido, puede que... No se permitió seguir pensando.

Saltó con agilidad el cercado de piedras y corrió temeraria y alocadamente, cruzando la calle hasta la derruida pescadería donde se había refugiado su hermano. Sonaron unas voces en francés, órdenes en inglés. Ya no se escuchaba alemán. Mientras Jean Pierre corría, vio a varios soldados americanos correr en dirección contraria. Un soldado había abandonado su escondite tras el cartel de la pescadería y saltó entre los escombros, con el cañón del subfusil humeante y la expresión desencajada. Aquel fue el primer rostro aliado que vio Jean Pierre. El soldado y el muchacho llegaron al mismo tiempo a su destino, una acumulación de cascotes sobre la que yacía el cuerpo de Jacques, inmóvil. Su boca abierta, su piel pálida y mojada, como empapada en sudor de fiebre. Así le pareció a Jean Pierre, que se abalanzó sobre el frágil cuerpecillo. No reconocía a su hermano en sus nueve años, sino que lo veía con cinco, los que tenía cuando empezó la guerra, cuando realizaron su viaje de exilio a Normandía. Los rizos alborotados sobre su frente. Está enfermo, se dijo Jean Pierre. Está malito, se repitió mientras pasaba sus brazos alrededor del frío torso e intentaba incorporarlo. Los

ojos azules abiertos, opacos. El cordón de un zapato desanudado. Unas grandes botas cubiertas con polainas de lona. El soldado americano, acuclillado, con la culata de su arma apoyada en el suelo, gemía desesperado por su primera acción de guerra. El chaquetón azul de Jacques, con dos agujeros rojos en el costado.

–Jacques, por favor –dijo su hermano–, por favor, por favor.

A Jean Pierre no le surgían otras palabras, y esas se le fueron hundiendo en la garganta, por donde ascendía un dolor punzante como nunca hasta entonces había sentido, y notaba cómo sus ojos se inflamaban, le ardían sin que las lágrimas llegasen a traspasar sus pestañas. Quiso gritar, pero la voz pareció morir en sus entrañas.

Entre sus brazos, Jacques, el cuerpo de Jacques. Jacques ya no existía. Un pequeño cuerpo de corta vida, una corta vida llena de guerra. En la cara, una expresión imposible en un vivo. Unos ojos sin mirada, una boca sin aliento.

Frente a él, el americano comparecía derrumbado, balbucía en su idioma fórmulas de perdón, de contrición. Jean Pierre no tenía ojos para él, no podía mirarle, no quería verle, no quería ver, no quería vivir.

Voces imperativas en inglés y recios pasos sobre los charcos. Maldiciones. Botas pisando los escombros, a pocos pasos de Jean Pierre. Blasfemias anglosajonas. Botas y polainas detenidas en torno a los hermanos y el soldado. Preguntas que no esperan respuesta, órdenes tajantes. Sonidos de metal. Fusiles, cargadores, cantimploras, pistolas, bayonetas, granadas.

El soldado americano intenta descargar su alma. El oficial no se lo permite, blasfema y ordena. Se marcha de allí, seguido por sus hombres. Un compañero ayuda a incorporarse al primer liberador que vio Jean Pierre. Se aleja, volviendo de cuando en cuando su apesadumbrada mirada. Un camarada insiste en que no es culpable, que esas cosas pasan, que así es la guerra.

Suenan más disparos en la lejanía.

El soldado que acaba de matar a un niño gira una vez más la cabeza, desesperado, en busca de su víctima resucitada, pero un tropezón le hace volverse. Sus ojos nunca volverán a ver

al niño. Sin embargo, la visión del pequeño cuerpo de nueve años muerto irremediablemente no le abandonará en lo que le quede de vida, quizá sesenta años, quizá sesenta minutos.

En el joven soldado se habían desvanecido violentamente los sueños de gloria que pudo albergar el día que se alistó en su lejana tierra, las ocasiones en que se había imaginado regresando triunfal a casa, como el heroico veterano de un ejército libertador. Ahora pensaba que si alguna vez volvía, lo haría como un asesino. De nada le servían las palabras de consuelo de sus superiores y camaradas. Puede que, ya en su país, les confesase a sus padres o a su futura esposa aquella terrible experiencia. Puede que la guardase en silencio y en secreto entre las debilitadas paredes de su corazón, pero lo cierto es que por muchas y muy buenas acciones que realizara en adelante, su alma nunca podría deshacerse de aquel funesto acontecimiento.

En la batalla, rara vez tiene el soldado la ocasión de saber si ha acertado el blanco. Rara vez puede contemplar los efectos de sus disparos. Este privilegio no le fue concedido a Ralph Chandler, de Maysville, Kentucky. Apenas se disiparon en el aire húmedo el humo de la pólvora y el sonido de los disparos, Ralph pudo ver el cuerpo de su víctima. No era un soldado alemán fuerte y armado. No era un sanguinario nazi.

Varias personas se acercaron a Jean Pierre y rodearon el cuerpo de Jacques. Uno de ellos, Georges, el carbonero, tomó al pequeño Jacques en sus brazos y, sorteando los escombros, se dirigió hacia la casa de los tíos. Los demás lo siguieron acompañando a Jean Pierre. Lo abrazaban en silencio o quizá le dijesen palabras de imposible consuelo, pero él no oía, no percibía sensaciones desde el exterior.

De camino a casa, cada vez se veían más soldados americanos. Los disparos y las explosiones habían cesado y los paisanos salían de sus casas y regresaban de los prados para saludar y dar la bienvenida a los aliados. Los rostros, especialmente los más jóvenes, estaban alegres, radiantes.

Había llegado la liberación. Como prueba palpable de ello, nueve o diez soldados alemanes pasaron por la calle, custodiados por los estadounidenses. Había desaparecido en ellos toda la soberbia. Iban desarmados, solo uno de ellos conservaba el casco sobre la cabeza. Caminaban aturdidos y desorientados, como si se les hubiese desplazado de repente a un lugar desconocido. De golpe habían dejado de estar en un país ocupado. La gente los seguía y los insultaba, les arrojaba piedras. Ellos, con las manos en alto y pasos torpes, miraban a su alrededor, y en sus ojos, antes altivos, solo quedaban incertidumbre y miedo.

Muchos que un día antes se habían apartado a su paso, que se habían escondido de los alemanes durante cuatro años, se mostraban ahora envalentonados y, vilmente, se acercaban hasta ellos para propinarles un manotazo o un puntapié. Ahora los civiles franceses se comportaban con la misma cobardía que había distinguido a los arrogantes soldados alemanes, escudados en sus uniformes, sus armas y su victoria. Entre los que en aquel momento habían optado por dar rienda suelta a los instintos de venganza se encontraba Etienne, que varias veces se acercó al grupo de prisioneros titubeando indeciso y, seguro por fin de la protección de los soldados americanos, se llegó a uno de los vencidos y le dio una patada. Durante años presumiría de su hazaña, de haber golpeado a un soldado alemán, pero lo cierto es que, aunque seguía siendo un alemán, ya no era soldado, solo un prisionero que no podía hacer daño, ni siquiera defenderse.

Entre aquel reducido grupo de vencidos, uno tuvo lugar en su atribulado corazón para condolerse del cortejo fúnebre que se cruzó con ellos. Entre las armas que lo custodiaban y tras la gente que lo insultaba, el joven soldado Gunther, que había soñado con ser maestro, vio a Jean Pierre y también a Jacques con los brazos inertes balanceándose al compás de los pasos de su portador, y sintió como nunca la guerra. En aquella triste imagen, que sin duda se había repetido millones de veces en los últimos años, desde las heladas estepas de Rusia hasta los ardientes desiertos del norte de África, se concretaban los supremos e incontestables designios de quienes los habían empu-

jado a la guerra. Aquel era el producto de todas las campañas victoriosas. Para que exista la victoria es preciso que se produzca la derrota.

Un soldado americano golpeó con su fusil las costillas de Gunther, y este siguió su cansado paso sin dejar de mirar al silencioso y lúgubre séquito de aquel niño al que le gustaría haber enseñado a leer y escribir.

Un salivajo en la cara le hizo volver la mirada, para encontrarse con el rostro de una mujer que lo insultaba en francés. Avergonzado, pensó en defenderse, en alegar su inocencia, pero consideró que aunque él nunca hubiese albergado malos sentimientos hacia la población francesa, no había disculpa posible. Él era una pieza de esa monstruosa máquina que conocemos con el nombre de guerra.

Tumbaron a Jacques sobre la cama de matrimonio de los tíos. Le cerraron los ojos para siempre. Unos ojos que nunca verían el fin de la guerra. El primo Claude acompañó a Jean Pierre a la habitación que durante cuatro años, lejos de su verdadero hogar, había compartido con su hermano. Jean Pierre se arrodilló ante la cama y juntó sus manos en el gesto de oración que había repetido, noche tras noche, con Jacques. Durante más de mil noches habían rogado a Dios por el alma de su madre, por el regreso de su padre, por el fin de la guerra. Rezaban con los ojos dirigidos hacia una imagen de yeso del Niño Jesús que, desde su capillita de madera, miraba hacia un cielo en el que Jacques y Jean Pierre solo habían vislumbrado bombarderos.

Jean Pierre miró la estatua, y estaba a punto de pedirle a Dios que salvase el alma de su hermanito cuando se sorprendió rogando que le devolviese la vida. Se lo exigió y, mientras lo hacía, supo que Dios no era capaz de hacer tales cosas, ni de cuidar a su madre, ni de devolverle a su padre, que seguramente llevaría cuatro años muerto. Solo él había sobrevivido a la guerra. Jean Pierre le hubiese suplicado al Niño Jesús que le llevase con Él, con su familia, pero se vio desprovisto de fuerza y de imaginación para hablar con un trozo de yeso modelado y pintado.

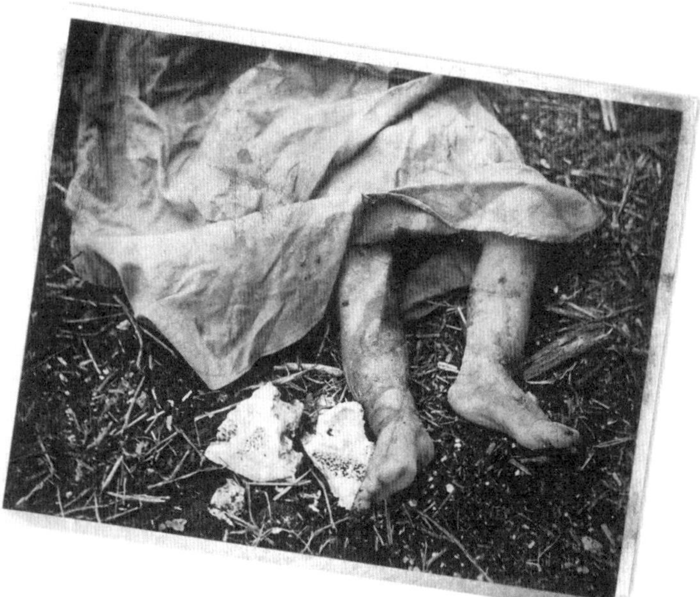

Bielorrusia

JULIO DE 1944

Esta es la biografía completa de un ser humano, de una jovencísima mujer soviética, por razones de sexo y geografía política.

Sus padres pertenecían a familias con recio arraigo en la comarca y vivían en una pequeña isba que, junto con siete u ocho construcciones prácticamente idénticas, constituía una aldea diminuta perdida en medio de la inmensa llanura, lejos de cualquier sitio, atravesada por un camino que conducía por cada uno de sus extremos a sendas poblaciones, consideradas importantes por los aldeanos, pero cuyos nombres eran absolutamente desconocidos para los habitantes de las grandes ciudades.

En la remota aldea se habían vivido las transformaciones violentas del país con cierta indiferencia, de suerte que, con los viejos zares o con la triunfante revolución comunista dirigiendo sus destinos desde Moscú, ellos habían sabido mantenerse fieles a su tradicional pobreza. Pero esa miseria que los rodeaba les hacía valorar cabalmente los bienes que poseían, entre los que destacaban como principales tesoros la vida y los escasos momentos de felicidad que aquella les proporcionaba.

Nuestra heroína nació exactamente el nueve de octubre de 1943, a las tres horas y catorce minutos de la mañana, sin la asistencia de médicos ni comadronas, simplemente con la ayuda de las expertas manos de su abuela y una vecina. Aunque el parto fue largo, no resultó traumático para la recién llegada, que sin

embargo lloró con enérgica voz al sentir el brusco descenso de temperatura cuando abandonó el útero materno y pasó, entre los brazos de su abuela, a moverse por la gélida isba familiar, iluminada además con la deslumbrante luz de un quinqué. Afortunadamente, una vez que la hubieron limpiado y abrigado, la colocaron junto a los latidos reconfortantes y familiares del corazón de su madre.

La llamaron Yekaterina, aunque con más frecuencia usaron con ella el diminutivo de Katyusha, y a las pocas horas de nacer, cuando el sol ya entraba por las ventanas, fue inscrita en el cuaderno de registro de la autoridad local como Yekaterina Valerievna Sokolova, hija de Valeri Illich Sokolov y de Irina Kirilovna Sokolova.

Pasaron los días y, con ellos, las semanas y hasta los meses. Aunque la comida escaseaba y una indigestión era la mayor de las fantasías en la casa de las Sokolova, Katyusha contaba con una madre sana y a su pecho nutriente se aferraba cada vez que podía.

Cronistas poco observadores podrían decir que Katyusha no hacía nada, pero eso quedaría muy lejos de la realidad. Cuando cumplió cinco meses había doblado su peso, y pasaba los días enteros explorando su pequeño cuerpo hasta dar con la parte más periférica, los redondeados pies, que trataba de llevar hasta su boca con verdaderas ansias de descubrir a qué sabían.

Con la llegada de la primavera se le reveló también el mundo que había al otro lado de los tabiques de madera de la isba, la naturaleza. Fuera de las cuatro paredes, el suelo dejó de ser blanco y empezó a volverse verde y salpicado de innumerables motas de colores.

Cuando empezó el verano había descubierto que existían algunas cosas que nunca veía, pero que siempre estaban detrás de sus ojos. Y allí donde no alcanzaba con su vista, era capaz de llegar con las manos, así que todos los días se aseguraba de que las blanditas orejas y el suave cabello estuviesen donde tenían que estar. También era capaz de arrancar a su madre unas risas encantadoras que llenaban la habitación con un sonido meló-

dico y cristalino. La gigantesca mamá, de no haber tenido tantas tareas, se habría pasado el día entero riéndose con su muñequita, como a veces la llamaba.

También estaban la abuela y el abuelo, con su cara áspera y arrugada. Por supuesto tuvo padre, pero nunca lo conoció, porque unos días antes de que se le pudiera honrar con ese título, se fue del mundo que le esperaba a su hijita, ejecutado o asesinado, según la versión, por un grupo de partisanos que le acusaron de colaboracionismo con el invasor. En el tiempo en que vivió Katyusha, la presunción de culpabilidad era suficiente para merecer un tiro en la nuca o una soga alrededor del cuello, o las dos cosas juntas si se disponía de tiempo y material.

A pesar de la falta de ocasiones, Katyusha había aprendido a reír y estaba aprendiendo a decir «mamá» cuando, una tarde, esta la arrancó de su plácida siesta y la apretó gritando contra su mullido pecho.

Mamá gritaba y hablaba muy deprisa, sin que Katyusha pudiera entender nada, pero no le gustaba. Nunca había oído a mamá hablar así. Enfrente de ellas habían aparecido unos soldados alemanes, pero ella no sabía que eran ni una cosa ni otra. Ni siquiera sospechaba que existiesen los enemigos, pero sí intuyó que aquellos seres no podían traer nada bueno.

Comenzó a llorar y procuró hacerlo más alto que su madre. Los otros también gritaban y decían «vodka, vodka». En otra situación, Katyusha los habría escuchado atentamente, como cuando mamá le repetía «ma-má, ma-má», y se habría esforzado por repetir esa palabra, pero estaba demasiado asustada.

De repente, uno de los monstruos trató de agarrarla, pero su mamá no lo permitió, y eso que solía dejar que otras personas la sostuvieran en brazos. Un soldado golpeó a su madre con la boca del fusil y la hizo caer al suelo retorciéndose de dolor, aunque antes de chocar con el entarimado rodeó a la pequeña Katyusha con sus brazos, sin poder evitar que el golpe repercutiera en su pequeño cuerpo. Katyusha no conocía los golpes y no le gustó nada aquella sacudida violenta. Inmediatamente vio que un soldado pisaba la cara de su madre y sintió que otro la agarraba a ella por los pies y la alzaba boca abajo. Gritó como nunca lo había hecho hasta entonces.

Ante los ojos desorbitados de Irina Ivanovna, el soldado estrelló la cabeza de su bebé contra la pared de la isba. Muchos soldados alemanes tuvieron ocasión de incluir este arriesgado sistema de combate en su heroica hoja de servicios.

De esa manera, Yekaterina, Katyusha, abandonó este mundo. Podría pensarse que, tras casi diez meses en él, no había valido la pena conocerlo.

Compartió honras fúnebres con su madre y el resto del vecindario, compuesto en su mayoría por ancianos, niños y mujeres, que recibieron en sus cuerpos las salvas de fusiles, ametralladoras y pistolas y ardieron con sus casas embalsamados en gasolina.

No quedó nadie que pudiera contar que alguna vez Yekaterina Valerievna Sokolova había existido. Solo quienes le dieron muerte vivieron, pero abandonaron el ya yermo pueblo con insano alboroto, sin huir, llenos de alcohol y exultante demencia, vacíos de remordimientos, sin haberse molestado en conocer siquiera el nombre de la población que hicieron desaparecer.

Frente del Senio (Italia)

24 de diciembre de 1944

Un número considerable de soldados alemanes se había acomodado en la granja, donde una amplia aunque mutilada familia trataba de sobrevivir a los tiempos difíciles con la esperanza de lograr rehacer sus vidas en la paz. La guerra venía durando mucho tiempo, pero no había sido hasta el día anterior cuando sintieron lo más íntimo de su patria, su propio hogar, ocupado y amenazado por el invasor.

Aquellos soldados no parecían albergar malas intenciones para con ellos, pero nunca se podía saber. Hablaban una lengua extranjera, estaban armados y se hallaban en pie de guerra contra los suyos.

El tamaño de la casa, antes espacioso para los padres, los abuelos y los cinco niños, parecía haberse reducido hasta convertirse en un recinto angosto, donde en cada rincón se agolpaban los hombres, grandes y corpulentos, que parecían moverse con dificultad entre las ahora estrechas habitaciones, chocando con los muebles y derribando con torpeza los enseres domésticos.

Si los propietarios de la hacienda no estaban precisamente cómodos con sus huéspedes, los soldados alemanes tampoco derrochaban alegría. Algunos de ellos estaban heridos, aunque no de gravedad, y todos parecían cansados. El día anterior habían sido relevados de la primera línea y deberían sentirse felices por pasar la nochebuena, si no lejos, al menos sí apartados de los nidos de ametralladoras.

Quizá a menos de un par de kilómetros, otros soldados compartían las casas de los vecinos, y aunque estos tampoco estuviesen muy felices acomodando a soldados ingleses, indios y neozelandeses, no se sentían amenazados por ellos y los recibían como a liberadores.

Hans había realizado una insignificante colecta entre sus camaradas: chocolate y caramelos de limón de los que constituían sus raciones de campaña.

–Para los niños –le habían dicho a la madre, que en un principio se negó a aceptar la ofrenda.

Tuvieron que insistir, hasta suplicar con unas escasas palabras de un mal aprendido italiano.

–Por Navidad.

La cena de nochebuena resultó alegre y abundante. La familia aceptó finalmente la invitación de la tropa invasora y compartieron con ella la cena especial que les habían traído desde las cocinas del regimiento, especialmente las botellas de vermut.

Se cantaron canciones de Navidad, viejos villancicos que traían inevitablemente los recuerdos de la infancia, del hogar, de la paz. Cantar en grupo era infinitamente mejor que hablar y, desde luego, que reflexionar.

Uno de los más jóvenes soldados, prácticamente un niño, de bonita voz, entonó una canción melodiosa, que quizá gustó a la familia italiana, pero que no fue bien aceptada por los alemanes. No en aquella ocasión. No era un villancico, sino una de las muchas canciones del partido. Nadie la coreó. El muchacho acabó por ahogar su voz, avergonzado sin saber por qué. Cuando el joven calló, se llevó un vaso a los labios para evitar el ruidoso silencio que se había formado a su alrededor. La familia italiana dirigía sus miradas interrogantes de uno a otro. Por fin, otro soldado alzó su voz ronca para interpretar con poco arte un cántico navideño tradicional, y enseguida otras voces se fueron sumando hasta formar un coro, que en esa ocasión podría considerarse melodioso.

El veterano cabo Hans Müller no había podido o no había querido sustraerse a la melancolía del silencio y se había levantado de la mesa para dirigirse a un rincón.

Aislado entre la multitud, sacó de su billetera las fotografías de su esposa y de su hijo, quien había cumplido ya cuatro años, mil cuatrocientos sesenta días de vida, de los que Hans solo había compartido once, repartidos en dos permisos. «El pequeño Kurt ya anda», «El pequeño Kurt ya habla», eran las noticias que con emoción había ido recibiendo en las cartas de su esposa, pero entre el vocabulario del niño, la palabra «papá» sonaba vacía de significado. «Papá» no era una persona, sino una fotografía enmarcada en el dormitorio de su madre y el recuerdo, quizá nebuloso, de un soldado que pasó tres días en casa, hacía ya casi un año.

Hans Müller pensaba en sus sueños incumplidos, como dormir al niño en sus brazos, pasearle en su cochecito, llevarle sobre sus hombros... Un tesoro que ya había perdido sin remedio, y se preguntaba si le sería otorgado cumplir alguno de los que aún se permitía imaginar, como llevarle al colegio, enseñarle a jugar al fútbol, verle abrir los regalos de Navidad...

Un brindis sacó a Hans de sus pensamientos. «Friede» para los soldados, «pace» para los paisanos. Dos palabras y la misma idea: paz, y la felicidad que nacería de ella.

Hans esbozó una hueca sonrisa y bebió un sorbo tras chocar su vaso con los de los que le quedaron más cerca, antes de volver a sus mudos pensamientos.

Meditabundo, bebió de un trago el resto del vermut, se excusó con unas palabras amables que nadie pareció escuchar y abandonó la casa. A sus veintiséis años se sentía viejo, derrotado.

El campo estaba cubierto por una delgada capa de nieve, inmaculada y algodonosa. Un escenario perfecto para la Navidad, la sexta que la guerra le había robado al pobre futbolista que había fantaseado con defender a Alemania con un balón en los pies en vez de hacerlo con un fusil en las manos; al infeliz muchacho que había soñado con ser admirado por los niños y las chicas, en vez de temido y odiado; al desafortunado hombre que había ansiado vivir al lado de su mujer, su hijo y sus amigos, y no con soldados, sargentos y campesinos atemorizados; al desgraciado y patético ser que había deseado vivir un tiempo de paz y no uno de guerra.

No hacía frío, o al menos Hans no lo tenía. Solo sentía la necesidad cada vez más apremiante de volver a casa, de la que apenas le separaban quinientos kilómetros viajando hacia el norte.

Mientras orinaba, el viento le trajo el eco lejano de las campanas de una iglesia, desde más allá de las líneas enemigas. Pensó, quizá no muy acertadamente, que la paz se extendía y reinaba por aquellos territorios de los que el ejército del que formaba parte iba retirándose lenta pero inexorablemente, semana tras semana. Avanzó unos pasos en aquella dirección, adentrándose entre los arbustos nevados, y el tañido fue disgregándose bajo la capa de nubes. Tras un momento de absoluto silencio, el aire volvió a cargarse de notas musicales. Lo primero que distinguió Hans fue el instrumento: una gaita, una gaita escocesa. Aguzó el oído y la música se fue haciendo más evidente, hasta que pudo reconocer sus notas: *Noche de paz*. Entonces supo que aquel gaitero sentía las mismas inquietudes y añoranzas que él. La letra del villancico surgió en su cerebro, deslizándose en una voz infantil, quizá la suya propia, quizá la de ese otro ser que llevaba su misma sangre y a quien nunca había oído cantar.

Cuando cesó la música, había tomado una decisión que hacía tiempo meditaba. Tal vez el camino a casa no estaba al norte. No podría volver a casa mientras empuñara un arma. Palpó los bolsillos de su abrigo y su guerrera y encontró en ellos todo cuanto precisaba.

Echó a andar por el abrupto paisaje en dirección al sur, hacia el valle, de donde habían provenido los sonidos de las campanas y la gaita. La luna creciente se había abierto camino entre los jirones de nubes y la nieve aumentaba su claridad. Eso le ayudó a distinguir al centinela que, hundido en un mísero pozo de francotirador, apareció ante él.

–Voy a pasar –dijo Hans.

–Por aquí no –replicó el soldado.

La voz del veterano sonó con determinación. No deseaba problemas y no dudaría en dispararle por la espalda si se atrevía a desertar delante de sus narices.

–Buscaré otro camino –declaró entonces Hans.

A Burke Bercher le hubiese gustado escupir al cobarde cabo que le hablaba. Debería apuntarle con su arma y llamar al suboficial. Meses atrás, le habría aplastado la cara con la culata de su fusil, pero en los últimos días había notado cómo flaqueaba su entusiasmo. A él también le encantaría volver a casa.

–Más allá de esas rocas no podré verte –le dijo al cabo.

Hans Müller miró el lugar que le indicaba el soldado con su mano enguantada.

–Gracias –masculló mientras se ponía en marcha.

Hans bordeó el montón de nieve que cubría las rocas y prosiguió su camino, descendiendo ahora una pendiente abrupta pero corta, donde la nieve se espesaba y dificultaba sus pasos, hasta llegar a un estrecho y oscuro regato por el que discurría un disminuido caudal. Trató de salvarlo de una zancada, pero su pierna resbaló en la nieve y acabó por hundir el pie en las frías aguas.

–Ojalá te maten, cabrón –musitó Burke Bercher desde su trinchera, aunque en el fondo de su corazón deseaba que el desertor se salvase.

El propio Hans se asustó por el ruido que había provocado involuntariamente.

Inmediatamente, unas rudas palabras en inglés le clavaron al suelo. Respiró hondo y una nube de vaho escapó de sus pulmones, mientras se erguía y se llevaba la mano al bolsillo del abrigo.

Patrick Woods, tabernero de Belfast, estaba adormilado en su puesto cuando un ruido le hizo afanarse en la guardia. Una silueta se acercaba lentamente. Súbitamente desapareció el sopor que venía fastidiándolo.

–¡Alto! –gritó–. ¿Quién vive?

Por encima de la mira de su fusil, Patrick descubrió al soldado alemán, que se había quedado parado sin ocultarse. El miedo se disparó en su corazón. Sus manos temblaban. Apoyó el fusil

en los sacos terreros y, mientras su dedo se afianzaba sobre el gatillo, volvió a gritar.

–¡Alto! ¡Arriba las manos!

Hans Müller creyó entender esta última frase y alzó su mano izquierda, mientras la derecha se hundía tras la solapa de su abrigo y volvía a emerger con un objeto brillante.

El centinela británico no pudo aguantar más y presionó el gatillo, que se deslizó hasta el final de su recorrido sin producir ninguna detonación.

Mientras tanto, Hans se había precipitado en un alocado discurso para rogar que no le disparasen, para manifestar que iba desarmado, para declarar su rendición. Pero solo eran palabras atropelladas en un alemán absolutamente incomprensible para el irlandés.

–Sálvalo, Dios mío –dijo para sus adentros Burke Bercher mientras apuntaba su fusil hacia el puesto enemigo, sin lograr localizar la cabeza del inglés.

En su incongruente charla, Hans acabó por desear a su enemigo una feliz Navidad, pero desconocía cómo se podía decir eso en inglés. Finalmente lo dijo en italiano:

–Buon Natale!

Patrick estaba demasiado asustado para escucharle. Mientras maldecía su ineptitud y el vino que había tomado en el cuerpo de guardia, accionó el cerrojo de su arma y una bala se instaló en la recámara. Volvió a apuntar al alemán, que en ese momento se acercaba a los labios el instrumento plateado. El alza y la mira del fusil coincidieron en el pecho del soldado enemigo y de nuevo el dedo índice de Patrick tocó el gatillo. De pronto, unas notas musicales surgieron un poco más arriba de donde Patrick hacía puntería.

No con demasiado acierto, el soldado alemán interpretaba la misma melodía que minutos antes sonaba en una gaita a las espaldas de Patrick: *Noche de paz.*

Patrick intuyó que en ese momento era más lo que le unía a ese hombre que lo que le separaba. Relajó la presión de su dedo y a grandes voces llamó al sargento.

Alemania

FEBRERO DE 1945

El sueño de Blake Clement-Moore solo se había cumplido a medias. Había logrado acceder al rango de piloto de la RAF, pero no había sido destinado al mando de caza, como él hubiera deseado, sino al de bombarderos. Sentado a los mandos de un Avro Lancaster de cuatro motores, no se sentía como un caballero de reluciente armadura, aunque quizá ya con veinte años no pudiese verse como un caballero andante ni siquiera a lomos de un corcel. La guerra se había alargado mucho, demasiado, incluso para él, que recordaba cómo durante la batalla de Inglaterra había deseado que perdurase hasta que le permitieran alistarse en la aviación. Pero Blake ya no era ningún niño y ahora desearía no haber conocido nunca la guerra. En algunas ocasiones se preguntaba cómo habría sido su adolescencia en tiempos de paz. Tal vez hubiese soñado con ser marino o explorador. Nunca lo sabría. A pesar de sus anhelos de verse convertido en un héroe, de ser útil a la patria, Blake tenía la absoluta certeza de que la paz habría sido infinitamente mejor.

Sin la irrupción de la guerra, su padre seguiría siendo el altivo y distante aspirante a lord que había sido siempre; nunca habría visto llorar a su madre; su hermana habría mantenido su sonrisa desenfadada y burlona con que la recordaba antes de la guerra y, sobre todo, su hermano estaría vivo.

Neville había caído. Su avión se estrelló en la campiña de Kent y aquella vez no tuvo tiempo para saltar. Nunca llegó a ser

abuelo, ni siquiera padre. Nunca pudieron cumplirse sus fantasías de relatar a sus nietos su baño en el canal de la Mancha.

La carta oficial que recibieron sus padres decía que había muerto en el acto, alcanzado por las balas de un avión alemán. Las dudas asaltaron a Blake desde el instante en que leyó la misiva. ¿Sería verdad? ¿No dirían los oficiales siempre lo mismo? ¿Y si había muerto abrasado en el interior de la carlinga? Aquello era lo que más temía Neville. Verse prisionero en su propio aparato, quizá herido de gravedad, respirando los humos y gases de la combustión, sintiendo que las ropas y la piel arden sin que se pueda hacer nada para apagarlas, para huir. Enloquecer de dolor y desear tan solo que el sufrimiento acabe pronto, que el avión se estrelle cuanto antes y contra una superficie bien dura, que explote y se desintegre.

Cuando por fin llegó la noche del largo día en que recibieron la noticia, Blake se acercó a su hermana Edna y le confesó sus temores. Ella trató de consolarlo, pero él insistió.

–Asegúrame que no ha muerto calcinado –le exigió.

Edna, que durante todo el día había mantenido las lágrimas asomadas a los ojos, le abrazó y le acarició el cabello, mientras él notaba que se lo humedecía con el llanto que por fin salía a raudales. Edna le musitó algunas palabras al oído, pero la mayoría de ellas se fragmentaban antes de huir de sus labios. Si bien Blake no entendió las palabras de su hermana, sí que creyó oír una voz que parecía surgir de su interior y que le decía que ya no era ningún niño, que los adultos no podían conducirle ya a un mundo de fantasía en el que habitaban Peter Pan y Santa Claus, ni a ninguno otro donde la verdad se dulcificara y no existiese la duda.

Habían transcurrido tres largos años desde la muerte de Neville, con sus veranos y sus inviernos, con sus penas y sus alegrías, con sus derrotas y sus victorias, con sus nacimientos y sus defunciones, si bien estas eran mucho más numerosas. En ese tiempo, todos los miembros de la familia Clement-Moore parecían haberse transformado. Todos menos Blake, quien, quizá obcecado, había persistido en su vocación.

La guerra había durado lo suficiente como para ver cumplido su sueño de adolescente. Había tenido que esperar cinco años, pero por fin, aquella noche de invierno de 1945, Blake recibiría su bautismo de fuego.

En las semanas anteriores había llegado a poner en tela de juicio que fuese a entrar alguna vez en combate.

Alemania estaba derrotada. No se trataba de ninguna ilusión; solo la megalomanía paranoica de Hitler mantenía en lucha a la población germana.

Quizá con la intención de hacer desistir al Führer en su fanática resistencia, se había enviado aquella flota de quinientos veintinueve bombarderos, cargado cada uno de ellos con más de cinco toneladas de ruina y muerte, y que no constituía sino la segunda oleada de bombardeo sobre el objetivo marcado: la ciudad de Dresde, en el este de Alemania.

Blake recordó a Neville y a tantos seres queridos muertos en los cinco años anteriores y sintió que había llegado la hora de la venganza, de su venganza personal. Ciertamente, habría preferido pilotar un avión de caza y derribar con él alguno de los aviones alemanes que habían estado sembrando la destrucción en Inglaterra.

–Tres minutos para el objetivo –el ingeniero de vuelo sacó a Blake de sus pensamientos.

Blake consultó el reloj. Era la una y veintiún minutos de la madrugada del catorce de febrero. No era difícil encontrar el blanco. Un pavoroso incendio consumía el centro de la población. Aquello no era una ciudad. Era un infierno. Las llamas sobrepasaban los tejados, las cúpulas y las torres más altas. No eran solo los edificios los que ardían. Era el propio aire.

A las tripulaciones de los bombarderos les habían dicho que Dresde era un nudo ferroviario de primer orden y la sede de una importante industria de guerra, pero cuando Blake sobrevoló la ciudad, el objetivo, desconfió de la información. Las fábricas no solían estar instaladas en el centro de las ciudades y, por otro lado, sospechó que en Alemania no quedaban ya

industrias que supusieran un peligro tan grande. Consideró que nada merecía un castigo tan brutal.

Desde aquella altura no se distinguía entre los incendios a ninguna figura, ni parecía tampoco que pudiese haber vida en semejante horno, pero la había. Bomberos y equipos de rescate que habían llegado desde otras ciudades cercanas se esforzaban por salvar a quienes encontrasen con vida, cuando la segunda oleada desencadenó sobre la ciudad la tormenta de fuego.

Blake estaba recordando que la ciudad que en aquel momento él y sus compatriotas reducían a cenizas era donde Schiller había compuesto la *Oda a la Alegría,* a la que Beethoven dotó de partitura musical, cuando, de repente, el avión entero se estremeció con una violenta sacudida.

–¡Nos han dado! –gritó el ingeniero de vuelo.

El ala derecha había sido alcanzada. Un enorme boquete se abría entre los dos motores, dejando afiladas aristas de chapa que apuntaban hacia tierra.

Blake viró hacia el este, intentando mantener la velocidad y evitando con esfuerzo a los otros aparatos y las bombas que soltaban, pero el avión perdía potencia y descendía inexorablemente mientras dejaba atrás el infierno de Dresde. Uno de los motores del ala derecha se había parado y el segundo comenzaba a fallar. El avión soltó su carga al otro lado del Elba y las bombas incendiarias arrasaron el campo como mil caballos de Atila.

Veinte minutos después, el Lancaster apenas se aguantaba en el aire y Blake descubrió lo que parecía una pradera, suficientemente extensa y llana como para intentar un aterrizaje. Con grandes esfuerzos, logró dirigir el pesado bombardero hacia allí y tomó tierra sin demasiadas dificultades. El avión ya se había afianzado en el suelo, rodando a gran velocidad sobre el campo sembrado, cuando Blake distinguió a pocos metros por delante del morro una zanja llena de agua, un canal de riego. Solo pudo rezar para que no fuese muy profundo. Dios no le escuchó. El tren de aterrizaje se hundió en el agua y chocó con violencia cuando volvió a encontrar tierra. El piloto ya nada pudo hacer. La aeronave se inclinó bruscamente hacia delante

e hincó su morro en el suelo. La torreta de plexiglás que cerraba la parte delantera saltó por los aires y el avión cayó sobre su panza para arrastrarse por el campo arado, describiendo, entre una densa nube de polvo, un círculo que no llegó a completar.

Blake se estrelló contra los mandos del aparato y un fuerte dolor en el pecho estuvo a punto de hacerle perder el conocimiento. También se golpeó la pierna izquierda. Antes de que lograse reaccionar, notó una mano firme sobre su hombro.

–Lo lograste –la voz de Andrew, el ingeniero de vuelo, sonaba a felicitación–. ¿Estáis todos bien?

Del interior del fuselaje fueron surgiendo voces más o menos íntegras. Todos parecían estar a salvo.

Un resplandor iluminó al aparato por su flanco izquierdo. Uno de los motores había comenzado a arder.

–¡Fuera! –gritó Andrew–. ¡Vamos, todos fuera!

–¡Fuera, rápido! –gritó también Blake, y al incorporarse de su asiento, un intenso dolor le advirtió de que su pierna izquierda no le sostendría.

Un gemido se escapó involuntariamente de su garganta y Andrew se precipitó a ayudarle. Sin embargo, las estrechas dimensiones del aparato y la premura con que debían abandonarlo le obligaron a usar la pierna más de lo que hubiera sido conveniente.

Blake supuso que, como el capitán de un buque, el piloto debería ser el último en abandonar la nave, pero cuando Andrew y el operador de radio unieron sus esfuerzos para ayudarle a salir por la portezuela, le pareció que pronunciar frases como esa sonaría demasiado pedante y grandilocuente. Fuera del avión estaban ya Jimmy, Shaker y Elliott. Faltaba Bill, el artillero de cola, que no tardó en aparecer. Todos parecían indemnes excepto Blake y Jimmy, el armador de bombas, que también cojeaba. Sin embargo, sus compañeros los ayudaron a distanciarse prudentemente del avión en llamas.

La explosión de uno de los motores vino a demostrarles que ya estaban a salvo, así que se detuvieron, de modo que Blake pudo tumbarse en el suelo. La situación de Jimmy parecía más urgente, pues se había clavado una barra de aluminio

en el muslo y la herida sangraba profusamente. Le aplicaron vendajes y un torniquete. Luego, Andrew palpó la pierna de Blake.

–La tibia está fracturada –diagnosticó con precisión, pese a no haber cogido un libro de anatomía en su vida.

–¿Dónde estamos?

La pregunta la había formulado el operador de radio, y establecer la situación parecía, desde luego, más importante en aquel momento que la pierna del piloto.

–No lo sé –reconoció Blake–. Hemos volado en dirección este durante veintidós minutos y deberíamos haber traspasado las líneas soviéticas, pero hemos ido perdiendo velocidad paulatinamente. Todavía podemos estar en territorio dominado por los hunos. La verdad, no tengo ni idea.

Shaker le ofreció un trago de whisky. Llevaba una pequeña botella de petaca y parecía reservar su contenido para los heridos.

Blake se lo agradeció y bebió un trago largo, esperando del licor efectos analgésicos que no se produjeron, aunque al menos le proporcionó un calor reconfortante.

–¿Qué hora es? –preguntó Jimmy–. Se me debe de haber parado el reloj. Está amaneciendo.

–Tu reloj está bien –dijo Andrew–. ¿Desde cuándo amanece por el oeste?

Todos miraron hacia el poniente. Un fulgor amarillento surgía tras la negra línea del horizonte y dotaba a la parte baja del cielo de un color purpúreo.

–Es Dresde –dijo Blake.

Todos callaron.

Los faros de unos vehículos aproximándose por lo que debía de ser una carretera los sacaron de su apesadumbrado mutismo, y los remordimientos parecieron desvanecerse.

–Los alemanes –dijo uno.

–¿Y si son rusos?

–No pienso quedarme aquí para comprobarlo.

–Hay que huir.

–¿Adónde?

–Hacia los árboles. Si llegamos hasta allí, podremos ver quiénes son. Si son alemanes, les habremos sacado cierta delantera.

–Jimmy y yo nos quedamos aquí –dijo Blake mirando al otro herido.

Jimmy asintió resignado. La idea de ser prisionero no era agradable, ni aun suponiendo que la guerra no podía durar mucho, pero todos sabían que la huida era imposible con dos inválidos.

Hubo una rápida despedida cargada de buenas intenciones y Jimmy y Blake se quedaron en el suelo, mirando a sus compañeros desvanecerse en la oscuridad de la noche mientras por el lado contrario avanzaban los faros de dos camiones, atravesando el sembrado en dirección al avión.

Blake y Jimmy se estrecharon las manos con fuerza y se miraron a los ojos, serios y mudos. No hubo palabras, pero ambos abrigaban un mismo temor. Quizá los alemanes no estuvieran interesados en hacer prisioneros. Sin duda alguna, les habían dado motivos para desear la venganza.

De uno de los vehículos surgió una bengala que se encendió en el aire, iluminando todo el campo, mientras descendía colgada de su pequeño paracaídas.

A la luz de la bengala, Blake y Jimmy contemplaron aliviados las estrellas rojas pintadas en las puertas de los vehículos.

Los soviéticos detuvieron sus camiones al lado de los dos aviadores heridos. Una veintena de soldados descendió para estrechar las manos de los aviadores y ofrecerles vodka, mientras miraban al resto de la tripulación, que regresaba con gestos tranquilizados y amistosos.

Un oficial examinó con poca atención las heridas de Blake y Jimmy y ordenó a un par de soldados que entablillasen la pierna del piloto.

Los gestos de confraternización se extendieron durante un largo período de tiempo. Al principio eran realmente sinceros. Los rusos eran, desde luego, los anfitriones y obsequiaban a los

británicos con todo cuanto tenían, especialmente vodka y cigarrillos, pero también caramelos, pan y embutidos.

–¿Seguro que son rusos? –desconfió Shaker–. Este tabaco es alemán.

–Botín de guerra –dijo Andrew–. ¿Te imaginas a esos dos en las SS?

Y señaló a un par de siberianos de rasgos mongoles, arrancados de sus aldeas, probablemente a más de cinco mil kilómetros, para luchar contra un país del que ni siquiera habrían oído hablar.

Pasados los primeros minutos de euforia, el grupo de ingleses se cerró en sí mismo, al igual que el más numeroso de soviéticos, aunque las sonrisas, los paquetes de cigarrillos y las cantimploras de vodka seguían circulando entre ambos. Por lo demás, la comunicación resultaba difícil, pues ninguno de los británicos sabía ruso, ni tampoco los soviéticos hablaban inglés.

El oficial del Ejército Rojo se mostraba intranquilo y consultaba constantemente la hora en su reloj. También procuraba que no les faltase de nada a sus huéspedes, así que les habían proporcionado a todos mantas o abrigos con los que taparse, pues la temperatura debía de rondar los cinco o seis grados bajo cero.

Por fin se hizo evidente la razón de la demora, de la permanencia en aquel campo de cultivo durante la madrugada. Un convoy de cinco coches irrumpió en el sembrado y de ellos bajó un general acompañado de un amplio séquito, en el que se incluían intérprete, fotógrafos y médico.

Cuando los flashes inmortalizaron al sonriente general soviético estrechando las manos de los miembros de la Real Fuerza Aérea, de los rostros de estos ya había desaparecido la inicial alegría por el encuentro con sus aliados, de modo que las fotografías no pudieron reflejar sino el entumecimiento causado por el cansancio, el frío y el vodka ingerido en espera del alto mandatario. Sin embargo, aún tuvieron que escuchar un cargante discurso, alargado al doble por la traducción, y finalmente Blake se vio obligado a rogar al general que pospusiese sus preguntas un par de horas y que las trasladase a un lugar más cómodo.

Uno de los vehículos que habían venido con el general era una ambulancia, donde se acomodaron los siete tripulantes del derribado Lancaster. Contra lo que Blake había esperado, el viaje se hizo en silencio. Todos estaban agotados. Él se sentía profundamente molesto y dolorido, a pesar del calmante que le habían suministrado. Una sombra de vergüenza nublaba sus pensamientos. Si tan solo un día antes se hubiese imaginado a bordo de una ambulancia después de ser derribado en una acción de guerra, se habría tenido por un héroe. Pero eso habría tenido que suceder antes de contemplar Dresde desde el cielo. Si él estaba allí, con una pierna rota y camino, suponía, de un hospital, podía considerarse un ser afortunado, privilegiado. No quería ni imaginarse cómo se encontrarían los supervivientes, si es que los había, de Dresde. Gentes calcinadas, abrasadas vivas por las bombas incendiarias, sin refugio posible, sin hospital al que dirigirse, ¿y por qué?, ¿para qué? Alemania estaba derrotada. La prensa británica, los políticos y los generales insistían continuamente en ello. Los rusos estaban allí, a dos pasos de la ciudad. Por el otro lado, en el oeste, los británicos estaban a las puertas del Rin. ¿Una demostración de fuerza? ¿Algo así como una advertencia? Si no os rendís, os seguiremos lanzando fósforo. No. Los alemanes ya debían de conocer bien estos bombardeos. A Blake le dio por pensar que quizá ese crimen no pretendía otra cosa que mostrar a los soviéticos el poderío de la industria británica, la capacidad ofensiva de su aviación; en definitiva, presumir ante sus eventuales aliados. Desechó la idea. Nadie, ni siquiera un político, podía maquinar un plan tan perverso.

Las llamas de Dresde le hicieron pensar de nuevo en su idolatrado hermano Neville y volvió a preguntarse si habría muerto abrasado en el interior de su Spitfire. No lo sabría nunca.

Neville ya llevaba más de tres años muerto. La última vez que lo vio fue en el otoño de 1941, poco antes de que cayera. Pero lo que Blake recordó en aquel momento, a bordo de la ambulancia rusa, fue la estancia en la propiedad familiar en

Lincolnshire, en octubre del cuarenta. Concretamente, la segunda y última noche que pasaron juntos. Neville se había esforzado por comportarse correctamente durante toda la tarde y cenaron juntos, con su madre y su hermana Edna, en casa. La conversación era agradable y fluida, pero había algo en el ambiente, algo que él no llegaba a captar con sus quince años. Blake parecía ser el único que no había cambiado. Su madre vivía dos guerras. Una, la que todos padecían en Inglaterra, contra Alemania; en la otra había tres bandos, por lo menos, y ella luchaba entre el fuego cruzado de los otros dos: su esposo y su hijo Neville. Seguramente, si no se definía por el bando del padre era por la condición de piloto de Neville, por saber que podía perderlo en cualquier instante. También estaba Edna, que había tomado parte por Neville y que lo admiraba, al menos tanto como Blake, cuando un par de meses atrás lo habían visitado en su base al norte de Londres. Pero en aquel mes de octubre, tras los labios sonrientes de su hermana y tras su chispeante plática, se escondía una tristeza que Blake no supo descubrir hasta la desaparición de Neville. Este conversó durante la cena con toda la naturalidad del mundo. Aquel día no había vestido su uniforme azul porque lo estaban lavando, pero Blake lo veía con él, con la gorra ligeramente ladeada y el botón superior de la guerrera desabrochado.

–¿Puedes enfrentarte a dos Me-109 al mismo tiempo? –le había preguntado.

Neville sonrió.

–Si no pudiera escapar, no tendría más remedio.

Edna, de repente, se mostró enojada con Blake.

–Ya está bien –o algo similar le dijo–. ¿Es que no puedes hablar de otro tema?

Blake se enfadó. Claro, ella no distinguía un Messerschmitt de un Hurricane. Los aviones y las armas no eran una conversación de chicas. Entonces Blake no se daba cuenta de que en realidad era una conversación de niños, de adolescentes.

La guerra te puede matar de muchas maneras. Neville se estaba muriendo lentamente y Blake era el único en no darse cuenta. Aunque sabía que la muerte acechaba a los pilotos como Neville, él no era capaz de imaginárselo. Pensaba en una

muerte gloriosa, pero no se daba cuenta de que no hay gloria en la muerte, solo vacío.

Aquella noche, todos se acostaron pronto. Blake no se durmió. Y no era el único. Escuchó voces desde su habitación. Aunque se afanaban por hablar bajo, distinguió la de su hermano, que cada vez alzaba más el tono. Con mayor facilidad que las palabras, ascendía de vez en cuando alguna risa fresca desde el salón. Blake aguardó durante más de media hora hasta que decidió levantarse.

Al entrar en el salón encontró a Neville y a Edna, que parecían conversar animadamente a la tenue luz de una lámpara de mesa. Ambos tenían vasos de whisky, aunque el de Neville estaba más cerca de la botella.

–Bienvenido –dijo Neville cuando le vio entrar–. ¿Una copa?

Había alzado la botella y Edna le recriminó por su invitación. Blake decidió ir a la cocina por un vaso de leche. No es que le apeteciera nada, pero consideró que encajaría mejor en el ambiente con un vaso en la mano, preferiblemente de algo que no contuviese alcohol. Regresó al salón y se sentó en un sillón con su vaso blanco. Neville había vuelto a llenar el suyo.

Edna y Neville hablaban de los amigos del pueblo.

–Oye, Blake –le dijo su hermana con una mirada pícara que ya le conocía–. Ayer me dio la sensación de que le gustas a Emily.

–¡Adelante, muchacho! –exclamó Neville–. Me parece una chica preciosa.

Blake optó por el silencio. Había decidido, más que nada por consideración a Edna, no hablar de aviones ni combates aéreos, pero no le parecía correcto que ella hablase de Emily. Sin embargo, escuchó con algo más que agrado cómo Edna le contaba a Neville las miradas y los gestos que Emily le había dedicado a su hermano pequeño sin que él los percibiese.

–¿Os acordáis de Edward? –preguntó luego Edna refiriéndose a un novio que había tenido con dieciséis años–. Estaba loca por él y no era tan guapo como Blake.

–¡Oh, por favor! –protestó el aludido.

–¡Eh! –dijo Neville mientras se acercaba al mueble bar, después de haber vaciado la botella de whisky–. Haz caso a tu hermanita. Mi prestigio de rompecorazones se derrumbaría si se conociese que todas mis conquistas se deben a los consejos de Edna.

Blake sonrió y miró a su hermana. Había cruzado las manos sobre su rodilla y reconoció en ese gesto su nerviosismo. La vio abrir y cerrar los labios antes de pronunciar ninguna palabra, en busca de las adecuadas.

–¿Nos vamos a la cama? –dijo por fin, estirándose y fingiendo un bostezo.– Ya es muy tarde.

Neville hizo caso omiso de su consejo y siguió buscando entre las botellas.

Blake pensó que quizá fuese verdad que Neville bebía demasiado últimamente.

–¿No te apetece un vaso de leche? –le preguntó–. Ya sabes que aquí la leche está mucho más rica que en Londres.

Neville no escuchó sus últimas palabras, simplemente esbozó un gesto de asco.

–¿Leche? No, gracias, ya pasé el período de lactancia.

Finalmente se hizo con una botella de vodka y se acercó a la mesa.

–¿Os acordáis de Vodka? –preguntó–, un teniente de mi escuadrilla...

–¿Uno de los polacos? –preguntó Edna.

–Efectivamente –respondió Neville–. Lo trasladaron. A una escuadrilla polaca. Allí todos son polacos, así se entienden en su idioma...

Neville tropezó con su butaca y se giró hacia sus hermanos para llenarse el vaso con el licor de importación. Los miró y alzó la mano en gesto de brindis.

–Por Vodka.

–Neville, por favor –le suplicó Edna.

Él se volcó el contenido en el gaznate, sin escucharla.

–Hace un par de semanas supe que él también había caído –dijo Neville desplomándose en la butaca.

Edna se estrujó las manos y luego se tapó la cara con ellas. Pareció recordar algo y las deslizó hacia sus sienes.

–¿Te sigo recordando a Katherine Hepburn?

–Claro –contestó Neville–, en *La fiera de mi niña.*

Neville canturreó una estúpida cancioncilla de la película y Edna lo acompañó, pero él se recostó en la butaca y volvió a llenar el vaso. Ya ni siquiera soltaba la botella.

Los tres hablaron un momento acerca de aquella película, recordaron entre risas los principales gags, pero Neville cada vez bebía más. Por fin, Edna estalló.

–¿Es que quieres destruirte? –le espetó–. No va a hacerte falta ningún piloto alemán.

Neville arqueó las cejas y trató de abrir los ojos, en un gesto cínico.

–Sea lo que ha de ser –balbució.

Edna comprendió que ya estaba borracho, que esa noche tampoco gritaría, que el alcohol lo sumiría en un letargo tan profundo que ni siquiera sería capaz de identificar las terribles imágenes que se formaban en sus sueños.

Una hora después, quién sabe cuántas copas después, Blake ayudó a Edna a subir a su habitación a Neville, quien, apoyado en sus hermanos, mascullaba frases inconexas en un incongruente discurso que parecía tener a Juana de Arco como protagonista. «Muerta entre las llamas», repetía obsesiva e incoherentemente, «muerta entre las llamas».

Blake pensó en las hipotéticas llamas que consumieron a su hermano en su Spitfire, en las ciclópeas llamas que devoraban Dresde.

El brusco frenazo de la ambulancia sacó a Blake de sus pensamientos. Las portezuelas se abrieron con estrépito y unos soldados soviéticos invitaron a descender a los ingleses que se valían por su propio pie. Enseguida llegó hasta ellos el general con su intérprete y acompañó a los heridos, que fueron transportados en camillas al interior de una iglesia. Un hermoso templo barroco que parecía haber gozado de pulcritud y una rica y digna ornamentación en tiempos mejores.

Un equipo de médicos y enfermeros con mandiles manchados de sangre se ocuparon de Blake y de Jimmy entre unos

biombos blancos que reflejaban la luz de una lámpara de oficina. El olor era nauseabundo. Por encima del propio del formol se elevaba un tufo de pus y sangre que certificaba que allí no se trataban constipados ni jaquecas. Era un hospital de campaña.

Practicada la cura y expresados los mejores deseos del general a través del traductor, los soldados condujeron a Blake al interior de la nave, donde le acostaron en una cama alineada entre otras muchas.

El cansancio y el efecto de los calmantes condujeron al piloto al reino de Morfeo. Sin embargo, no tardó mucho en despertarse. En sueños había vislumbrado imágenes de las infernales llamas de Dresde, pobladas de gritos y lamentos atormentados. Enseguida comprobó que la banda sonora no era parte del sueño, sino de la realidad. El hospital improvisado en aquella iglesia era cualquier cosa menos silencioso. Agónicos gemidos se mezclaban con llamadas a los enfermeros, letanías con blasfemias, pasos presurosos con fluidos que salpicaban en bacines. Solo algunos de los moribundos o quienes llevaban largo tiempo internados lograban conciliar el sueño.

A Blake le vino a la mente la imagen de su padre. La antes orgullosa e imponente presencia del magistrado Clement-Moore se había convertido en una sombra, en un espectro escuálido que se deslizaba por el pasillo para hundirse durante horas en el sillón de su despacho y en la depresión que lo envolvía. Blake no podía asegurarlo, pero cuando ahora recordaba el semblante de su padre, le parecía que su cabello se había vuelto completamente blanco el día que se enteró de la muerte de Neville. Todos habían lamentado enormemente su desaparición, pero solo su padre sentía remordimientos por ella. El magistrado Clement-Moore y su hijo, su primogénito, en quien había depositado tantas mudas esperanzas, llevaban más de un año sin dirigirse la palabra cuando esta situación se volvió irreversible.

Si el padre era terco, más lo era su vástago, y ambos se habían evitado durante un tiempo estéril y pernicioso en espera de un gesto del otro, un gesto que nunca se produjo. Un roce que se había ido incrementando con el paso del tiempo, con la adolescencia de Neville, y que desembocó en una amarga dis-

cusión que ambos seguramente habían perseguido y temido al mismo tiempo, y que mantuvieron como punto de inflexión.

Del ahora anciano señor Clement-Moore parecía escapar continuamente una palabra inútil y caducada: perdón, perdón...

La luz del alba se fue desplegando, poco a poco, a través de los altos ventanales de la iglesia y descubrió a los ojos de Blake un cielo plagado de ángeles y santos en la bóveda de la iglesia, mientras que bajo ella, a sus lados, se fue haciendo visible el purgatorio de los soldados heridos y mutilados, tapados con mantas infectadas, temblando de fiebre y gimiendo de dolor. El infierno ya lo había visto a pocos kilómetros de allí, en Dresde.

Algunas enfermeras, las más jóvenes y guapas, llevaban, quizá sin proponérselo, cierta alegría a los heridos y avivaban en sus corazones las luces de unos sentimientos demasiado distantes.

Blake dedicó unos cuantos pensamientos a Emily Bryant, con quien había tonteado en los últimos años y a quien había besado con más pasión de la que nunca hubiera sospechado en su interior. Pero pensó sobre todo en Edna, su caritativa y filantrópica hermanita, que se había hecho enfermera y que había acabado convirtiendo la residencia campestre de la familia en un hogar para niños damnificados por los bombardeos.

Edna poseía la personalidad más compleja que Blake nunca había conocido. Aparentemente frívola y casquivana, de una belleza y elegancia incuestionables, Blake sabía que su hermana había despertado pasiones entre sus propios amigos y, por supuesto, entre hombres de mayor edad. Sin embargo, bajo sus ropas y peinados a la última moda bullía una mente inquieta y despierta, rebelde e inconformista, que parecía llevarla a cuestionar cuanto estaba establecido y a defender los ideales más utópicos. De sus múltiples actividades anteriores a la guerra, quizá hubiese llamado más la atención su abierto apoyo a la causa de Gandhi, con quien había mantenido correspondencia. Una vez iniciadas las hostilidades, la empresa que más enemigos le había reportado era su continua intercesión por los prisioneros alemanes y sus vanos esfuerzos por lograr una guerra

«humanizada». ¿Qué pensaría –se preguntaba Blake– cuando conociese el bombardeo de Dresde? ¿Qué pensaría de su hermano pequeño, que había tomado parte en él?

Edna, enemiga declarada del nacionalsocialismo, se había lanzado a una campaña en defensa del pueblo alemán, al que trataba de liberar de sus estigmas, y esa era precisamente la corriente contraria a la que la mayoría de los británicos había decidido seguir. A todos les resultaba más fácil creer que luchaban contra monstruos inhumanos, que pensar que los soldados alemanes o los civiles que morían en los bombardeos eran tan inocentes como los británicos, los polacos o los franceses.

Edna seguía seguramente tan guapa como antes de la guerra, pero su brillo parecía haberse apagado. Ya no vestía los caros y deslumbrantes modelos que acostumbraba, y solía recoger su cabello pelirrojo con moños o coletas. Rodeada de niños huérfanos y tullidos, la victoria no le devolvería la alegría de vivir. Edna había sucumbido al igual que Neville. Ella se derrumbaba cuando estaba sin sus niños, lo mismo que Neville se hundía en sus pesadillas. Edna ya no reía cuando estaba con Blake. Guardaba sus risas para regalárselas a las niñas que nunca volverían a saltar a la comba, a los niños que nunca más podrían llamar a su madre. Y ni siquiera esas víctimas inocentes podían comprender que al otro lado del mar, otros niños, que hablaban alemán, sufrían tanto como ellos.

El soldado que yacía en la cama contigua a la de Blake hipó un par de veces con violencia y quedó inmóvil, con la barbilla apuntada hacia la bóveda. Su brazo se escurrió por la sábana mugrienta y la yerta mano quedó suspendida a pocos centímetros del suelo.

Blake gritó llamando al médico. Sus palabras eran incomprensibles para los rusos, pero su voz era enérgica, quizá la más fuerte de quienes ocupaban una cama en aquella iglesia.

Al cabo de un rato, llegó un hombre con bata blanca protestando por su comportamiento. Blake señaló hacia la cama de al lado. El enfermero tocó levemente el cuello del muerto y colocó su brazo sobre el pecho.

Un par de camilleros se ocupaban de trasladar el cadáver cuando aparecieron los compañeros de Blake. Se los veía sonrientes, bien desayunados.

–¡Sacadme de aquí, por Dios!

Unas horas después, habían trasladado a Blake al interior de un piso confortable en un edificio ocupado por oficiales soviéticos. Sentado en un sillón y con la pierna apoyada en una banqueta con mullidos cojines, observaba el cielo despejado a través de un amplio ventanal. A su lado se agrupaban sus compañeros de tripulación y un oficial ruso que hablaba inglés y que parecía todo cortesía.

–Pronto los devolveremos a Inglaterra –les dijo–, pero no tengan prisa y disfruten de unos días de permiso.

Alguien se había molestado en disponer en las habitaciones de los aviadores un samovar, tazas, una caja de té y un saquito de azúcar. Los ingleses quedaron encantados con este gesto y algunos de ellos se sorprendieron al saber que los rusos eran tan amantes del té como los propios británicos.

Precisamente estaban degustando la primera taza cuando unas detonaciones amortiguadas y remotas se fueron abriendo paso entre los ruidos habituales de la calle. Eran bombas, bombas de aviación que explotaban en el oeste. ¿En Dresde? Enseguida un rumor sordo se fue haciendo más nítido y cercano en el cielo, hasta que las sombras de los aviones se dejaron ver desde la estancia. Todos, excepto Blake, corrieron a la ventana.

–Son fortalezas volantes –dijo uno.

–¡Los yanquis! –dijo otro.

–B-16 americanos –confirmó el oficial ruso.

Blake no pudo compartir la alegría, los vítores con que los soldados rusos saludaban a los aviones americanos desde la calle. Solo pensó en las llamas que apenas unas horas antes inundaban la ciudad alemana, que nuevamente volvía a ser castigada con la misma tormenta ígnea. Una vez más se preguntó qué podía haber en Dresde que precisase de tanta furia, y si quedaría algún edificio en pie en la ciudad, algún ser vivo entre sus escombros ardientes.

–¡Seguro que después de esta pasada no les quedan antiaéreos! –exclamó Gossip.

–A nosotros no nos derribó el fuego alemán –le dijo Blake–. Lo que nos dio venía de arriba.

–¿Del cielo? –bromeó Shaker, creyendo que el piloto hablaba de algún castigo divino.

–No exactamente –replicó Blake–. De algún Lancaster que volaba sobre nosotros. Éramos demasiados lanzando bombas.

Berlín (Alemania)

ABRIL DE 1945

La antes orgullosa capital del Reich no guardaba entre sus ruinas sino vestigios de lo que había sido o había pretendido ser. Primero llegó la aviación con sus bombas, luego la artillería castigó la ciudad, cada vez desde más cerca. Ahora los tanques y la infantería del Ejército Rojo avanzaban a través de sus calles y plazas, en una batalla que no por ser la última iba a resultar menos sanguinaria. Al arrollador avance soviético se enfrentaba una hueste compuesta por unos pocos veteranos desesperados, ancianos temerosos y niños fanatizados hasta la muerte, que era justamente lo que encontraban cuando, de entre los montones de escombros, desde las desvencijadas ventanas, disparaban sus armas contra un ejército que buscaba venganza para más de veinte millones de muertos.

Pavel Tachenko había encontrado y pisoteado cadáveres de chicos a los que aventajaba en edad, aunque ninguno de ellos llevaba cuatro años luchando como él. Pavel sabía que Berlín no podía resistir, pero no se preguntaba por qué no se rendían sus habitantes. Puede que los generales rusos esperasen una rendición, pero por lo que a él concernía, estaba allí para aniquilar a cuantos alemanes encontrara y estos hacían muy bien en resistirse, porque no tendría compasión, lo mismo que ellos, sin razón alguna, no la habían mostrado en su país. Cada vez que disparaba veía ante él a los nazis que habían masacrado sin miramientos a mujeres y ancianos en la URSS; cada vez

que se parapetaba en una esquina o tras un montón de escombros, sentía que una legión de fantasmas rusos le impulsaban a acabar con la peste que los había exterminado.

Si a los soldados alemanes los habían convencido sus jefes y los miembros del partido nacionalsocialista de que ellos eran superiores al resto de los soldados y pueblos que constituían la totalidad del género humano, a los soldados rusos los convencieron también desde arriba de que la nación soviética había aguantado toda la furia del ejército nazi. En ningún otro sitio había habido tantos millones de víctimas, en ningún país la crueldad alemana se había mostrado tan sádica y sanguinaria. Granjas saqueadas, cosechas incendiadas, pueblos enteros arrasados, ciudades devastadas, prisioneros reducidos a la esclavitud, a la muerte por inanición. Los soldados rusos habían asimilado toda esta propaganda, convenientemente exagerada o manipulada para hacer brotar en ellos un odio y un sentimiento de venganza ciega que explotó apenas rebasaron las fronteras de la Unión Soviética.

Pavel no había necesitado la propaganda de los comisarios políticos. Él era el vivo resultado de la barbarie nazi. Condenado desde los once años a la orfandad y a manejar un fusil en vez de una pelota. Rodeado de muerte, miseria y destrucción, llevaba cuatro años acumulando odio. El odio era la energía que lo movía, el alimento que lo había mantenido con vida. Por supuesto que en ese tiempo había habido momentos relajados, incluso divertidos, pero su risa tendía a ser una carcajada salvaje. Pavel no podía recordar las sonrisas que de niño le había arrancado el cariño de su madre, las bromas de su padre, o el ver unos gatitos deslizándose sobre el hielo. Las escasas sonrisas que había amagado desde que empezó la guerra las habían ocasionado las borracheras o los pedos y eructos de algún camarada. Si el sentido de la vida es disfrutar de los días, esperar con ilusión los venideros y amar y dejarse amar, a Pavel se lo habían arrancado antes de que nadie pudiese enseñárselo. Para él la vida no era más que mantenerse respirando hasta el día siguiente, odiar y dejarse odiar.

Una granada cayó ante la patrulla de Pavel. No explotó. Habían olvidado quitarle el seguro. Cuando estalló la segunda, todos se habían puesto a cubierto y pudieron ver desde dónde los atacaban. Una ventana en el segundo piso de lo que había sido un edificio lujoso, con la fachada mordida y agrietada por la metralla.

Sin prestar atención al deforme ser que colgaba ahorcado de una farola, con un cartel que lo acusaba de traidor, los soldados soviéticos corrieron en zigzag hasta el portal, uno tras otro, para subir por la escalera, cubriéndose y disparando sus armas. Entraron en la antigua vivienda precedidos por los disparos de sus subfusiles. Dos muchachos de las Juventudes Hitlerianas yacían muertos junto a una caja de granadas. No hubo ninguna oración sobre sus cuerpos, ninguna mano cerró sus ojos, pero una decena de ellas palparon sus bolsillos y les arrancaron los relojes, las carteras, las insignias, cualquier objeto susceptible de ser vendido.

Mientras bajaban la escalera, Pavel limpiaba la sangre de una estilográfica de celuloide sin sentir satisfacción alguna por la operación concluida, ni tampoco pesar por las muertes ocasionadas, solo el cansancio que imprimía la rutina y el alivio de haber salido bien librado. Ya en el portal, escuchó los gritos alborozados de unos camaradas, entre los que se escapaban otros mucho más agudos y pávidos.

La experiencia, tantas veces repetida desde que traspasaron las fronteras de Alemania, no le dejaba lugar a dudas sobre lo que aquello significaba: mujeres. Con esa palabra solían referirse a lo que en tiempos de paz acostumbra a llamarse violación.

Pavel bajó con premura la angosta escalera que conducía al sótano. Al final de los escalones había un armario derribado y, tras él, el vano de una puerta por donde escapaban los gritos ya tan familiares. Pavel saltó ágilmente sobre el desvencijado mueble y se encontró en una estancia con interruptores y contadores en la pared y con dos colchones tendidos en el suelo, sobre el que se había esparcido un revoltijo de ropas y enseres de cocina.

Un niño de no más de cuatro años gritaba y pataleaba, izado por los aires por los poderosos brazos de un soldado. Cuando sus pies encontraron de nuevo el suelo, se enfrentó a otro de los camaradas de Pavel, quien, acompañándose de violentos aspavien-

tos, le gritó de tal manera que el pobre Wolfi corrió a cobijarse en un rincón, llorando aterrorizado.

Sobre uno de los colchones, una mujer rubia gemía y gritaba con una de sus manos ensangrentada tendida hacia un marco en el que, bajo el roto cristal, se exhibía la fotografía en color de una mujer y una niña vestidas con trajes tradicionales de Baviera.

En el otro extremo de la habitación, una niña de apenas once años se aferraba con fuerza a una tubería, mientras un soldado la agarraba por las caderas y la hacía caer al suelo.

Cuando Pavel vio las piernas de la niña agitándose enajenadas entre las manazas de los soldados, sus bragas desgarradas con colérica saña, sintió el deseo animal de poseerla, y un oscuro y brutal razonamiento le sugirió la idea de que la corta edad de la víctima le confería el derecho a ser el primero en forzarla.

Se había llevado los dedos a los botones de la bragueta, que torpemente trataba de desabrochar con los nervios de la excitación, cuando vio por primera vez la cara de la niña. Sus miradas se cruzaron en una centésima de segundo, aunque las aterrorizadas pupilas de Erika no repararon en las suyas ni se detuvieron hasta encontrar a las de su madre, que soportaba a uno de los fieros soldados sobre su cuerpo. El cañón de una pistola hundido en su mejilla, clavándole sus propios dientes, le impidió responder a su hija cuando esta gritó: «Mamá, mamá».

Pavel apretó las mandíbulas y, obedeciendo a un impulso desconocido, oprimió con fuerza el gatillo de su metralleta. Una ráfaga de disparos ensordecedores se estrelló contra el techo de la habitación. El polvo del yeso y la pintura se unieron al humo de la pólvora para formar una nube espesa, que las gruesas palabras del argot cuartelero con que Pavel se había educado atravesaron con la potencia del trueno.

Sus compañeros le miraron atónitos. Alguno se atrevió a iniciar una pregunta. Una nueva ráfaga surgió del subfusil de Pavel. No había dejado de retumbar el eco de las detonaciones cuando Pavel comenzó a gritar de nuevo, llenando la estancia con sus juramentos y blasfemias. Los soldados la abandonaron en el acto.

Pavel los siguió con la mirada hasta que la puerta quedó despejada. Luego se volvió hacia los habitantes del sótano sin pronunciar una sola palabra. Se preguntó si aquella niña que se

apresuraba a cubrirse el impúber sexo con la falda seguía siendo una niña, o si se habría convertido ya en un monstruo como él.

El olor a pólvora quemada no llegaba a ocultar el tufo del miedo, que permanecía en las seis pupilas que lo observaban con fijación. Fugazmente cruzaron por la memoria de Pavel la imagen de su madre acercándole un pajarito entre sus manos y la voz de un soldado alemán que le decía: «Vete, vete». Algo debía de haber en su corazón distinto al odio, algo que le había impedido participar en el martirio de aquellas dos hembras, en su vengativo sacrificio.

–Vete, vete –les dijo en español, suponiendo que pronunciaba palabras alemanas.

Liese llegó arrastrándose hasta su hija y la cubrió con un abrazo que pretendía ser protector. Erika rompió a llorar y el sonido de su llanto le pareció a Pavel una música, una melodía que hablaba de amor y consuelo.

–Vete, vete –les repitió con dulzura, y volvió su rostro prematuramente envejecido e inexpresivo.

Mientras cambiaba el cargador de la metralleta dio unos pasos hacia la puerta para sentarse, apoyado en el quicial, con el arma en la mano, dispuesto a defender hasta la muerte, como le habían enseñado, aquella posición estratégica, aquel miserable refugio subterráneo que encerraba, así lo había entendido por fin Pavel, su patria, la humanidad.

Jesús Díez de Palma

De pequeño, Jesús escuchaba a su abuela contar cuentos tradicionales, mezclados con novelas de Dumas y Verne. Tal vez aquellos relatos le animasen a crear sus propias historias. Pero además oía a su abuela cuando recordaba angustiosas experiencias de la guerra, tan distintas de las hazañas épicas que veía en el cine.

Tras licenciarse en Historia, trabajó durante años como profesor y redescubrió las emociones que los libros pueden despertar en los jóvenes, esos lectores capaces de leer sobre la realidad más cruda y extraer sus propias conclusiones.

JESÚS DÍEZ DE PALMA *nació en Madrid en 1962. Es autor de varias novelas de literatura juvenil, así como de obras de divulgación. Con esta novela ha ganado el Premio Gran Angular 2012.*

A PESAR DE LOS AVANCES DE LA CIVILIZACIÓN, EN EL SIGLO XXI PERSISTE EL HORROR DE LA GUERRA. **ZARA Y EL LIBRERO DE BAGDAD** traza una línea que une la guerra civil española con la guerra de Irak. Una novela que alerta sobre los efectos del fanatismo pero, al mismo tiempo, deja entrever un atisbo de esperanza.

ZARA Y EL LIBRERO DE BAGDAD

Fernando Marías
Gran Angular

AL IGUAL QUE **EL FESTÍN DE LA MUERTE** REFLEJA LAS VIDA ANÓNIMAS MARCADAS POR LA GUERRA, **CUENTOS CRUDOS**, una magnífica recopilación de cuentos de Ricardo Gómez, recoge instantáneas llenas de sabiduría sobre la vida en distintos puntos del planeta: la ciudad bajo las bombas, la lucha por la supervivencia o la vergüenza del consumismo.

CUENTOS CRUDOS

Ricardo Gómez
Gran Angular

COMO LE SUCEDE A NEVILLE, TODOS RECIBEN A JOHNNY COMO UN HÉROE CUANDO REGRESA DE LA GUERRA. PERO EN **JOHNNY EL SEMBRADOR**, el protagonista cuenta su verdadera experiencia en el campo de batalla: la guerra no es un espectáculo de buenos y malos. Todo el mundo tocado por la contienda se convierte en víctima.

JOHNNY EL SEMBRADOR

Francesco D'Adamo
Gran Angular

ESTAMOS EN GUERRA, PERO ¿QUIÉNES SON «LOS OTROS»? **EL ENEMIGO**, un magnífico álbum ilustrado de Davide Cali y Serge Bloch, invita a realizar una honda reflexión sobre las mentiras y las verdades que aprendemos acerca de los que pertenecen «al otro bando».

EL ENEMIGO

Davide Cali y Serge Bloch